在人性的天平上

黑手党的生活

〔法〕德尔菲娜·索巴贝(Delphine Saubaber)

亨利·阿热(Henri Haget) 著

陆象淦 译

VIES
DE
MAFIA

社会科学文献出版社
SOCIAL SCIENCES ACADEMIC PRESS (CHINA)

Delphine Saubaber et Henri Haget
Vies de mafia
C Editions Stock, 2011

本书根据法国斯托克出版社 2011 年版译出
独家授权，盗版必究

我们不谈黑道,只谈友情

意大利卡尔塔尼塞塔省墨索梅利地区黑手党头目
朱塞佩·詹科·鲁索(1893~1976)

前　言

市面上有许多讲述黑手党及其起源、权力和全球化的教育类图书，这不是我们的意图。在这本书里，我们想从人性的高度来谈黑手党，用半是新闻报道半是讲故事的方式，考量这个充斥老资格教父、黑色厄运和电影生活的世界，探测这个受祖辈古老法则支配，或者相反由纸醉金迷的现代生活驱动的另类黑社会，描绘在这片默默遭受着苦难的意大利南方土地上生活、杀戮、受难和挣扎的人们。

因为，这是一场每日每时都在那里上演的战争，一场不仅关系意大利，而且也牵扯欧洲和整个世界的战争。黑手党正在把自己的触角伸向全世界，试图洗白其巨额财富。它使世界震惊，例如2007年8月15日夜晚在德国杜伊斯堡发生的大屠杀。

每当我们提笔为《快报》写报道时，常常随着叙述的展开激动和震撼不已，一心渴望能够与读者分享这些故事。这本书是在真人真事、审讯案卷和耗时长达数月完成的多次访谈基础上写成的。偶尔，为了更好地演绎实况，我们也展开想象的自由翅膀。

→

警方怎样追捕在逃的黑手党巨鳄？始终处于警方保护下的几位法官怎样过着充满牺牲精神的封闭生活？在记者中间，有谁因为撰写报道而收到装着子弹的邮件？一个黑手党徒又是怎样思索和谈论死亡、道德、家庭和宗教的？通过倾听一个忏悔者的声音，十分贴近地触及他的专横暴力和人性弱点，人们可以开始深入问题的要害：在这个国家，存在着一个嵌入社会机体的国中之国——黑手党。

这正是我们要把黑手党"我们的事业"帮的一个老牌杀手的罕见证词作为本书开篇的原因，此人参加过一百多次暗杀，而且同多个打击黑手党的传奇故事相关。有谁能比他更好地阐释一个黑手党"义士"的价值，他的不可改变的推理，他的权力逻辑，他的受追捕的可悲生涯？我们听任他连续几小时不停地叙说，同他一起沉浸于对托托·李纳黑手党团伙的野蛮暴行的回忆。1992年，这个团伙因制造了杀害法官乔瓦尼·法尔科内和保罗·波尔塞林诺的大案，使整个意大利大惊失色。今天已经成为历史的法官之死，依然

→

隐藏着疑云重重的诸多暗区，深埋于国家与黑手党交易的基底……

随后，我们紧紧跟踪追捕潜入地下的卡拉布里亚黑手党头目的一个特警分队的步伐，揭开产生于圣卢卡——可怕的卡拉布里亚"恩德朗盖塔"帮"首府"中枢——的骇人听闻的杜伊斯堡大屠杀计划的秘密。我们聆听追踪"我们的事业"帮的"教父的教父"的隐蔽生活八年之久，直至其覆灭的一个高级警官的叙述；一个曾经历过血腥年代的巴勒莫，内心备受永恒的悔恨啮噬的法官的忏悔；一个与罗伯托·萨维亚诺相比名气小得多，却日复一日不懈抨击那不勒斯权势显赫的卡萨莱齐家族的女记者的陈述。我们要复活一个地位卑微的司铎——明知自己会被杀害，却依然唇间浮现微笑面对死亡的勇敢神甫皮诺·普利西的形象。我们还要重构一个在巴勒莫最豪华的饭店里隐居了50年的男爵的生活……

所有这一切黑手党生活并非都是阴暗龌龊的。它们也蕴涵着部分希望、尊严、崇高而无奈的果敢精神。我们也遇到过许多乐于冒险

→

献出自己生命的有名或者无名的英雄。我们哭泣,我们有时也欢笑。

这些故事每一个都以其独特的方式讲述意大利黑手党——从神秘的"我们的事业"帮总堂到卡拉布里亚的"恩德朗盖塔"帮的离奇崛起,但后者这条依然不为人知而窥视着世界的七头蛇是欧洲最有势力的犯罪组织。尽管意大利当局在其活动的地盘上展开追捕,这条毒蛇今天依然闹得卡拉布里亚鸡犬不宁,处于高度紧张状态。机枪扫射和反坦克火箭筒的威胁,乃是送给检察官的礼物。雷吉奥城犹如一座喷射着滚滚浓烟的火山……

从完美主义者的视角来说,西西里和卡拉布里亚的这两个黑社会最好地体现着黑手党的精神,比更像一伙盗匪的那不勒斯"卡莫拉"帮更能代表黑社会的新运作模式。正因为如此,我们更关注这两个帮派,将目光投向它们的组织成员、它们的受害者、它们的共谋犯、它们的悲剧。好吧,让我们开始在这片阳光明媚、地狱与天堂并存的土地上的旅行。

目 录

001 我，弗朗切斯科·保罗·安泽尔莫，一个忏悔的杀手

035 从圣卢卡到杜伊斯堡

065 神甫与刺客

091 地下迷宫

117 为了对儿子的爱

133 大饭店与棕榈树

153 可卡因船的沉没

173 教父的独白

203 以法律的名义

229 女人，女人……

269 易容老大

281 黑手党语录

295 致　谢

299 参考书目

我，弗朗切斯科·保罗·安泽尔莫，一个忏悔的杀手

我杀过许多人……从 1980 年到 1987 年，干过许多杀人的勾当……我记得其中的大部分。我从未自己决定过要杀某一个人，从来没有因为有人冒犯我而动手杀他。我只是为了"我们的事业"杀人，从无例外……

说这些话的人名叫弗朗切斯科·保罗·安泽尔莫。这个53岁的巴勒莫人在其另一段生涯里，属于西西里黑手党杀手核心圈。今天，他在远离故乡小岛的地方，以一个新的身份面对作为唯一知己的上帝，痛苦地缓缓叙说着自己的悔恨。

难得见到一个忏悔的黑手党徒，更难得收集到这样的证词。为了见到他，我们必须得到意大利内务部批准，说明动机，再三恳请，保证任何问题不涉及正在进行中的诉讼。然后是等待，因为严格规定的程序需要从悔罪人隶属的检察机关到国家打击黑手党总局的多道签批盖章。最后，在长达三个月的等待之后，终于得到了回复——同意会见。会见安排在2010年秋天，地点在罗马的确保与司法机关合作者安全的中央安保处的一间接待室。会见持续了将近四个小时，没有间歇。

这个老牌杀手当天从意大利的一个秘密关押地点来到这里。在一个警察和一个武警护卫下进入接待室。他身穿一条牛仔裤和一件方格衬衫，眼睛蓝得出奇，带着浓重的西西里口音喃喃地问了好。

神情犹如一个腼腆的小学生,在开学第一天夹着一件雨衣走进教室,随后他便沉浸于沉重和痛苦的自我反省。

1970年代末,弗朗切斯科·保罗·安泽尔莫作为一颗冉冉升起的新星出现在"我们的事业"帮中。他是被提拔到一个黑手党家族——巴勒莫的诺切家族二堂主高位的最年轻的战士。他为老大中的老大、绰号"野兽"的神秘的托托·李纳效力,安然无恙地度过了史称"大动荡"的恐怖时期。那是黑手党的第二次内战。在那场战争中,黑手党科尔莱翁内堂口将以斯特法诺·本塔特和萨尔瓦托雷·英泽利洛教父为代表的一千多名老近卫军尽数清洗。

安泽尔莫还把传说中的反黑手党之战期间被杀的官方人士的多具尸体算在自己账上,其中包括由政府紧急派遣来同"我们的事业"帮进行斗争的卡尔洛·阿尔贝托·达拉·齐耶萨将军和高级警官尼尼·卡萨拉。除了阴险狡诈的托托·李纳,他还接近过"我们的事业"帮的最受敬畏的多个头目:他青年时代的偶像拉斐尔·甘齐、后来的"王中之王"贝尔纳尔多·普罗文扎诺、杀害乔瓦尼·法尔科内法官的杀手乔瓦尼·布鲁斯卡……

他1993年被捕,1996年为了儿女前途,选择了忏悔认罪的道路。他有三个子女,儿子28岁,两个女儿分别为26岁和22岁。像所有同司法部门合作的人一样,他也同国家签订了一个协议,政府同意减刑并保障他人身安全,以换取他的供词和对于打击黑手党斗争的帮协。

安泽尔莫给我们讲述起他初期的生活，丝毫也没有避讳。讲述他的"侠义"文化、他的一长串罪孽、他的亲人们的长期苦难经历。他抱着"能够有用的希望"讲述着。有时，突然一阵沉默，仿佛他的记忆流被切断，寂静浸染着整个房间。讲到最痛苦的情节时，他神经质地揉弄着自己的手帕，但他始终没有眨眼。

我们问他参与过多少次杀人行动，这是他不愿回答，或者不能回答的唯一问题。50次？"我不想谈这些事……"60次？沉默。100次？"我们不谈数字……你们知道，一次就已经罪孽深重了……"比布鲁斯卡少？"对，比他少。"乔瓦尼·布鲁斯卡绰号叫"基督徒屠夫"，自己说参加过大约150次杀人行动。根据司法机关的一份材料，弗朗切斯科·保罗·安泽尔莫参加过一百多次杀人行动。不过，只有他自己清楚。他曾经以此为生。

2010年9月24日，罗马，负责保护同司法机关合作者安全的中央安保处。

"从1980年到1996年我决定同司法机关合作之日为止，我是黑手党的'义士'。我23岁成为义士。我父亲的兄弟——罗萨里奥、萨尔瓦托雷和温钦佐都是黑手党义士。但我母亲的家庭不是，我父亲也没有入帮，他在我8岁那年就去世了。我是在这种文化中长大的。我是罗萨里奥偏爱的侄子。而我，也崇拜他。记得很小的时候，罗萨里奥问我：

'你是一个警察还是一个义士？'

如果我回答说是一个警察，他就扇我一记耳光。相反，如果回答说是一个义士，就奖我1万里拉。我当时根本不懂他要说什么。后来正式入帮后，才恍然大悟。应当说，父亲去世后，我母亲并不糊涂，明白将会发生的风险。因此，她把我送到离巴勒莫很远的地方，进了特拉巴尼附近的小城埃里切的一所寄宿学校。我十分高兴。当时，我叔叔罗萨里奥正在监狱里服刑。他出狱后，发现我不在家，就开车来到埃里切，把我带出了寄宿学校。我母亲再次设法让我远离巴勒莫。她想把我送到她在美国的姐妹那里，但罗萨里奥得到了消息，对她说：

'你不应该这样做。对于我的侄子来说，美国就在此地。'

于是，母亲不得不让步……"

他语塞停顿了片刻，然后半闭上眼睛，痛苦地摇摇头，仿佛这一切本应该永远不会发生。

第一次

"所以，我首先是受叔叔们的诱导接近了他们的圈子。一天，罗萨里奥带我到他的一个开酒店的朋友那里。

这个人指手画脚地对我说:'去,帮我干这,帮我干那……'我可不是他的学徒!我心里很希望去那里只是开心地玩玩,但并非这样,我必须帮他干活,天天如此。而他,时不时带我去喝杯咖啡。他对我说:

'你看,有人欺侮过我。如果我现在告诉你这人是谁,你觉得自己会拿着棍棒去教训他一顿吗?'

我说:'对,我会去!'

他说:'不,以后再告诉你!'

事实上,他是在考验我。这是一种心理测试,看我是不是有勇气应对某些事变。

又一次考验来到了。在我入帮之前的一天晚上,罗萨里奥突然对我说:

'快去洛·雅考诺街拉斐尔·甘齐的肉店。我的一个朋友要过去,你听他调遣。'

这个朋友到了。他就是列奥卢卡·巴加雷拉,老大中的老大托托·李纳的内弟,'我们的事业'帮最凶残的杀手之一。我们开车到郊外,朝着贝尔蒙特·梅察尼约的方向驰去。开车后不久,巴加雷拉将一把手枪塞到我的手里,命令我说:

'看我怎么做,你就照着办。'

我们走进了一个酒吧。账台旁有一个人。我看见巴加雷拉掏出手枪，我也掏出自己的枪。他开枪，我也跟着开枪。随即，我们又开车走了。这一天，有两个人被杀。一个是本应该杀的目标，名叫瓦利卡。另一个也许是原本毫无瓜葛的局外人，是误杀……这是我第一次开枪……"

他陷入一阵很长的沉默。坐在他边上的两个警卫人员像我们一样，等待他继续说下去。稍后，弗朗切斯科·保罗·安泽尔莫用单调的声音重又开始叙说：

"在我的叔叔对我说'听他调遣'，而巴加雷拉将手枪塞给我时，我心里很明白是要去杀人。我们不是白痴，我们生活在这种环境中，尽管自己无足轻重，却认识巴加雷拉，认识李纳，他们同我们的家庭来往密切。我们明白必然会走上这条路……

第一个死人，那是我们永远忘不掉的。这一天，发生了这件事情之后，我没有感到悲哀，也没有感到高兴。仿佛做了一件平常的事，仿佛自己早就做过。我没有体验到任何情绪波动，仿佛一个机器人似的开了枪。第二天，报纸的大标题写道：《杀手的手颤抖了》。我不由得对自己说：

'这正是我！'

我去向叔叔表白：'叔，我不是故意的……'

他注视着我，做了个手势说：'不要自寻烦恼，安心干你的。'

当时，我刚满 20 岁。至于被我误杀的那个人，我始终不明白为什么该死。"

宣　誓

"我的入帮仪式在 1980 年举行。从此时起，我正式成为一个义士。此前，我已经因为替'我们的事业'帮偷车而坐过一回牢。出狱后，有人告诉我会面地点：

'某日某时，到那个地方去。'

他们将我同另外几个人一起领到托托·斯卡利翁内家里，此人在那个时代是诺切家族的首领。那是七个新成员的入帮仪式，有我、米莫·甘齐、弗朗切斯科·斯皮纳和朱塞佩·斯皮纳、萨尔瓦托雷·塞维林诺、恩佐·米塞利和奥雷里奥·希亚拉巴。房间里，作为见证的有托托·斯卡利翁内、拉斐尔·斯皮纳、萨尔瓦托雷·米塞利、皮普·卡洛……他们开始讲话，但在宣誓前始终没有一句话提到'我们的事业'。他们说的都是一些平常的事情：

'我们都是兄弟，你们准备分享这份友情吗？'

所有的人都回答说'是'。

'新门'分堂的二堂主乔瓦尼·利帕里走到我身边，把一个圣像放在我手里。他点着了这幅圣像,并用针刺了一下我的手指,挤出一滴鲜血滴在燃烧的圣像上。他领我宣誓效忠于'我们的事业':如果我背叛组织,我的肉体就将像这幅圣像一样焚毁。

那一刻,我记得自己异常兴奋,仿佛获得了很大成功,达到了一个目标,赢得了一种荣誉。因为,突然间你具备了某些能力,了解了一切……即使在场的是一个从未谋面的人——既不是义士,也同所有这一切毫无瓜葛,这样的场面也会使他牢记必须信守誓言。

'我们的事业'帮是一个国中之国。它内部有许多不同的等级,但一切的基础,则是一个个义士。即使区分堂堂主,也首先是一个义士。身为'我们的事业'帮总堂管理委员会首脑的托托·李纳,同样也是一个义士。

所以,我觉得从参加入帮仪式那一天开始,自己就走上了终将到来之路,也就是我的毁灭之路。但过了很久,我才明白这个道理。他们开始向我介绍怎样区分黑手党成员,为我解释各种不同的角色,家族怎样运作。他们告诉我我将去见我的堂主萨尔瓦托雷·米塞利:

'你需要什么,尽管对他讲。'

随后,拉斐尔·斯皮纳领我和包括他儿子朱塞佩在内的另外三个人到我叔叔罗萨里奥家里,对他说道:

'我为你引荐这四个义士……'"

安泽尔莫带着西西里口音吐出这几个词，声调虽然沉闷，却隐隐约约含着某种自豪。

一个好战士

"后来一个星期，举办了一个早餐会，托托·李纳也在场。我早就认识他，因为他受追捕期间，曾在我的温钦佐叔叔家里住了很久。他甚至在那儿生了两个孩子。温钦佐叔叔曾是他的教子，但后来李纳把他杀了……那一天，罗萨里奥叔叔等着将我引见给他。在我们中间，一个义士晋见另一个义士要有第三者在场，此人认识这两个人，并且这样说：

'他是同道。'

李纳对我说：

'我本不愿意让你当义士。因为，我不愿意让你落在托托·斯卡利翁内手里，他是'我们的事业'的义士中最朝三暮四的家伙，应该把他杀了。'

李纳说这些话是在 1980 年。1982 年，斯卡利翁内终于被杀。

托托·李纳永远想方设法把手下拉到自己身边，特别是青年。他对待你的方式让你感到自己是他的朋友，尽管他性情多少有点粗

暴。他患有心理紊乱症,想把一切置于自己控制之下,不信任任何人。他并不吝啬,每逢圣诞节,总是很随便地撒钱:

'行,我给你1000万里拉……'

在我叔叔罗萨里奥眼里,托托·李纳是人世间的上帝。而我,愿意为罗萨里奥叔叔献出自己的生命。他是李纳在诺切家族的依靠亲信。罗萨里奥于1980年死后,他的内弟拉斐尔·甘齐接替了他的位置。甘齐视我如同亲生儿子。1982年,经过家族全体成员投票选举,他当选为诺切家族代表。他任命我当他的副手。我是那个时代整个'我们的事业'帮中最年轻的二堂主。我成为帮内最可信赖的人。"

安泽尔莫中断了自己的叙述。局促不安的静默浸染着整个房间。最可信赖?真是这样吗?大家此时想到的是他作为杀手的品性。他清楚这一点。他身体蜷缩在座椅里,目光呆滞地注视着我们。

"嗯……我们从来不说:'应该干掉某人。'不,而是说:'应该研究这个情况……'在我们中间,这样说,大家显然都能懂得其中的意思……如果我应召接受调遣,就必须去做……必须像一个战士执行任务一样,去做某件事。有人对我们说:'爬上去',我们就爬上去。或者说'去做某件事',我们就执行。我们的上司皮诺·格雷科和尼诺·马多尼亚是不能招惹的恶魔,帮内对他们完全信赖……所以,如果他们对我说:'应该研究一下某个人的情况,因为他想把我们全杀掉',那么你们认为我应该怎么回答?在他杀掉我们之前,马上动手!这很正当……我这样做了,随后就完事。够了,往下说吧……"

国家之罪

"1982年,达拉·齐耶萨将军被杀。1983年6月,特警队长马里奥·达列奥被杀。1983年7月,创立了巴勒莫打击黑手党联营的大法官罗科·齐尼奇在一辆被引爆的汽车中身亡。1985年8月,巴勒莫警察局副局长尼尼·卡萨拉被杀。所有这些暗杀行动都是以同样方式完成的……齐尼奇博士起诉'我们的事业'?'干掉他。'他的同道?'干掉他。'就是这样,那是行话……'我们的事业'的所有敌人都是同样下场,尽管我并不认识他们。

在刺杀达拉·齐耶萨将军之前,我干过的最轰动的事情就是1982年6月16日巴勒莫环城线的大屠杀,有四名特警因为押送一个我们必须杀掉的囚犯而在这条路上丧命。那个囚犯牵扯进了不利于李纳的一个阴谋。他正被警方从一所监狱转移到埃纳与特拉巴尼之间的另一所监狱。我们照例在光天化日之下干掉了他。即使是诺切的特警队长达列奥，我们也是在大庭广众众目睽睽之下干掉的。我们都是诺切区居民，但是，我们确信没有人会告密。

在所有这些谋杀案中，我心里感到压力最沉重的——尽管所有案件都构成我的心理负担——是达拉·齐耶萨将军的案子，在那次行动中，将军的夫人埃玛努埃拉也被杀害。她当时很年轻，只有 32 岁。我猜想他们结婚不久。可怜的达拉·齐耶萨刚到巴勒莫不久，才满 100 天。这显而易见是'我们的事业'最高委员会的决定。在基层，决定权握在皮诺·格雷科、尼诺·马多尼亚和皮普·加姆比诺手里。他们天天会商，以便决定能不能干，大家听命于他们。他们说：

'今天没有事，你们走吧。'

于是，大家便走了。应该看到，那是在 1982 年，当时我还是一个初出茅庐的战士……

随后，进入了关键阶段。我记得第一个行动方案是在达拉·齐耶萨下榻的自由大街动手。这是一条单行线道路。我们想制造一起车辆事故，堵住路，然后开枪射击。但是，由于没有他的准确的作息时间表，加之这条路交通太繁忙，我们不能停留过久。所以，我们制订了第二个方案，在另一条街上守候他。卡洛杰罗·甘齐和尼诺·马多尼亚在一辆车里，尼诺·马尔切塞、皮普·加姆比诺和我在后面的一辆车里。皮诺·格雷科挎上冲锋枪骑着摩托车。那天,将军坐在自己的车里来到了这条街,我们就开枪射击……"

安泽尔莫叙述的语速加快了。他僵硬地讲着,仿佛当时的场景复活了。他不太想铺陈演绎。

"我没有开枪,已经没有必要……有尼诺·马多尼亚和皮诺·格雷科的冲锋枪就足够了……他们完成了全部作业……

大家都被震住了。我记得当时两个杀手之间发生了争执。格雷科怒不可遏,因为马多尼亚首先开枪,打死了达拉·齐耶萨,夺走了他亲手杀死将军的乐趣。他期望为自己争得奖章,可见他丧心病狂到什么地步……

这桩凶杀案之所以比其他案子更使我刻骨铭心,是因为至今我脑海里仍重现她——将军夫人的形象,她就坐在车子前面,恍如昨日。那天,我们的目的只是要刺杀将军,但用一支手枪向某个人开火是一回事,手握冲锋枪向一辆行驶着的汽车扫射是另一回事……所以,我们说历史必然是那样发生的。

卡萨拉,我也再次想起了他……那一次,我开了枪……你们真要我对你们讲吗?"

他的双手揉搓着自己的手帕,我们做了一个肯定的手势。他吸了一口气,他那已经低沉的声音变得愈发深沉:

"卡萨拉应该死,就像他的朋友、前几天被杀的巴勒莫刑警队长蒙塔纳一样。在卡萨拉博士的案子中,我同尼诺·马多尼亚一起负责执行阶段。我们在他的住宅正对面的大楼里找了一间办公室，每天去那里。直到有一天'围歼'的号令通过电台下达，告诉我们卡萨拉坐着他的防弹汽车已经抵达。我们从办公室窗口观察司机把车停在什么地方。卡萨拉只需走五米，就能到车辆出入的大门。"

他的声音压得过于低沉，变得几乎听不见：

"所以，我们只能在这五米距离内采取行动。如果我们在这段距离内抓不住他，就再也别想抓到他。于是，我们如同一阵龙卷风似的下了楼。他们打开了车门。我们开始用卡拉什尼科夫型步枪扫射，在他走出四米后抓住了他。我们的人太多太多。每个人都带着同伙。有人把一辆车停在前面，阻断卡萨拉退路。一辆军用卡车载着武装人员，随时待命参战。我们有太多人马，总共调动了五个区的人员。后来，我就回到自己家里……心里很平静……几乎可以说，好像什么也没有发生……"

他的眼睛紧盯着我们的眼睛。他身旁的警察和武警看来也像他一样紧张。弗朗切斯科·保罗·安泽尔莫掏出了他的烟盒。在让他抽烟之前，我们颇有些犹豫地问他回家后做了些什么。

"回到家里后，我没有什么特别的举动。我永远只谈自己的工作，因为我是做铅管和电器生意的。我的妻子什么都不知道，从来不知道。我们看着电视新闻，我必须不动声色，不能露出半点蛛丝马迹。我的妻子不可能想到我会干那些事情，犯下如此严重的罪行。我从来不带武器回家，至于我的母亲，我更是守口如瓶，什么也不说。我过着双面生活，但我还是我自己……不把女人牵扯进来，这是'我们的事业'帮的规矩。我懂得这种生活应该隐藏在自己心里。而今，我的妻子知道了这一切，但她没有抛弃我。"

他站了起来，两个看守赶紧把他围住。两分钟后，他缓过神来：

"真是这样吗？是的。好吧，我们继续讲下去。"

绞　索

"后来，发生了其他凶杀案，是针对我们家族和其他家族的义士的。或者是针对许多普通人的，譬如说做了任何冒犯我们的事情的小偷。在黑手党内战中，我同托托·李纳的科尔莱翁内堂口站在一起。首先，必须清洗斯特法诺·本塔特和托图齐奥·英泽利洛这两个最重要的首领，在李纳的眼中，他们权力太大了。然后，清洗追随他们的所有人。1982年初，我参与了我的诺切家族内的清理门户。这就是一般所说的黑手党内战，但这不是一场战争。在战争中，双方都有伤亡。在我们这里，科尔莱翁内堂口没有一个人伤亡。我们如同打靶，没有任何人还手。

随着托托·斯卡利翁内、罗萨里奥·里科博诺这些曾经在帮派火拼期间为我们服务和帮助过我们的人遭到清洗，1982年年底结束了门户清理。这发生在11月30日，这个日子之所以依然为人所知，是因为天知道那天有多少人死于非命，令人难以描述……

1981年5月26日，我们在圣朱塞佩城勒死了托图齐奥·英泽利洛的兄弟桑迪诺和卡洛杰罗·狄马吉奥。这天是我的生日，我却在杀人现场。所有这一切说明，我们既无节日，也没有圣诞。心里首先装的是'我们的事业'帮，然后才是家。组织高于一切。一旦由于这样或那样的原因，组织面临危险，我们就准备付出一切。就是这种心态……

所以，5月26日这一天，桑迪诺·英泽利洛和卡洛杰罗·狄马吉奥被抓起来，带到一栋楼里。在场的有托托·李纳，以及特别显眼的米凯莱·格雷科，此人号称'教皇'，是当时'我们的事业'帮最高委员会的大头目。我们将绞索套在桑迪诺和狄马吉奥的脖子上，他俩明白等待他们的是什么。他们身为义士，也曾经亲手干过这样的勾当……"

他低下头，欲言又止，把话停留在唇边。

"这无论如何都是最严酷的处死方式，因为它意味着无尽头的痛苦……死者有感受痛苦的时间。他看得见，心里明白。如果是手枪射击，死者什么也感觉不到，没有思考的时间。然而，在那里……我们两个、三个、四个、五个人摁住一个强壮的小伙子,有时把他脸朝下摔倒在地,用脚踩住他的肩膀,勒紧绞索。一个人抓住他双腿,另一个人抓住他胳膊……直至他……"

他没有完整地说出这句话,仿佛在这些语句的重压下,他自己也感到窒息了。

"这种场面延续了许多分钟。一切取决于拉绞索的那个家伙的力气有多大,但实在太长了。我始终对自己说,如果有一天自己被杀,我宁可选择他们把我吊起来。那么,我们为什么这么干?因为,这样干响动小……也许有人想用这种方式来出名?但是,干这种事会有什么光彩?……"

我的朋友布鲁诺

"有一天,我们干掉了四个人,是的,就是这样。塞维林诺、西蒙、菲利波内三兄弟,加上萨尔沃·狄马约。两个在早上,两个在下午。我们同其中的一个人——萨尔瓦托雷·塞维林诺是在同一天、同一个仪式上入帮的。在同一个地方——托托·斯卡利翁内的住宅,他曾经帮助我们杀掉斯卡利翁内,以为这样就可以挽救他自己的性命。我们所有的人都知道,斯卡利翁内无论如何必死无疑,因为托托·李纳不喜欢他，而且永远记恨在心。在1980年同我一起宣誓的七个人中，只有恩佐·米塞利还活着。

我记得另一个人，曾经是我的朋友——布鲁诺·狄马约。他的父亲必须死，因为同英泽利洛关系密切，但他从我们手里逃脱了。于是，我们就杀他的儿子，就在小伙子回家那一刻动手。布鲁诺一见到我们，转身就跑，但我们追上了他。他不是在帮的义士，他只是布鲁诺，另一个人的儿子，一个很棒的小伙子……毫无疑问，我心里轻松不了。"

武警站起身来，走出去抽烟。安泽尔莫沉浸在自己的回忆里，根本没有注意到武警的举动。

200升硝镪水

"每当有人被勒死后，还必须毁尸灭迹，具体做法取决于我们所在的地点。如果有可能就地解决，我们就用几个马口铁（镀锡铁）桶装满200升硝镪水（硝酸），然后泼到尸体上，等着尸体开始烧烂。也可能用火来加速这个过程。恶臭熏天，真是可怕。最后，什么都不剩。或许还剩一颗金牙。这样延续好几个小时……我们要做的只是用一段木头翻动一下。然后，把所有这一切扔进一个下水道口。是的，我干过许多次。我想不会有人喜欢干这种事，但当时……"

他双眼直勾勾地盯着地板，一小口一小口地喝着玻璃杯里的水。在两个小时的时间里，他脸部表情跌宕起伏，格外显眼。

"应该说，对于所有这些杀人行动，尽管我过去相信应该这样做，但我自己始终感到恐惧。我生活在恐惧之中。如果你去干某种冒险的事情，就会感到恐惧，这是必然的，你可能因此丧命。即使后来有了经验，开始组织这类行动，在干之前渴望杀戮……在我看来，不感到恐惧的人是疯子。譬如说，皮诺·格雷科，同他交谈我从来都感到不舒服。他的目光……他永远躁动，从无休止，真是个不安分的家伙。"

我怎样处决自己的叔叔

"在这场大清洗中，我失去了两个亲人。一天，托托·李纳命令我去杀我的温钦佐叔叔，那是为他卖过命的人，曾经在自己家里冒险藏匿他逃避追捕的教子。温钦佐叔叔被勒死并扔进硝镪水里。李纳为了杀他，捏造了一个子虚乌有的罪名，说他欺骗了一个未成年的女孩，但这不是真的。他根本没有做过这样的事。"

安泽尔莫很激动。

"根本没有这样的事！后来，在我见到李纳时，他对我说：

'与其怜悯你叔叔，倒不如怜悯那一群猪。'

他是残忍的。是我亲自伴同温钦佐叔叔到他被处决的地方。不过，我没有进去，留在了外边。这一天是1984年10月11日。在我失去另一个叔叔——萨尔瓦托雷之前一个月。

1984年11月1日，轮到萨尔瓦托雷叔叔了。大约在此前15天或者20天，有消息说，他开始同警方合作。这是拉斐尔·甘齐告诉我的。我很困惑，无法相信，于是去找萨尔瓦托雷叔叔询问。他对我说：

'你在讲什么故事？'

我回去找到拉斐尔·甘齐，对他说我叔叔是无辜的，但他们向我出示了一张纸——有他签名的一份警方笔录。这是证据……拉斐尔·甘齐对我说：

'他该得到什么下场？'

他必须死。于是，我主动请命，愿意亲手去执行处决。"

安泽尔莫看出了我们眼里的惊愕：

"我之所以主动请命，是因为我知道如果其他人去干，那么同他一起生活的所有亲人，他的妻子、堂兄弟们难免遭殃……他们没有给我施加压力，强迫我去杀自己的亲叔叔，没有。我属于'我们的事业'帮，知道规矩。不需要压力。当时，按照自己的心态，我也认为这样做是正确的，尽管是一个安泽尔莫去杀另一个安泽尔莫……"

中央安保处的一名助理来敲门，很有礼貌地问我们是否想吃点东西。已经将近下午2点，安泽尔莫已经说了两个小时。他喘了口气，不假思索地说：

"不，谢谢。"

"因此……我独自来到了萨尔瓦托雷叔叔家里，彼此说了些废话，无非是你好我好，问候一番。不久，萨尔瓦托雷叔叔似乎察觉到了什么，对我说：

'快滚！武警来了。'

我回答说：

'哦！武警来了……'

我随即掏出枪，扣动扳机。那是一支357马格南左轮手枪。我连发了两枪或者三枪。他瘫倒在地，我给了他致命的最后一击，送他上了西天。当我掏出枪的时候，他只是看着我。他有时间……但那只是一瞬间……一瞬即逝……

当时在场的有他的妻子和两个女儿——我的堂妹，我漫无目标地说：

'你们什么也没有看见……'

但是,我的一个堂妹立即供出了我的名字,所以,警方对我进行了询问。堂口的人知道这件事后,我立即出面干预。于是我的堂妹不再开口。因为,在我的家庭里,他们都明白,我之所以亲手去干这种勾当,完全是为了避免他们受到伤害。随后,我开始了逃亡生活,尽管警方并没有正式下达对我的逮捕令。直至1986年的法尔科内博士时代,警方才这样做。"

18个月的反省

"1989年,我被逮捕,关进里沃纳的一个特侦部门。我在那里待了18个月,因为法尔科内博士找不到任何控告我的证据。他肯定我有罪,但没有任何证据。所以,18个月的预防性拘留之后,我获释了。但在这整个阶段,我有机会反思……事实上,一切是从在那里的18个月开始的,在此期间,法尔科内博士着手侦查我处决萨尔瓦托雷叔叔的经过。这改变了我看待事情的方式,因为……"

他欲言又止,半吞半吐。字字句句仿佛都在刺痛他的嘴唇,因而说话变得更加缓慢,也更加沉重。他的忏悔带来了一个大转折,他一生的大转折。

"那是我同妻子和孩子们的第一次分离……我当时发誓永远不

再杀人。我叔叔萨尔瓦托雷是1984年死的，而我继续杀人，直至1987年。

1990年9月7日，我获释出狱，回到了巴勒莫。不言而喻，我永远属于'我们的事业'帮，是诺切家族的二堂主。我不能这样袖手旁观……我恢复了同他们的接触，但试着尽量保持谨慎。在我的内心里，深知自己不可能信守入帮时的誓言。如果他们质问我，我怎么做才能说出一个'不'字呢？

实际上，有一天，拉斐尔·甘齐曾找我去干另一桩杀人勾当。我来到约会地点，在那里有托托·坎切米、乔瓦尼·布鲁斯卡，以及格拉维亚诺兄弟。他们要去杀特拉巴尼省阿尔卡莫市的某个人。我不知道这是哪路人，但奇怪的是要杀的这个人躺在医院里。这是一个在帮义士，已经遭到一次追杀并且受了伤，因而住进医院疗伤。尽管发生过这一切，在场的人却没有一个认识他，都从来没有见过他。他们派我和齐契奥·拉马尔卡去实施谋杀行动。但怎么做？我们讨论了又讨论，最后能够说得准的只有一点，那就是某一天，刚刚来了一个一只手绑着绷带的家伙，要杀的就是这个人。我说道：

'等一等，我们不是在一个教堂里，而是在一家医院里，来到这地方的手绑绷带的人有多少？见到第一个进来的人就动手，但如果他不是那个应该杀的人，怎么办？'

他不由自主地模仿当时的场面，两只湛蓝的眼睛瞪得溜圆。

拉斐尔·甘齐同意我的看法。于是，我们决定推迟行动。

当时，我患了肩膀习惯性脱臼症。于是，好不容易摆脱了这个是非之地，带着我妻子和孩子们前往威尼托大区的米拉诺城，住进一家医院进行治疗。离巴勒莫越远越好。我希望自己忠于入帮誓言，但很不容易。我不知道那个手上绑着绷带的人后来的情况。当我重新回到家乡时，被委派去做我们的非法生意，因为我们有许多家建筑公司。应该说，这对于我是最好的差使。从1987年开始，我不再参与任何杀人越货的罪恶勾当。"

大飞跃

"1993年，我再度被捕。在狱中，我在最严厉的甲级重案犯看管制度（即所谓41bis制度）下度过了一年。我的小儿子开始长大，刚庆祝过11岁生日。我很想念他。他将来的命运将会怎样？像我一样吗？这是我不能容许的。我自幼失去了父亲。我也为女儿们担忧。她们会嫁给义士吗？我思考着这一切……同警方合作……这谈何容易。我的妻子和孩子们会跟随我这样做吗？他们会怎么想？后来，我决心了结所有这一切，决心挣脱锁链。我受够了……受够了！"

他几乎是在喊叫，左右摇晃着自己的脑袋，表达出一种决绝的态度。

"我要求面见司法官员，告知自己愿意合作。1996年7月12日，我开始同司法机关合作。我挣脱了一个受难的十字架，却被钉上了另一个受难的十字架，那就是保护计划。

我生活在意大利的一个秘密地点，只有用作掩护的代号，我的妻子和孩子们也是这样。他们都改换了姓名、出生日期、出生城市。所有的证件都改换了。但我的家庭必须为我做种种解释，他们何等痛苦……

我的妻子与我同患难，她烧掉了我的十字架。她同孩子们一起先是被带到一个秘密的地点，在我于狱中与司法机关合作期间，她必须独自面对一切。我甚至不愿去想那些事……当我在1997年出狱时，家里十分困难。我的一个女儿吃不下饭，得了厌食症，可怜的孩子总是呕吐不止……在司法官员——一个上校的帮助下，我们境况略好了一点，但我的孩子们并不幸福。"

他眼望着地面，手里的手帕已经被揉搓得不成样子。坐在他旁边的警察以一种抱憾的神态注视着他。

"今天，他们知道了一切。他们从报刊了解了……他们的母亲必须回答他们的问题。而我，不，孩子们从不问我。我无论如何不谈这些事情。我能说什么呢？没有任何可说的。"

他的声音趋于尖厉，脸部变得僵硬，似乎是冲着自己在发怒。

"我一生难道还有什么好事可言吗？半点也没有。我毁掉了自己有过的最美好的东西——我的妻子和孩子们。除了应该为自己做过的一切付出众所周知的代价之外，我还失去了自己的家庭。尽管我们生活在一起，但我的儿子比女儿更加看不起我。他们违心地说假话，夸我有了正当的工作……我赞赏他们，因为他们成功地融入了这个环境，但他们内心深处承受着巨大的压力。他们的一生将在这种重压下步履维艰，蹒跚前行。他们没有普通人的正常童年。他们永远不得不背负着我的问题。最后，我自己在寓所软禁，而他们好似生活在狱中。

他们不能去任何地方。回到巴勒莫，这是绝对不可能的。小女儿说：

'爸，我想看望我奶奶。'

我说：'不行。'

'为什么……？'

我怎么才能向当时——1996年——才满八岁的小女儿解释这些呢？难道告诉她，爸爸在一份协议上签了字，承诺不再回到西西里？我的妻子不再去看望她的亲人。然而，亲戚们同这一切原本毫无关系。他们多么爱自己的孙子孙女……

我的母亲，我的血肉相连的母亲，抛弃了我。我同她，还有我的姐妹们不再有任何联系。我的母亲，直到去年我才重又见到她，那是14年来第一次。她身患癌症，我去看她，对她说：

'您丝毫也无须宽恕我。是我应该原谅您，因为在我需要您的时刻，您抛弃了我……'

她禁不住潸然泪下，失声痛哭。

当我选择同司法机关合作时，她不愿再同我联系，也不愿再同我的孩子们联系，尽管孩子们是无辜的，他们没有做任何坏事！以前，我的母亲和姐妹们为我感到骄傲。今非昔比，我变成家庭的耻辱。我确实干了许多坏事，但我的儿女和妻子呢？没有干任何坏事！相反，我的妻子是值得敬佩的。她本可以离开我，但她选择了同我在一起，分担我的一切，我的烦恼……"

事实上，从访谈一开始，安泽尔莫就渴望谈他的妻子。所有话题都把他引向自己的妻子。她是他的存在和生活的阳光。他也许会对我们说，有她，他心里就有爱。

"我现在没有工作，甚至没有驾照，整天无所事事。而且，是的，我必须把自己隐蔽起来，让邻居们相信我有正当工作。我必须隐藏某些东西，或者是把自己关在家里两三天，一步也不外出，仿佛是到外地工作去了。但我期望重新融入社会，不能继续这样生活下去。我现在接受国家的经济援助，相当于一份工资。在我生活的地方，我又结识了几个熟人，但都是泛泛之交，不得已而做做样子。几名国家工作人员负责保护我，他们时时来看望我。他们都是20岁上下的年轻人，同他们也没啥好说的……而今，我没有可以诉说自己以往经历的对象。"

他转过头去望着两个伴同他的警卫，惨然一笑。一丝同情在两个警卫脸上闪过。他们同他住在同一个城市，与另一些人一起对他实施秘密的近身保护。他们了解这个人的一切，他的行踪、他的习性，但似乎被这一时刻的真情吐露打动了。

宽恕我吧，我的上帝

"我唯一的慰藉，就是教堂。我从小就去教堂。我笃信上帝，永远祈祷。我不问自己怎么做才能将这一切协调起来。我不知道怎样向上帝解释。在一场杀戮之后，我试着忘记那情景。我知道自己做错了，于是就去教堂，对上帝说：

'宽恕我吧，宽恕我吧……'

这给我力量，摆脱内心的重荷。在义士中间，不谈这些，从来不谈。表露心理危机，那是不可设想的。这是被看做对组织有害的一种危险。有时候，我想收拾行装去委内瑞拉。但我不能自拔，将自己从所有这一切中解脱出来。我生活在这种环境里，它比我更强大。我没有办法……

今天，我依然求助上帝。我把自己的孩子们托付给上帝。如果不对上帝倾诉，我还能对谁倾诉？我想上帝并没有宽恕我。事情不像偷一部电话或者一双鞋那么简单……我已经走得太远了。"

他叹息，摇头，脸上流露出无言的绝望。

"当然，我祈求上帝，但我想大家都不会宽恕我，无论是上帝还是受到伤害的人，都不会宽恕我。我从来没有造访过受害者的家庭，我没有谋求这样做。我想这样做无异于重新揭开伤疤，痛上加痛。我能说些什么呢？贸然去造访一个被我杀害过他的兄弟或者父亲的人，对他说：'请宽恕我'，我怎么能这样做呢？即便是我自己，也不能宽恕。

卡萨拉阁下有妻儿老小。我从未给他们写过信，因为我不知道如何解释。在卡萨拉遇害的那一天，有一名警察同他一起被杀。还有另一名警察，他的唯一错误是侥幸逃过一劫，活了下来，于是被牵连进了案子，因为有人说他是我们的鼹鼠。哦，可怜的家伙，这不是真的……所有这些事情，都压在我心头，直至生命终点。没有任何办法能把它们从我的脑海里驱走。我反复想着它们，挥之不去，睡时想，梦中想。'我们的事业'帮是我的毁灭之地。我想起了我的母亲，我曾经恨过她，因为她要我远远离开巴勒莫，把我送到美国去。我曾经以为她不爱我……但她是完全正确的。

我从1997年到2010年4月,处于寓所软禁。今天,我获得了有限自由。我承担某些义务,必须去营房签到,有必须遵守的活动时刻表。我身负10项或11项罪名,总计可以判150年监禁,或许更多,但没有一条法律容许诸罪并罚,所以最终判了30年。有的人,譬如说托托·李纳,我愿他长寿。因为如果他死了,就结束了受罪,不是吗?我,受过了罪,现在还在受罪,而他,应该比我受更大的罪!他,托托·李纳,应该活到120岁。

至于我曾经做过的义士,可谓往事如烟。当我成为义士之时,我是一个无知的青年,今天,我们大家都了解了'我们的事业'的一切,就不能再说:'我不知道……'进入这个帮派的人知道,他们是用自己的手在杀戮,因为这是他们谈论的话题。只有疯子今天还这样做。至于我,应该担起自己的罪责。没有人用枪指着我的头颅逼我领受,所不同的是我来自一个特殊的家庭。"

是否说出有些事情,看来他还在犹豫。他紧张地注视着我们,仿佛在恳求我们给予更大的宽容。

"你们或许会把我当成一个疯子,但我经常这样想:如果真的有另外一个世界,那么我的叔叔们在天上应该重新见到我的父亲,不是吗?唉,可怜的父亲虽然同这一切毫无瓜葛,却因为我而陷入极大的困境!我的叔叔们会逼他还账,因为是我把他们送进了坟墓……我所到之处，都是这样。我到处种下苦果，无论是在活着的人中间，还是在亡灵中间。

我没有解脱的办法，最好的办法或许是现在一死了之。这也许对大家都是好事。对于我也是这样，因为，最重要的是我不会失去孩子们对我的尊重，他们永远不会知道我的任何罪恶。大家会说：'他死了。'一切就此了结。"

从圣卢卡到杜伊斯堡

在显赫的西西里黑手党的阴影下,卡拉布里亚的"恩德朗盖塔"帮默默无闻,却把它的棋子推进到了世界的大棋盘上。2007年,发生在德国心脏地区的一场震惊世界的大血洗,揭开了盖在这个帝国头上的面纱。让我们回过头去,看一看这场从世代宿怨的基底下突然爆发的族群仇杀。

像往常一样，他们选择了一个节日。这是圣母升天节之夜，注定鲜血飞溅，用一种永世不忘的仇恨来染红这个纪念日，把全世界低能的记者们惊得手脚发颤。张开双臂、拥抱荣耀的时刻来临了，其方式就是在过分自信的德国心脏地区制造一场对无辜平民的大屠杀。必须为圣母玛利亚之死复仇。

2007年8月15日，半夜2点刚过，杜伊斯堡正在齿形花边窗帘背后酣睡。在离中央火车站不远的达布鲁诺饭馆内，灯光已经熄灭。塞巴斯蒂安诺·斯特朗杰奥心情愉快，正在打烊。这个卡拉布里亚人刚刚同三个朋友和两个伙计一起分享了一顿美味晚餐，畅快痛饮了一番。他们庆祝完了年轻的托马索的18岁生日，在门前不远处说笑着。告别前的最后一声"再见"刚出口，一阵暴风雨般的枪声划破夜空，他们应声倒在车里。

深夜2点24分，一个邻居听见了枪声。她快步向比萨饼店走去，这一夜，整个城市被她的尖叫声惊醒。一连串令人费解的话从她的唇间涌出。一辆"高尔夫"小轿车内，歪倒着四具被子弹穿透的尸体，血肉模糊。近旁的一辆"欧宝"带篷卡车里，有另两具因惊恐而睁大了眼睛的尸体。每个遇害者都是在一阵雷电般的狂暴中被杀的。杀手们在调转脚跟走之前，有足够的时间给予每个遇害者致命的最后一击——一颗穿透脑袋正中的子弹。"欧宝"车的钥匙停在发动的位置上，车挡已经挂上。斯特朗杰奥的左手依然握着方向盘。

一辆辆救护车在野兽般的机械尖叫中疾驰，一大片车顶旋转警灯就像一个纷乱的杂技场，闪烁的灯光驱散了幽蓝的夜色。一张白色的大床单盖在了六具尸体身上，他们是 20 岁和 22 岁的马可和弗朗切斯科·佩尔高拉两兄弟、18 岁的托马索·文图里、16 岁的弗朗切斯科·焦尔吉、39 岁的塞巴斯蒂安诺·斯特朗杰奥、25 岁的马可·马尔默。这六个卡拉布里亚人在鲁尔工业区的中心，死在乱枪扫射之下，身中 54 颗子弹。不知所措的德国警察们，不解地用手挠着头，一个劲儿嘟囔说："Warum——这是为什么？"

这是一个十分古老的故事。圣母升天节这一天，"恩德朗盖塔"——欧洲最有实力、最凶恶却也最被低估的卡拉布里亚黑手党，将关于它发源的神话上溯到星辰。电视新闻循环播放着摆在比萨饼店前面的鲜花，德国人惊愕得目瞪口呆的神情，他们在试着说出"恩德朗盖塔"这个词时，由于弄不清其含义而直打磕巴。在遥远的穷山村里，杀手们忍俊不禁，捧腹大笑着。全世界都把眼睛注视着意大利南端的一个贫困小村——圣卢卡的难得一见的画面，这里的人敬畏上帝，冥思着有关这个村子所在的山顶的传说。

一切沿着一道粗犷和荒芜的风景线——阿斯普罗山的一道道令人晕眩的陡坡开始。以往几个世纪的过客始终把这个世界末端的丘陵看做野人的栖息地、未开化人的避风港。即使是拿破仑也对此惊愕不已。他手下的一个军官记述卡拉布里亚匪帮抢劫和杀人勾当的笔记可以佐证这一点："欧洲的末端在那不勒斯。卡拉布里亚、西西里，以及其他地方都属于非洲。"圣卢卡的土生土长的大作家科拉多·阿尔瓦罗饱含深情地描绘了阿斯普罗山的这些牧羊人的简朴和痛苦的生活，很希望改变外国人的看法，但枉费心机。1930年，他在佛罗伦萨公立中学的一个讲座上不无痛惜地说："我始终很难诠释我的家乡。"仿佛美第奇家族的这些指甲修剪师能理解圣卢卡之灵一般……卡拉布里亚是一个谜，它的美和它的傲然孤立，以及只有以他们的沉默寡言来充分表达自己心境的山民们，更为它增添了神秘色彩。然而，毫无疑问，作为隐藏着世世代代深邃奥秘的一道道围墙，这些由巨石构成的狭窄地区无不如此。它们的存在只是为了挑战世界和理性。

更能说明这一点的是，"恩德朗盖塔（Ndrangheta）"这个词原本就是不可读的。"n"发嘘音，"ghe"念"盖"，而不念"杰"。

它的起源隐藏于遥远的时代，当时的卡拉布里亚还属于历史上所说的"大希腊"。这个词的词源无疑来自希腊语"andragathos"，意为"勇敢的人"。再者，人们也喜欢这样想象那边的人。在山谷深处，人们讲述着关于"恩德朗盖塔"和意大利另两个黑手党组织的故事，说它们是三个西班牙骑士的女儿。这三个骑士因不惜用鲜血来为他们受辱的姐妹的荣誉复仇，被追捕而流落到意大利南方。他们名叫奥索、马斯特洛索和卡尔卡尼奥索，一个来到西西里创立了"我们的事业"帮，一个到那不勒斯创立了"卡莫拉"帮，另一个在大天使圣米歇尔的护佑下到卡拉布里亚创立了"恩德朗盖塔"帮。一个高贵的直系尊亲，加上上帝的保佑，荣耀骤然放大，传说就此形成。黑手党人不是光天化日下招摇过市的歹徒。他们是上帝的选民，在秘密会议上当众进行宣誓，像进入修道院一样入帮。他们永不退出，至死不渝。

长期以来，"我们的事业"帮独占水银灯聚光下出镜的风头。在西西里的教父们看来，这只是因为有了老大中的老大托托·李纳。这个残暴嗜血的专制魔王多年来把意大利半岛同自己捆绑在一起，野蛮地巧取豪夺，对国家宣战。必须用一部专用货梯来运送他的犯罪记录案卷，而在这些案卷上永远沾满了在两个月的时间内先后被杀害的法尔科内和波尔塞林诺两位法官的鲜血。1990年代初，"我们的事业"帮甚至想把"恩德朗盖塔"帮并入它的杀手阵营。

当时卡拉布里亚的一个老大米可·特里波多曾经是李纳在受追捕期间私下结婚的证婚人，但两人之间的友情不足以使卡拉布里亚人突然头脑发昏而轻举妄动。"恩德朗盖塔"帮的头目们面对强权，始终宁可选择低调，暗中进军。在那个年代，人们把他们看做下作的莽汉，模仿美国西部牛仔的办法把大腹便便的实业家们绑进山里的乡巴佬。在人们不经意间，他们推进着自己的据点。

而今，在同哥伦比亚卡特尔进行的成桶白粉秘密交易中，他们是欧洲唯一能够进行运作的，而且一语定音。他们的西西里表兄弟们只能敲敲边鼓。"恩德朗盖塔"帮的党徒们经营着数以十亿欧元计的无限财富。早在地缘政治学的专家们尚未想到发明全球化概念之前，他们就已经"全球化"了，在委内瑞拉、澳大利亚、瑞士、加拿大、西班牙、荷兰、德国开设了分支机构。他们同跨国黑社会——哥伦比亚的武装组织、墨西哥的麻醉品贩子或者阿尔巴尼亚的盗匪联手操作。他们会讲多种语言，特别是西班牙语，如果必须同斯里兰卡人谈判，他们也能流利地讲泰米尔语。他们控制了焦亚·塔乌罗港——地中海转口货物第一大港，每年单是装运柑橘就达 300 万集装箱。他们能够只是为了保护可卡因在大西洋上运送的安全而购买一艘潜水艇，同样也能在法兰克福交易所里运筹操作，把一家红肠公司的股价抬高。

欧洲旧大陆的这些牧羊人在把自己的子女送进最好的大学同

时，发明了一种新的犯罪活动形式，既是部落式的，又是全球化的，就像基地组织一样。今天，这些杀手具备商业家的头脑，身着剪裁讲究的亚麻西服，集双重面貌于一身，既是金融巨头，又是毒枭大佬。这些"恩德朗盖塔"帮骨干既代表黑手党的过去，又展现黑手党的未来，他们昂首仰视星空，却稳稳立足于大地。因为，黑手党徒永远不会忘记他们的根基。

他们永远不会忘记卡拉布里亚雷吉奥。那是一个阳光明媚的城市。阳光仿佛始终眷顾西西里，抚摸着这里的人们的脸颊。他们永远不会忘记那里的海岸，大诗人加布里埃勒·邓南遮激情迸发，说它是"意大利最美的一公里"。在这个城市里，人们对"恩德朗盖塔"帮敢怒而不敢言。它控制着运输、工程招标、萨莱纳—雷吉奥高速公路，不分巨细，无孔不入。155个黑手党家族——皮罗马利家族、德斯特法诺家族、特加诺家族、阿尔瓦罗家族等，划定和登记注册了各自的地盘。在雷吉奥，湍急的卡罗皮纳切河划分了两大帮派的地盘，拉巴亚特帮在河的右岸，利布里帮在河的北岸，各自主宰着自己的领地。人行道上的西瓜摊贩负责放哨。商人们必须缴纳"保护费"，也就是所谓的"地方税"，否则就难免最终眼见自己的店铺化为灰烬的命运。最初，他们表示感谢，因为作为交换，帮会提供保护，防止小偷。但一段时间过后，随着费率猛涨，他们被压得喘不过气来，于是有人温文尔雅地向他们提出给予利率高得不可思议的贷款，他们很难说"不"。否则，敢于揭露的那些人，包括新闻记者、政治家或者其他什么人，都会收到装着子弹的邮件。在这个地区，黑手党渗透的基层社区数不胜数。在其他地区，国家谋求渗透，譬如说在圣卢卡。

圣卢卡是"恩德朗盖塔"帮的摇篮，它的首府，它的母体。那是一片仿佛钉在天顶不动的太阳炙烤再炙烤下的土地。这个4000人口的小镇沉浸于忧愁的氛围中。四周陡峭的群山围绕，使他们不由得产生被囚禁的感觉。进入那里，确实需要勇气。何况，人们也不到那里去。他们只是路过。村口，曾经被当做飞靶的村子标志牌已经不知去向。几个骑着小轮摩托车的青年来回转着圈，试图引起进入他们地盘的一切来客注意。几间没有完工的房屋，几个被撞得坑坑洼洼的垃圾箱摇摇欲坠地立在陡坡上。帘子后面，一双双眼睛始终透过缝隙在窥视。道路到坡顶的教堂前为止。再往前，就见不到路和其他建筑了。是的，还有阿斯普罗山，那是拘押被绑架的商人作为人质来敲诈他们家人的老窝。"恩德朗盖塔"帮起初就是靠绑票发家，奠定财富基础的。

教堂前的广场上，在火辣辣的太阳下，几个老人在静静地玩牌。这一天，一个嘴角上带着微笑、圆滚滚的矮小神甫唐·皮诺·斯特朗杰奥在他的堂区教堂接待了我们。自杜伊斯堡大屠杀以来，这个圣卢卡的本堂神甫接待了排着队来到的世界各国的媒体，从德国人到西班牙人，中间还插着日本人。我们可以想象日本人是怎样来到圣卢卡的。唐·皮诺还见到了另一些人。他是这个山村的灵魂，他为村里的几乎所有人施洗，主持婚礼和葬礼。因为，这里的人彼此联姻。他们也彼此仇杀。村民们时时刻刻面对他们自己和他们的亡故的亲人生活。当有人"因自然原因亡故"时，司法文件不仅有所记录，而且要加以详细说明。在圣卢卡，在学会走路之前，需先学会逃生。因此，卡拉什尼科夫步枪和"北约专用"弹药被隐藏在楼梯间和公墓的小教堂里。还有深藏在地下、出口处装着液压—空气联动门的地堡，日常用来防御敌对家族以及稍后的国家的进攻。因为，在卡拉布里亚，存在着其他任何地方都没有的那类逃亡者，即所谓的"志愿逃亡者"。他们不是逃避警察，而是逃避所谓"法伊达（faida）"，即"世仇"风暴。这种族际仇杀可能延续几个月，几年，甚至一辈子。犹如在火山中凝聚着熔岩，由于荣誉受到嘲弄而突然从沉睡中苏醒，喷发出祖祖辈辈积聚的痛苦。这种力量比家族之间的战争更加疯狂，牵人肺腑，超出了一般犯罪的逻辑。那是无论"我们的事业"帮还是"卡莫拉"帮都未曾经历过的一种暴力。这就是2007年8月15日在德国杜伊斯堡发生的暴力事件。1991年开始的一桩"世仇"，破天荒在它的天然界限之外的欧洲中心地区爆发，暴露在世界各国的视线下。

有五个受害者来自圣卢卡地区。其中三个长眠于村子下方的新公墓，他们是马可·马尔默、塞巴斯蒂安诺·斯特朗杰奥和本堂神甫唐·皮诺的表弟——年轻的弗朗切斯科·焦尔吉。在教堂举行葬礼的那天，他们的遗体得到了长时间热烈鼓掌的礼遇。仿佛这几个在离故乡那么远的地方被杀的死者是殉难的烈士，仿佛他们为全圣卢卡村做出了牺牲，这个山村悲痛欲绝，感到难以慰藉的孤独。够了！够了！仇恨！"我们像死人一样生活着……"唐·皮诺在讲道时这样怒吼道，当时一个母亲紧握双拳，强压着心头的绝望，悲痛得喘不过气来，从长椅上跌倒在地。

一年后，在坟头新涂上灰泥的荒凉的公墓里，这个母亲永远留在了那里，倒在她儿子的墓上。那是7月的一天，夏日的直射阳光使人难以忍受。她失声痛哭，凝视着天空，用当地的方言哀求青天回答："但他们为什么杀他？为什么？"阳光照射在她那一眨不眨的眼睛上。老天没有回答。它也很孤独。

然而，圣卢卡的各个家族长期以来都是和睦共处，幽默乐天的。其中最显赫的当属尼尔塔家族，因为它人多势众，与政界联系广泛，而且处事一贯狠毒。它的头领安东尼奥，外号"双料大鼻子"，因为他枪法无人可及，好比扑克牌里的大王"A"。尼尔塔家族与警察们的关系是一个很古老的故事。安东尼奥的祖父，一个牧羊人，已经开始同阿斯普罗山的传奇人物、武警队长朱塞佩·德尔菲诺过招。在那个时代，在世界的这个角落里，生活早就是生来注定的：不是当武警，就是加入"恩德朗盖塔"帮。1927年的一天，德尔菲诺终于得手，抓住了尼尔塔这个害人精，他们一起住在一条山沟里，牧羊人装出一副可怜相说：

"队长，我头晕。"

在德尔菲诺给他松开手铐，以减轻他头晕的瞬间，尼尔塔已经把他摔倒在岩石上，嗥叫道：

"现在就让你啃一口政府面包的滋味。"

一个圣诞节之夜，德尔菲诺队长终于获得了报这一跤之仇的机会。他装扮成牧羊人，来到关押尼尔塔的房间窗下吹奏风笛，邀他唱一曲小调。尼尔塔大受感动，从正埋头吃着的通心粉面条盘上抬起头来，想要一杯葡萄酒润润嗓子，却发现塞在他鼻子底下的是一把夜壶。他叹了口气说：

"队长至少让我吃完了通心粉吧。"

德尔菲诺回答说：

"没用，你总归是要把胃里所有的东西吐在营房里的。"

德尔菲诺并非只是开玩笑。尼尔塔一连七天不得不吞下很咸的尿液。最后，他的肚子鼓胀得滚圆，当武警们要请医生来诊治时，他摇着头说：

"哎，不必了，我需要的是一个产科医生！"

所以，外号叫做"双料大鼻子"的安东尼奥·尼尔塔是有榜样可依的。这是一个穿着简朴、老成持重的人，曾经担任过这世界一角的森林警卫队队长。然而，在他晚年，当局没收了他700万欧元的财产，包括房产、土地，几家医疗公司的股份，一个临床医疗研究中心……在圣卢卡，人间喜剧总是在虔敬和苦干的屏风背后上演的。20世纪90年代初，安东尼奥和他的家族情况良好。在从事毒品和军火生意方面，他们同其他家族达成了某种合作。这是一笔名副其实的大赌注。他们甚至忽略了对于地盘的控制，使得几个热衷火中取栗的家族成了脱缰的野马。在这种野心勃勃的氛围中，"世仇"在下层又死灰复燃起来。

1991年2月10日，这一天是村里的狂欢节。葡萄酒到处流淌，血液开始在血管里胀满。一些同斯特朗杰奥家族有联系的年轻人朝着一个名叫多米尼科·佩勒的人经营的酒吧扔臭鸡蛋。他们越扔，佩勒越生气。佩勒越生气，青年们就越是追着他扔。紧张的气氛上升得太快，因为在这挑衅背后，信息是明确的：斯特朗杰奥家族的人，这些凶神恶煞把自己看做圣卢卡的新霸主。佩勒的一个亲戚安东尼奥·沃塔里忍无可忍，从工具箱里掏出一把枪，一扣扳机打倒了两个对手。这是事情的结尾，也是悲剧的开头。家族之间的战争从此宣告开始。这场战争延续了16年。

一边是佩勒家族和沃塔里家族，他们的众多成员是靠着血缘联结在一起的。另一边是尼尔塔家族支持的斯特朗杰奥家族。在那些关着的百叶窗背后，仇恨反反复复延续了16年。由于国家的缺位，16年的悲剧达到了顶峰，因为在这里，武器的正义比法庭的正义更加管用。在这弹丸之地上，"世仇"从此占据了所有人的心灵，按照昨天的受害者已经成为明天的刽子手的不可平息的报复法则，毁灭了回归正常的最起码的意愿。

在狂欢节的闹剧之后一年，人们发现制止扔臭鸡蛋的安东尼奥·沃塔里倒毙在一棵树底下，身上被泼上了硝镪水。有人曾给他下达不准再踏上圣卢卡土地的命令，这就是他故意不服从的下场。随后，在1993年5月1日，事态更趋恶化。那又是一个节日，黑手党恪守自己的信条：不在不适当的时间杀人。傍晚7时左右，沃塔里家族的两个成员在他们的马厩里被杀。7时30分，回击爆发，斯特朗杰奥家族的一个成员倒在他的汽车的驾驶盘上。7时35分，另一个成员被击毙在肉店门前。半小时内一连死了四人。在圣卢卡，5月1日并非人人放假。按照一个忏悔者的说法，这一结局算得上是奇迹。因为，这个晚上如果不是突击队员们步话机出了问题，就会有大约30具尸体需要收拾。

"双料大鼻子"安东尼奥·尼尔塔插在口袋里的双手紧握着拳头，牙齿把下嘴唇咬出了一条血印，暴跳如雷。他恨不得痛打全村村民一顿，但他知道流血永远无补于事。因此，他克制着自己。何况，国家当局也大受震动，派出一支治安部队进驻圣卢卡。"双料大鼻子"殚精竭虑，经过反复权衡，决定举行圆桌会议，邀请雷吉奥的德斯特法诺家族、特加诺家族、利布里家族的大教父们出马，担当调解的和事佬。于是，贤哲们再度抬出可尊敬的社团的这条古老法则：为了生存，黑手党就必须销声匿迹。在圣卢卡终于出现了奇迹，各方都刀枪入库。

这场有益的休战使得"恩德朗盖塔"帮的各个家族能够把心思重新集中到生意上，在意大利北方和国外站稳脚跟。卡拉布里亚人在伦巴第、澳大利亚、西班牙、荷兰、哥伦比亚都拥有分支机构。而在德国，恰恰在2000年初，德国刑事警察局（BKA）的警察们发出了一份关于"隶属恩德朗盖塔最有势力"的圣卢卡各家族在杜伊斯堡、爱尔福特和莱比锡的派驻机构的绝密报告。这些机构最偏爱的活动是利用比萨饼店来为毒品交易洗钱。杜伊斯堡事件之后，一个很罕见的卡拉布里亚忏悔者这样说："哪里有比萨饼店，哪里就有黑手党。"

姓名、地点、嫌疑都在德国刑事警察局的报告中记录在案。其中甚至列出了某个名叫乔瓦尼·斯特朗杰奥的人，也就是被推想为未来的大屠杀的幕后主谋，此人在德国已经定居多年。报告也列出了达布鲁诺饭馆——案发现场的地址，那是一个自称每月只挣400欧元的卡拉布里亚人花13万欧元不久前盘进的。如果德国警察们稍微再细究一下案子，他们还会发现各自跨越2000公里来清算恩仇的两个家族在莱茵河两岸复制了它们在卡拉布里亚的地盘的划分方式。莱茵河西岸的卡尔斯特一侧是斯特朗杰奥－尼尔塔家族的地盘，东岸的杜伊斯堡一侧属于佩勒－沃塔里家族的势力范围。

在圣卢卡，此时停火的和平局面趋于结束。"世仇"的最新行动正在准备。即将酿成动乱的人，名叫弗朗切斯科·佩勒。实际上，在村里大家叫他"巴基斯坦人齐乔"，因为村里有几百人同名，所以为了辨认清楚这些沾亲带故的兄弟，准确地知道他们到底是哪家的成员，绰号是必不可少的。就像他的绰号所表明的那样，弗朗切斯科·佩勒的皮肤略微显黑。而且，他动辄开枪杀人，视同儿戏。据私下传言，他是1993年5月1日放烟火时两起凶杀案的凶手。13年后的2006年7月的这个夜晚，在离圣卢卡不远的新阿弗里科，他一边在阳台上乘凉，一边思考着如何扩大自己的生意。自从绰号"直筒子"的阿弗里科和"恩德朗盖塔"帮的传奇式头目大莫拉比托于2004年被捕以来，巴基斯坦人齐乔头脑里充满了各种各样的想法。他同王室的一位贵妇荣奇雅蒂娜再婚，一心想成为首领，颇有些飘飘欲仙的感觉。半夜11时30分，几声枪响划破夜空。巴基斯坦人齐乔应声倒下。他双腿中弹，伤势严重，或将终身瘫痪。

在他住院的那些日子，有十来个亲戚——大多是惯犯——在他病房前站岗，都是全副武装，以备有人来最终结果他的性命。躺在被刑侦人员塞满了微型录音机的病床上，巴基斯坦人齐乔心头浮现出种种不吉利的念头，翻来覆去，挥之不去。这个躺着动弹不得的伤员，咒骂着不给他写信的亲戚和所有乡亲，指责他们忘记了"死人的灵魂"、他的当饭店侍者的堂兄弟"托托的坟墓"。复仇的焦虑比正在输进他静脉的血液更强烈地灌入他的心田。2006年12月13日，他终于走出医院，却没有留下任何好兆头。厄运降临了。

12天之后，也就是12月25日圣诞节，正是人们分尝圣诞树根蛋糕的时刻。一支突击队突袭了刚结束家庭早餐的老尼尔塔家的住宅。在一阵枪林弹雨中，他的儿媳，33岁的棕褐色头发的漂亮少妇玛丽亚·斯特朗杰奥中弹身亡。这一次，佩勒-沃塔里家族超出了一切界限。他们的报复是不可取的。他们杀死了一个女人，违背了黑手党的荣誉信条和基本价值。作为回报，斯特朗杰奥-尼尔塔家族也反过来不再顾及一切法则。他们正是为了替她——玛丽亚小姐雪耻，八个月后在杜伊斯堡实施了报复。也正是为了她，他们毫不犹豫地将他们的古老风俗暴露在全世界面前。通过同样的机会，敌对家族的清洗最终超出了在毒品市场、工程招标及敲诈勒索方面争夺霸权的界限。在"恩德朗盖塔"帮里，永远有几亿欧元的黑钱隐藏在崇高感情的背后。

在探望狱中的朋友时，一个黑手党徒轻描淡写地概括了当时笼罩着圣卢卡这个阴云密布的竞技场的气氛："人们在呼吸中感受到了恐怖的气氛，很多人不出家门。"居民们把身体蜷缩成一团，孩子们不再上学。玛丽亚的丈夫乔瓦尼·卢卡甚至不敢冒险去参加他妻子的葬礼。整个村子陷入了惊人的混乱，所有的大街小巷仿佛随着事件的发展被遗弃了，不但空空荡荡，而且委靡不振，穿透空气传来的只有喃喃的呓语："该活的活吧，该死的死吧。"

在这地狱里也有片刻的诗意？两个花季的少女——青年塞巴斯蒂安诺·沃塔里的女伴和她一个女友在各自的角落里互发短信："该死的族间仇杀！"这是对这个疯狂世界的常态的讽刺。20岁的医科大学生玛丽亚·加布里埃拉不再有塞巴斯蒂安诺的消息。她再也不能吞咽下自己的痛苦泪水，向他发去了表达爱情的短信。在她最后一次与他交谈时，他直言不讳地告诉她，自己必须躲一躲。他杀了人，也许，毫无疑问……玛丽亚·加布里埃拉吓得浑身战栗。她的女伴从来没有到过圣卢卡，试着说服她放弃："每个人有自己的命，都是注定的。"可是，或许……

2007年4月，斯特朗杰奥-尼尔塔的族人在家里练习枪法。一个林业工人——沃塔里的亲戚布鲁诺·皮查塔成了靶子，在自己的车里身中26颗子弹。这个可怜的家伙没有做过任何错事，但是，这里的人们已经不再讲什么道理。武警对尼尔塔的族人进行了突击检查，把他们带到营房，坐着排成一个长队，前臂裹在纸口袋里，逐个走过火药检测仪。接着是一连串讯问。你们可曾看见了什么？哦，没有。听见过什么？呃，没有。负责检查身份证的武警队长问其中一个人：

"斯特朗杰奥·奥莱莉亚，你认识她吗？"

这个人目不斜视地回答说："斯特朗杰奥·奥莱莉亚？不认识。"

其实，那是他的小姨子，他从来没有听人谈论过他的小姨子。武警队长屏住呼吸，试着提出最后一个问题进行诱导：

"我感觉你是把我当做一个傻瓜？"

随后的静默似乎比蒙特·威尔第的歌剧更感人。

对立阵营的佩勒-沃塔里族人，准备应付更坏的情况。斯特朗杰奥-尼尔塔家族的报复表明是毫不留情的，纵然有三十六计也难逃这一劫。事实上，只有一条出路，那就是先下手为强，抢在这些蠢货的前面。除掉玛丽亚的丈夫乔瓦尼·卢卡·尼尔塔这个危险人物，自从他妻子被送上西天之后，他就像一颗拉了弦的手榴弹。他们武装到了牙齿，仿佛是在准备打第三次世界大战。

2007年6月的一天，一辆"高尔夫"小轿车从圣卢卡出发，前往杜伊斯堡。车里坐着两个佩勒-沃塔里家族的成员，其中的一个名叫马可·马尔默，据说是杀死乔瓦尼·卢卡·尼尔塔年轻妻子的凶手。他们平静地闲聊着，并不知道车里已经被意大利刑侦人员装满了微型录音机，从他们一出发，就把他们谈话的复本传送到了德国警察的办公室……这两个黑手党徒前去购买一支美国制式的50毫米口径步枪，为的是把那个暴怒的鳏夫尽快地送去同他的爱妻玛丽亚会合。"这么一支婊子烂枪竟然要价9000欧元"，他们中的一个低声埋怨道。到处找不到类似的宝贝。所幸，佩勒－沃塔里家族的成员在德国有一个熟悉的地址——达布鲁诺饭馆，那是他们在杜伊斯堡的总部，同样也充作军械采办处。

在家乡办完丧事后，乔瓦尼·斯特朗杰奥也回到了德国。2007年8月8日，在飞越阿尔卑斯山的飞机上，他贴着舷窗，茫然望着窗外。他的嘴唇默默地蠕动着，心底却下意识地在嗥叫："够了！够了！"他知道在杜伊斯堡的什么地方能找到佩勒－沃塔里的族人，这些小人在这该死的圣诞节夺走了他的堂妹玛丽亚的性命，打伤了他的外甥和堂兄弟。在杜伊斯堡，他认得他们的避难圣殿。离开圣卢卡前，他招呼弟弟到跟前说："别告诉任何人我正在登机！"抵达德国后，他不再打开手机通话，住在一个朋友家里。

乔瓦尼办事干练。他是一个漂亮的小伙子，有一双作为斯特朗杰奥家族特征的蓝眼睛，不但能说一口无可挑剔的德语，而且始终处事谨慎又交游广泛，在离杜伊斯堡30公里的卡尔斯特老城经营两家比萨饼店，虽然年仅29岁。卡尔斯特是一个乏味然而富裕的城市，一栋栋红砖独栋小楼，精心修剪的花园，方正的街道网，交织成它的主要景色。他住在阿姆·西耶巴赫街28号小布尔乔亚社区的一栋不具名的整洁楼房的底层。他总是准时把托尼比萨饼店的租金交给小型食品超市的老板,而且"极其谦恭有礼"。而今,在他的店面橱窗上,斯特朗杰奥用墨水笔工整地写着:"8月16日至30日度假。"8月16日,他已经不知去向。而在前一夜,德国在汗流浃背中惊醒,彻夜守在电视机前。

必须为玛丽亚之死报仇,必须为荣誉而进行屠杀。杜伊斯堡的杀戮是弹道学的一个奇观。在重新找到的54颗弹头中,只有一颗在飞行途中偏离,最后掉落在了达布鲁诺饭馆的橱窗里。敌对家族的六个人,以马可·马尔默为首,没有一个有继续活下去的权利。其他几个都是他的朋友。

德国警察们花了整整一个星期来研究他们的性格。随后,案情进展加快。8月25日,一队戴着头盔的军警在清晨5时来到托尼比萨饼店,进行彻底搜查。在圣米歇尔街的斯特朗杰奥的另一家比萨饼店重演了这一幕,警察在那里发现了一支蝎形9毫米口径冲锋枪,藏在一个芥菜桶里,而弹药则藏在番茄沙司里。比萨饼店的番茄沙司用途究竟是什么,不能不令人生疑。

此时,在圣卢卡是一片节日的欢快气氛。从8月15日开始,电话铃声响彻各个角落。一个受害者的兄弟呜咽着从杜伊斯堡打来电话,提醒另一个人防范不测:

"我的兄弟死了,我的侄子死了,你的兄弟死了,他们都死了……"

一个堂姐妹说:"我在电视里看到了,他们是死了……"

在对面的斯特朗杰奥-尼尔塔的族人中,大家为这个行动鼓掌叫好:

"据说他们杀了贾尼家的弗朗切斯科,特雷萨大婶的儿子,是吗?啊?对!对!很好。"简直是太好了。

侦查在德国继续展开,在这中间,被控与斯特朗杰奥黑手党合谋的卡拉布里亚比萨饼店老板们的德国未婚妻受到了冲击。一个曾被传讯到警局的德国姑娘在电话中对意中人大吼道:

"在警察局里有那么多你们的照片,以及你们的全部家谱,超过80页或者90页!还有一些意大利人的照片,都是你们的亲戚!"

他知道有人在监听:"怎么回事?怎么回事?"

她的神经近乎崩溃:"他们在酒窖里搜到了毒品和武器!"

他答道:"什么?"

武器,一支雷明顿223毫米口径的冲锋枪和大量子弹。还有一个祭台,抽屉里放着大天使圣米歇尔的圣像和一本祈祷书,一张受害者的照片夹在写着这样祷文的书页里:"我愿宽恕冒犯过我的人。"随后,在另一个受害者托马索·文图里的皮夹里,德国警察的目光落在了烧掉了一半的大天使圣像上,那是"恩德朗盖塔"帮入帮的仪式的象征。托马索出生在德国，在慕尼黑的饭店管理学校上学，是来庆祝他的18岁生日的。在葬礼弥撒上，本堂神甫把他比为被拖进臭泥潭的一枝"睡莲"。他的母亲因此在精神病院治疗了整整两年。

她，这个可怜的女人根本不明白在这白色围墙背后存在着超乎这一切、凌驾于这种精神错乱之上的道理。在"恩德朗盖塔"帮的地盘上，"世仇"这种象征死亡的民风、这种古代延续至今的习俗，自有它的用途：一个家族越是能够以戏剧的方式消灭对手，他的社会声望就越显赫。在卡拉布里亚顶端的塞米纳拉，人们有一天也目睹黑帮老大萨尔瓦托雷·佩勒格林诺追杀朱弗雷这个坏蛋，直至他进入坟墓时依然不放过。举行葬礼那一天，在用手提机枪打爆棺材之前，他赶走了送葬队伍中的所有亲戚。他在最后一次痉挛中狂吼道：

"你看，同样是一个死人，你是独一份儿！"

另一次，一个歇斯底里发作的名叫陶里亚诺瓦的人举着一个他当做活动靶射杀的人头大跳华尔兹舞。就在这一天，卡拉布里亚终于摘掉了它的裹尸布。大教父们决定了结"世仇"，结束这种野蛮的方式。各地停止屠杀。只有"恩德朗盖塔"帮的麦加圣地——圣卢卡除外。

圣卢卡，2008年11月的一天晚上9时。夜空凉爽而清澈，村里却空荡荡的。三个年轻女人和两个孩子像幽灵一样走出一栋房子。他们挤进一辆小轿车,风驰电掣般开出村去,驶上了阿斯普罗山的崎岖道路。这是一次长途旅行的开始,一次穿越欧洲的太漫长的旅行。这几个女人到达罗萨尔诺火车站后,等着应该在第二天早晨7时15分把她们带到罗马的城际列车。在首都,她们来来回回兜了几个圈子,乘上一辆公交,下了车,装作要换乘另一辆的样子。随即又回到迪布尔蒂纳火车站,那里有一辆德国牌照的"帕萨特"轿车等着她们。她们向司机打了个手势,把几个口袋装进了车后的行李箱。轿车朝着佛罗伦萨的方向驰去。于是,开始了一场没有明确目的地的游荡,行驶了2700公里,"之"字形地穿越了瑞士、法国、比利时和德国。对于跟踪帕萨特的卡拉布里亚雷吉奥刑侦队的警察们来说,这是一场神经战。他们动用了五部车子,忽前忽后、忽左忽右地紧盯不舍,途中还免不了在自助烤肉店旁临时停车吃喝,以时速180公里在雾霾、风雨和雪地里行驶时控制侧滑等麻烦。在帕萨特车厢里,女人们似乎对任何东西都视而不见,一心想着如何到达目的地。警察们也是这样。他们知道这几个女人正领着他们向杜伊斯堡的杀手们靠近。她们是乔瓦尼·斯特朗杰奥的三个姐妹——安吉拉、特雷萨和奥莱莉亚。

11月15日一清早,抵达阿姆斯特丹,终于到了目的地。帕萨特轿车停在了一个住宅区里的一栋两层小楼前,离这个城市生意最好的几家酒吧之中的一家店面只有几米。小楼立刻被置于荷兰警方的监视之下。一连好几天,毫无动静。那几个女人沿着运河边的街道网悠闲散步,一起坐车去超市购物。

周末,警察们突然发现她们之中的一个姐妹正在把一个体积很大的包裹交给一个男人。他们尾随跟踪这个男人。他在一个有轨电车站上了车,混入人群之中,但只坐了两站,就下了车。有另一个人在等他,此人戴着一个连衣风帽。刑侦员仔仔细细地拍下了他的一举一动。他瘦了15公斤,但他们从他的冷酷的目光中认出了他,他们确认无疑。确实是他,朱塞佩·尼尔塔,35岁,被怀疑是杀人凶手之一,也是乔瓦尼·斯特朗杰奥的内兄。

尼尔塔因从事国际贩运可卡因,自1999年以来一直被通缉。他只有一张小学五年级的毕业文凭,却能流利地讲西班牙语,熟练地用互联网和网络电话与阿斯普罗山和拉丁美洲联络。刚从同伙手里接过来的包裹是他的妻子奥莱莉亚交送的,里面有一个特百惠餐盒,装着奶酪和肉丸子烤馅饼,那是典型的卡拉布里亚美食。还有一些上等的香肠,外加一台微型电脑。这不啻是一份关于"恩德朗盖塔"帮的完美的简报,说明从圣卢卡到荷兰黑手党徒们在享用烤馅饼、遵循古老的礼法同时,还有着在网络空间一显身手的勃勃雄心。

在尼尔塔被捕之后不久,警察们结束了两年的恼人的追捕,于

2009年3月12日终于轮到把乔瓦尼·斯特朗杰奥投入监狱。在阿姆斯特丹郊区的迪耶汶，他同自己的妻子、三岁的儿子和另一个内兄弟一起住在向荷兰人租用的四室一套的寓所里。这个原来的比萨饼店老板大部分时间足不出户。每当出门时，他总是戴着帽子和墨镜，把自己隐蔽起来。这天晚上，他并未对警察做任何反抗。他马上结结巴巴地说：

"是我，是我……我是乔瓦尼·斯特朗杰奥。"

随后，他像电影里那样长时间地拥抱妻子。除了一支包着玻璃纸的9毫米口径手枪，刑侦人员还在他家里查获了一台制造假文件的机器和56万欧元现金。被怀疑为谋杀案的主凶们都在阿姆斯特丹被抓获，这绝非偶然。确实，他们固然是为玛丽亚报仇雪恨，但圣卢卡的"世仇"也是一场争夺贩毒控制权的战争。

整个欧洲的警察确实竭尽全力，终于在几个月的时间里发现了"恩德朗盖塔"帮及其庞大队伍和活动的来龙去脉。最初，他们对于案情将会有什么结果毫无把握，如今再也没有人能中止他们前进的步伐。2008年，他们突然发现乔瓦尼的一个姐妹安吉拉·斯特朗杰奥正在互联网上同一个朋友进行讨论。她极其轻蔑地提到，她的一个近亲犯了一个无可弥补的错误。她称他为"无可救药的糊涂蛋"，一个迟钝的混球，一个屡教不改的小丑。安吉拉十分恼怒，因为这个笨蛋把他的烟蒂，也就是说把他的DNA丢在了德国，而没有带回圣卢卡。这对于警察来说实在是一个好消息：在被推定为杜伊斯堡大案杀手的嫌疑人中还有一个尚未归案。他们原则上从安吉拉身边的男性近亲开始排查：共有五人，其中一个在米兰被实施寓所拘禁，另两个已经被捕入狱，第四人15年前狂欢节时被杀，已安息在公墓里，所以最终十分自然地就落实到了她的姐夫塞巴斯蒂安诺·尼尔塔头上。这个"无可救药的糊涂蛋"终于锒铛入狱，在牢房食堂吸他的烟屁股。

今天，在阿斯普罗山的洞穴里，两个家族最终所剩的是痛苦地咬牙忍受司法部门把他们几亿欧元的财富尽数没收，豪华轿车、不动产、超市……全都付诸东流。但是，他们学会了默默思索，表面上恢复了平静。一个女人在电话中婉转地说：

"天很热，但现在天空是晴朗的。"

"恩德朗盖塔"帮的大教父们重又聚集在一起。内战使生意蒙上了阴影，这次休战必须浇铸成混凝土堡垒一样结实的关系。一个黑手党徒这样讲述所有的主要头领或者至少是他们的代表参加的这次和谈峰会："他们都在那里，斯特朗杰奥家族、佩勒家族、焦尔吉家族、尼尔塔家族，都很高兴，一起跳舞……友情长存。它犹如一片永不凋零的树叶……"

"世仇"的飓风停止了。人们已经明白，这种浮士德式的杰作归根到底是"恩德朗盖塔"帮的最肮脏的污点。这个曾经在低调伪装中运转的组织，经历了在电视新闻中出镜的昙花一现的荣耀和令人陶醉的具有万能权力的感觉之后，重又赤裸裸地暴露在光天化日之下。意大利的法官们此时品味到，当他们提醒欧洲同僚提防卡拉布里亚人的国际攻击力时，大家总是耸耸肩，似乎颇为不屑地把他们看做最令人讨厌的人。无论在法国还是德国，人们都习惯于将黑手党列入岛国的民俗。人们每星期日晚上一边重新欣赏着电影《教父》，一边咧嘴露出怀疑的坏笑，伸出手指去拿比萨饼。而在此时，黑手党徒们正在向全球殖民。

在圣卢卡，乔瓦尼·斯特朗杰奥的父母对着微型录音机反复讲着，他们很紧张，因为不会摆弄。乔瓦尼的父亲多米尼科最初开着拖拉机在大田耕作了13年，后来成了卡车司机。母亲安东尼娅是一个强壮的妇女，总是用当地方言温和地唠叨说，她的儿子，她的乔瓦尼是"一个好儿子，从来没有做过那样的事情"。他从来害怕见到血。是因为在卡拉布里亚当地找不到工作才去德国投奔他的姐夫，改行在比萨饼店摆弄面团，在这之前曾在圣卢卡附近的罗克里的酒店管理学校上学。在这个村子里，斯特朗杰奥的族人天天与在杜伊斯堡被杀的青年们的父母相遇。安东尼娅肯定地说："他们对我们没有任何怨恨。"在卡拉布里亚人的心灵里，相信人死之后生命照样延续。

在杜伊斯堡，达布鲁诺饭馆重新开张，不但店名已改，而且店面焕然一新，店内装饰线条优雅，奶黄的色调尤显温馨。厨房后面依然原样保留着一个半明半暗的单间，里面摆着一张长桌、12把椅子、几条长凳、一个硕大的橡木餐具橱。在这明暗之间的氛围中，曾经举行过多次选举"首领"的最高会议，会议开始时的窃窃私语最终变成声调平静的承诺："我什么也不知道，什么也没有看见，我不在场，如果在场，那就是睡着了。"饭馆的新老板是一个德国人，希望翻开新的一页。但顾客们在点纸卷鲑鱼这道美味之前，总是要问他"黑手党徒们"究竟倒毙在哪里。原来的旧店招牌在易购网上拍卖，被一个神经有病的人花1万欧元买走。大家不知道他的姓名。这一次，人们并未追根问底。

神甫与刺客

当教会寻找一个志愿者去巴勒莫的垃圾场郊区服务时,他是唯一应征者。皮诺神甫只用他的微笑和不可遏制的活力来对抗黑手党。他知道这已经足够了。

两个人好像教堂底部的浅浮雕一样钉在地上一动不动。从他的祭礼一开始，矮小的神甫就从他的祭坛高处注意到这两个人和他们像獒狗一样的凶恶神情。他知道他们不是来听上帝的福音的。在布朗卡乔，他们这些人的话就是福音。格拉维亚诺兄弟作为皮条客生活在这个地区。他们结成了西西里最有名的黑手党团伙，经过枪林弹雨的打打杀杀之后，弟弟朱塞佩被他手下的杀手们尊称为"天母"。这是一个肉店老板的滑稽绰号。只要同他的目光交叉一下，就足以感觉到是死神在打量着你。这个礼拜天，他那无精打采的眼睑下燃烧着仇恨的双眼狠狠地盯着皮诺神甫。格拉维亚诺兄弟再也不能容忍这个年轻神甫用他的微笑来挑战"我们的事业"帮。三年来，布朗卡乔不再属于布朗卡乔人了。他用他那细弱的声音和日常的话语讲了又讲，不厌其烦，听众越来越多，相信他的人也越来越多。他在教堂里讲，在人行道上讲，对他来来回回进行家访的人讲，犹如长在人们头上的一头卷发。今天，又必须听他在教堂正殿讲道，听他用对于教父们的帮规、严守帮内机密的紧箍咒以及每天早晨倾倒在巴勒莫这个贫困郊区的所有这一切垃圾的控诉，来鞭挞人们的沉默和顺从。怎么制止他？在半明半暗的角落里，朱塞佩·格拉维亚诺左手慢慢伸进他的口袋底部，握住一支38毫米口径的手枪。他的右手画了一个十字，对他的哥哥使了一个眼色，两个人便一起走了出去。

在皮诺·普利西用他自己的话来说只带着一件行李只身来到布朗卡乔的时候，他并非是作为一个外地人迁居到这里的。他出生在此地，半个多世纪后重回故土，这里却没有发生什么改变。1990年的这个秋天，这块黑手党的领地被巴勒莫地区公路上作为无人管辖区的一个新设置的边防哨所的通道切断了，始终与世隔绝。淘气的孩子们不去上学。他们在街上吵吵嚷嚷，在垃圾堆旁模仿足球射门："我射你的窟窿。"稍后，便消失在犹如沙洲一样耸立在那里的一栋名叫"达拉斯"的大楼阴影下的一大片杂乱无章的破房子里。在布朗卡乔，没有中学，没有下水道，没有希望。即使是方言也不同于三公里外的大城市。这个地狱是"我们的事业"帮的老大们的甜蜜的天堂，他们永远把这里当做掩护他们潜逃的世外桃源。穿着一件边角已经磨破的套头毛背心和裤脚太短的裤子的皮诺神甫，在这个黑手党的梵蒂冈并不讨人喜欢。

从来没有人对这个教会堂区教堂有所期望。他带着微笑推开了圣加埃塔诺教堂的大门。他的天真和有名的灿烂的微笑，仿佛是两片卷心菜叶一样的一对招风耳之间的一个弹性很好的橡皮圈，给他平添了一副老江湖的神情。他并不在意人们嘲笑他那彩带般的招风耳，恰恰相反，他的好朋友弗朗切斯科·德利切奥西回忆说：

"他说这两只耳朵使他能够更好地听到他人的疾苦。"

弗朗切斯科·德利切奥西在成为《西西里日报》记者之前，曾经是他在巴勒莫中学教书时的学生。在布朗卡乔，皮诺神甫住在安妮塔·加里波第广场5号。他住所的冷水加热器已经老旧不堪，水龙头一边发出吱吱嘎嘎的噪声，一边喷射出烂泥浆似的脏水，床比行军床略宽一点点。但屋里到处可以看到书，走廊上、地上、厨房桌子上都摆满了书；有伦理学的、神学的、教育学的……总共有三千多本。皮诺神甫是一个银行里没有存款、口袋里空空、头脑里却充满智慧的教士。白天，他用当地方言同工人们交谈，开着他那辆摇摇晃晃令人担忧的"菲亚特1型"走街串巷，废寝忘食，去温暖穷人、想自杀的人、妓女和吸毒者的心。晚上，他重又进入他的书籍的王国，一遍又一遍地品读着萨特、伊曼努尔·穆尼埃、玛格丽特·奥斯卡·罗梅罗——被准军事人员刺杀的萨尔瓦多的"穷人的主教"、皮兰德娄或者列昂纳多·希亚西亚的著作，入睡在他的坐椅里。除了他自己，没有人知道他有着一个高雅的知识分子的气质。在布朗卡乔，他只是一个长着一对大招风耳的神甫，在社区组织摇奖或者更加滑稽的"无食品餐会"来为"我们的天父"社会中心募捐时，讲笑话、挖苦种种时弊堪称无人可比。人们常常聚集在他周围举行午餐会。他们交一份比萨饼的钱，但他从来不准备比萨饼。只有土豆，少量的水，以及对布朗卡乔、对他本人的身高和身穿的葬礼用无袖长袍的激烈争论。这个本堂神甫为了在这铁板一块的是非之地打开一个缺口，每天恨不得想出十个主意。他甚至只借助一个麦克风和两个硬纸板做的奖杯在棚户区成功地策划了一场自行车赛。结队旅行的汽车喇叭声唤醒了死气沉沉的人们。

然而，在"达拉斯"大厦的阴影下，在这个专供出售假冒伪劣商品和雏妓卖淫的小区里，阳光照耀的时间从来不长。很难相信有人能觉察到自己已经被黑手党盯上。当时，在喧闹的乐曲和声停止的当口，这个矮小的本堂神甫更用力地蹬了两下自行车踏脚。大家一眼就看见他穿着一件蓝色旧大衣，手里扬着一张调查表在人群中穿行："这儿的问题在哪里？为什么他们不能按照你们的意愿解决？"布朗卡乔的居民向他敞开了通向超乎他想象力的世界的大门。一个单身母亲和八个孩子住在只有地洞那么窄小的一间破屋里，一个残疾人被绑在床上，因为"我的神甫，您知道这是怎么发生的，这有点儿麻烦人家……"自此之后，皮诺神甫心里经历了放弃、癫狂和恐惧。他为这块被国家遗忘的藏污纳垢之地叹息，而另一种权力却在这里像花朵一样茁壮成长。他闻到了它的气味，是的，因为黑手党散发着它特有的恶臭。

格里高里奥·波尔卡洛这个长期追随皮诺神甫的宗教教师，坐在蒙泰罗的一个面对海景的露天咖啡座里，回想着恍如昨日的1991年的这一天他跨过了前往布朗卡乔的通道。"那里极其沉闷，压抑。一进入这个区域，就感到'我们的事业'帮的气息压迫着自己。"在那个时代，没有他们的"许可"，什么也不能干。不管是买20平方米的住房，还是扩展食品杂货的橱窗，都得有他们的许可。就连偷车也是如此。有一天夜里，途经布朗卡乔的多辆汽车消失了。这发生在皮诺神甫就职几个月后。格拉维亚诺的手下没花多长时间就找到了偷车贼。人们永远再也抓不到他们，这些盗贼从人间蒸发了。他们被浇铸进了一栋正在建设中的大楼的混凝土里，还有许多其他类似的事情。

为了一试自己的身手，格里高里奥·波尔卡洛接受皮诺神甫的委派，深入到布朗卡乔的青年中间进行工作。这个老副祭对这项工作保存着不可磨灭的记忆。他感叹道：

"每当我问及小伙子们想怎样生活、梦想是什么时，他们所有人都给我同样的答案：'买一支左轮枪杀警察！'"

他接着补充说，过了几个月，这些黑手党的后备军开始懂得说"您好"、"再见"、"您请"和"请原谅我"等礼貌用语。这时，他眼前仿佛又闪过了那个长着一对大招风耳的天使的身影。他搅拌着面前的那杯鲜奶泡沫咖啡说：

"在布朗卡乔，我见到孩子们重又恢复了童真。"

顽童们学会了社会生活的基本常识，这原本是没什么了不起的普通事情。但是，在那种混乱的环境里，这是一场小小的革命。这里只有黑手党才能强迫人们尊敬或者顺从。

要松开这个枷锁，皮诺神甫发现没有比说笑更好的办法。面对信众，他眉开眼笑地自我介绍道：

"我是教皇的神甫！"

他所说的教皇不是指约翰·保罗二世，而是指黑手党的圣上、绿十字庄园教父米凯莱·格雷科。此人是如此受人膜拜和敬畏，所以整个"我们的事业"帮和意大利都称他为教皇。这个上帝的选民要求当局在他的小镇建造一座教堂，并不断用一个高级教士的口气从《圣经》中引经据典。1987年，在他的案子开庭审问那一天，他依然用这样的腔调，以圣灵的名义祝福法官，愿他们永远平安。

在布朗卡乔，格拉维亚诺兄弟还没有威风到这种地步。他们很乐意在进餐前画一个十字，而在礼拜天先念几段《圣母经》再卖力干活。作为恶魔般的"王中之王"托托·李纳进行大屠杀的兄弟，他们的恐怖统治远超出巴勒莫的边界。1990年代初，在杀害了法尔科内和波尔塞林诺法官后，他们用炸弹和鲜血染红了米兰、罗马和佛罗伦萨。所以，他们重返家乡并非是为了聆听一个本堂神甫用他那关于美好世界的唠叨来烦扰他们的耳朵。他们的住宅离他们领洗的圣加埃塔诺教堂两条街。大多数时候，他们派手下的杀手加斯帕累·斯帕图查去教堂听这个不知好歹的皮诺·普利西对"我们的事业"帮的指责。他们也时而亲临祭礼，每当这样的时候，信众似乎都手足无措，目不斜视地看着祈祷书，不敢抬头观望。

恰恰是在那个礼拜天，皮诺神甫显得特别精神。他找到了一篇报道布朗卡乔这个"黑手党密度最高"的西西里一角的难言痛苦的文章。他在祭台后面大声疾呼，以唤醒人们的良知。在一旁为弥撒服务的格里高里奥·波尔卡洛从来没有见过他如此激愤。在这样矮小的一个人身上竟然有如此强大的能量，竟然如此疯狂，如此勇敢，如此奋不顾身。祭礼结束时，一个家伙朝着站在教堂一角的这个年轻副祭猛扑过去：

"黑手党密度这类胡说是什么意思？神甫，他是怎么计算出黑手党的密度的？无论是你还是他，你们都不知道黑手党是什么。黑手党保护老百姓，帮助穷人。去他妈的什么报道！别再……"

波尔卡洛还来不及回答，另一个头戴护罩的家伙已经紧跟着奔了过来。于是，皮诺神甫带着满意的神情走到格里高里奥身边说：

"他想对你干什么？哈！讲黑手党密度的故事，他不高兴。你知道这是怎么回事？不，这是为什么？因为，朱塞佩·格拉维亚诺……"

随着时光流逝，只要一提到这个名字，永远仿佛有一股 220 伏的电流穿过格里高里奥·波尔卡洛全身。那一天，即使是神甫的哈哈大笑声也平息不了他的恐惧。

布朗卡乔的这个本堂神甫尽管谈笑风生，在亲朋好友的眼里却是一个孤独的人。在西西里，教会与黑手党长期以来保持着一种暧昧的关系。它们并不是誓不两立的敌人，并非一方代表善，另一方代表恶。实际上要比这复杂得多，始终要比这更复杂。一方既有视而不见和装聋作哑的"主教大人"、同流合污的神甫，而另一方也有比本笃会修士更加笃信宗教的杀手。既有马里奥·弗里蒂塔那样的神甫，心甘情愿地到皮埃特罗·阿利耶利的匿藏处做弥撒，因为据说谋杀法尔科内和波尔塞林诺法官的这个同谋犯把藏身之所改成了一个小教堂，里面不但有祭台，还有香烟缭绕中被大蜡烛照得满面红光的圣母像；也有传奇式的毒贩"三指"弗兰克·科波拉的堂弟、唐·阿格斯蒂诺·科波拉那样的主教，为妮内塔·巴加雷拉和双手沾满鲜血的罪犯托托·李纳主持地下婚礼。同样还有那些饱食圣饼、口袋里装满虔诚的圣像，却心安理得地以上苍的名义屠杀自己的亲人的黑手党头目。"我们的事业"帮从来就是一个按照其自己的方式行事的教会，因为一个缺乏信仰的义士不是真正的义士。也许正因为这样，宗教当局对于黑手党的揭发往往很像耶稣会士在下午 5 时至 7 时的茶点聚会结束后的忏悔。所以，普利西神父对罗马及其忏悔的把戏不屑一顾。他不指望红袍加身，不等待他的上级的命令和教会的圣旨。他首先是一个战斗的神甫，然后才是一个躺在书本里的教士。

在1970年代，他的第一场战斗已经有过完全败北的教训。戈尔达诺，那里发生过世代族间仇杀，家族之间充斥着仇恨壁垒，冬天甚至能冻裂石头。它是建在山石上的"我们的事业"帮的另一个圣所，位于巴勒莫与科尔莱翁内之间的半路上，属于以托托·李纳和贝尔纳尔多·普罗文扎诺教父为代表的黑手党权力的核心地区。皮诺神甫发现这张明信片时，年仅30岁，有着"红色神父"的声誉。那是一次让人逃之唯恐不及的噩梦般的经历。前来看望他的巴勒莫朋友们已经把他看做一个注定要倒霉的人，异口同声地对他说道：

"你为什么同意到这种地方来？难道你不能像其他人一样拒绝吗？"

1971年的一个夜晚，皮诺神甫甚至差一点主动放弃坚持在那里传道的想法。在一个晚餐会上，他向一个当地青年表露了超脱烦恼的想法：

"我的使命正处于危机之中，我不再知道怎样当神甫，我做不到……"

那么，他将来能做到吗？戈尔达诺的居民被百年的战争撕裂，近几个月中，有15人死在街上。这不是一个村庄，也不是一个教会堂区，而是一个充满痛苦和仇恨的山坡。在小小的至圣的贞洁圣母玛利亚教堂里，当他要求敌对家族相互做出一个"和解的姿态"时，坐在正殿两端的双方族人射出的目光冷峻锋利，犹如一把把匕首。在这个小镇上，只有孩子们在这个神甫面前睁大了眼睛望着，期待他用自购的一辆二手武警用带篷卡车带他们到海边去玩。他同孩子们在一起，把基督教理与体育运动、阅读、野餐和辅导学业结合在一起。同他们在一起，他重又找回了信仰。由于不懈努力，他最终甚至打动了一个身穿黑色丧服的母亲的心。因为他，这个母亲发现了宽恕之路，她原来活着只是为了替她被杀害的长子报仇雪恨。从此，可以看到她在自己的大门口同杀手的母亲交谈，虽然只是一两句闲谈，或者一个拥抱。一个和解的姿态在这个充满仇恨的花岗岩一样的小镇上，在人们的心里有着很大的分量。在戈尔达诺的严冬里，普利西神甫忘却了他那不朽的微笑。

在红衣主教萨尔瓦托雷·帕帕拉尔多看来，在布朗卡乔的劫难中，如今只能把最后的希望寄托在皮诺神甫身上。这位主教知道，皮诺神甫始终厌恶畸形的过分虔诚和生拉硬扯基督教的价值。每当复活节游行时，"我们的事业"帮的小头目们挥舞着大把钞票，前来请求这个本堂神甫让宗教仪仗队按照习俗在他们家阳台下稍作停留，他有多少次把他们拒之门外？他不仅把他们撵走，而且重新研究游行路线，让宗教仪仗队不再经过他们住宅所在的街区。无论如何，红衣主教帕帕拉尔多无须花太大力气来推荐皮诺神甫作为主持布朗卡乔堂区的候选人，因为除他之外，别无人选。不过，这位红衣主教也是一个有血性的人。在1982年被黑手党谋杀的卡罗·阿尔贝托·达拉·齐耶萨将军的葬礼上，他第一个站出来鼓励他的同道们振奋精神。面对摄影镜头和这个令人惊愕的集会，红衣主教阁下慷慨激昂，引用古罗马帝国大将提图斯·李维的话大声疾呼道：

"当罗马议而不决时，萨贡托城已经被敌人蹂躏！"

当你们，尊贵的大人们高高在上谈论高尚品德时，在巴勒莫，他们正在杀人……必须等上十年，这种愤怒的呼声才能得到回应，但又是什么样的回应！

1993年5月9日，教皇约翰·保罗二世正式访问阿根廷，走进了圣殿谷。自从红衣主教帕帕拉尔多突然转变态度以来，"我们的事业"帮犯下了西西里从未有过的最残暴的屠杀罪行，任意杀害警察、法官和记者，就像赶集那样随便。于是，在那一天的灿烂阳光下，教皇直接对杀手、"义士"、所有衣冠楚楚的恶棍喊话，厉声断喝道：

"上帝说：'不准杀戮。'我以基督的名义告诫有罪的人。愿你们皈依主！弃恶从善！上帝的审判终有一天会到来……"

在舆论的眼里，教皇约翰·保罗二世与他的前任们同黑手党曲意周旋的姿态相决裂,不啻是使用休克疗法。在黑手党徒中间,革出教门的绝罚被看成是宣战。在安妮塔·加里波第广场5号,皮诺神甫在他的电视机前禁不住寒战连连。突然,他感到有点孤独。他从来没有过这样的感觉。

正是在1993年5月9日这一天,他的命运发生了转折。在格拉维亚诺兄弟的头脑里,这个融合了善良感情和天真想法的神甫不再单纯是一个令人厌烦的人。他成为应该得到惩罚的邪恶教会的象征,是一个必须清除的障碍。

在布朗卡乔,皮诺神甫三年来沿着他的既定路线推进,并不担心自己孤军作战。有不少人为了重新赋予基督徒以尊严并促使"我们的神甫"社会中心能够发展成长,每日每时同"我们的事业"帮进行着不懈斗争,他们不指望神圣的教皇恳求西西里的主教们"分担这些人的辛苦和风险"。这个行动计划是一个锻炼顽强性格的宝库。从此之后,他站立在三层楼上面向圣加埃塔诺教堂,纵览整个布朗卡乔。他的名字——"我们的神甫",乃是这个地方谁也不能视而不见的一种挑战。弗朗切斯科·德利切奥西在他写的报道中,强调皮诺神甫参照"我们的事业"帮的称谓,用"我们的神甫"作为自己的代称:

"普利西神甫一心想要民众重新理解'我们的'这个词的含义……"

神甫的住所并不十分宽敞，但就布朗卡乔当地的水平而言，这是一个无限自由的空间。小区的各家信箱里装满了预告近期有关黑手党文化、信仰与金钱、上帝与人的力量等主题的讨论。即使人们不到他家里来，布朗卡乔的这位本堂神甫依然坚持不懈地走上街头去寻找他们。他同布朗卡乔的青年们讨论爱情、性、足球、摇滚乐，当然还讨论宗教。有一天，一个青年半开玩笑半是心悦诚服地称他为"主教大人"，这个矮小的神甫仿佛被判罚点球一样懊丧：

"主教大人，你这样称呼自己的神甫！"

他的赫拉克勒斯般的无畏工作换来的是几个或多或少被收买的政治家的访问，他们给人的印象是颠倒是非，把这个黑手党铁腕把持下的地区看做一个不可平息的呼声的炸药库。他乐呵呵地把他们一个接着一个撵走。他，皮诺神甫走得太远了，渐行渐远。他给关在巴勒莫的乌恰尔多纳监狱的罪犯写信，与其说劝他们走正路，毋宁说是向他们伸出帮助之手。他称呼他们为"布朗卡乔区的亲爱的朋友们……"后来根据他的合作者马里奥·雷纳的证词，大家才知道他甚至深入虎穴，去敲一些黑手党家的大门。雷纳说：

"他想通过对话和倾听，在他们的心灵深处打开一个缺口。"

作为回应，诽谤中伤的大风潮预告他的安魂曲的来临。

在布朗卡乔的那些关闭着的百叶窗后面，"我们的事业"帮这个活着的和暂缓处死的人们的狡猾的守门神，窥伺着他们的一举一动。各种不满的议论逐渐在棚户区传播开来：

"全是这个神甫造谣，所以人家说布朗卡乔的所有人都是杀手！"

为什么他把时间花在诬蔑受人尊敬的族长们身上，说他们是"自命的义士"？私下议论，进行恐吓，写匿名信，多管齐下。1993年5月23日，乃是法尔科内法官被害一周年。皮诺神甫在布朗卡乔组织了一次静默游行。几个月前，他还在各家的窗前挥舞标语牌，上面写着："要生活！不要黑手党！"这次，游行队伍比已经谢顶的修士的蓬乱头发更加稀疏。头天夜里，几个骑着摩托车的家伙扔出的莫洛托夫鸡尾酒手持汽油弹落在了教堂门前。这在布朗卡乔是第一次。在这里，恐吓犹如一个无情的灭火罩。一个月之后，他的三个朋友家的大门被毁，消失得无影无踪。皮诺神甫站在他的祭台上向这次恐吓事件的罪魁喊话：

"咱们谈谈这件事，讨论讨论……我想结识你们……"

不过，他的这种大家熟悉的喊话不再只遇到孤寂和尴尬的面孔。夏天的时候，一个摩托车手袭击了青年教徒托尼，托尼不得不用自行车链自卫。那个骑摩托车的小伙子临走时，朝托尼脸上啐了一口唾沫，恶狠狠地说：

"告诉神甫，他应该让我们安静地干活！"

托尼对于皮诺神甫来说并非是一个普通的年轻人，他是神甫到达布朗卡乔之后从黑手党威胁下挽救出来的第一个小伙子。他是在托尼于巴勒莫火车站附近偷窃一台汽车收音机回来后找到了这个小伙子，并且说服他返回那里，把赃物还给原主。令人惊讶的是，车主非但没有把他交给警察，反而给了他5万里拉。从此，托尼与本堂神甫成了生死之交的好朋友。

责难托尼，也就是责难神父本人。皮诺神甫懂得摩托车手放话的含义。7月25日，他的讲道一直在巴勒莫人的心里产生回响：

"至于我本人，只能说杀手们，那些沉迷于暴力的人，丧失了人的尊严。他们枉为人类！他们通过自己的选择退化为野兽……"

这是在必须讨格拉维亚诺兄弟欢心的地方。这个矮小的神甫是否为自己的前途画过十字？无论如何，他再也别梦想保护自己的亲朋好友了。

他开始向自己周围的人下禁令：

"不要在晚上到我家来找我。"

几个有点惊愕的青年问道：

"如果我们急需对你倾诉呢？"

"等到第二天！"他用强装出的快乐口气回答说。

一个礼拜日中午，做完弥撒之后，他发现自己的"菲亚特1型"的一个车胎瘪了。教区的一些信徒走过来抢修。他客气地拒绝了他们,说自己更喜欢重新徒步出行。他并不在意这个被人用刀扎破的轮胎说明了什么。对于问他生日给他送什么礼物好的朋友们,他提出要一台电话自动应答机来过滤打入的电话:

"我总是渴望有这么一个东西……"

另一天,在他散步时,人们发现他的一瓣嘴唇裂开了一个口子,他却打哈哈说:

"什么事也没有,是我自己用剃须刀割破的。"

这使他好几个礼拜没有读一本书。当他回到家里时,独自默默忍受着痛苦,磨炼自己。他觅求上帝的帮助,设想着能够很好地把这样的痛苦隐藏起来的神圣计划。他回想着自己曾有的童年,以及作为神学院学生的青年时代,那时他就已经沉思过作为烈士殉教的意义,在笔记本上草书道:"我们永远应该准备殉道。"夜晚,在自己房里的灯光下,他在圣约翰遭放逐和远行前的临别告白上画了重点号:"如果上帝与我同在,我还有什么可怕的?"在《西西里日报》上,他大声疾呼"奋勇前进",但他已经不属于这个世界。他的脸是一个蜡制的面具,只有一道假装的微笑的裂缝。流逝着的时间似乎只在他的躯壳上滑过。

1993年8月9日,他给国家当局发出了最后一封信。他曾这样把一封封亲笔信投寄给市长、陪审员、省长,始终只是提出同样的要求:建立一所中学、一个健身房、一个图书馆,在这个斑驳衰败的混凝土森林里栽一两棵树，但从来没有见到破土发芽的希望。这一次，他的书信是写给意大利共和国总统奥斯卡·路易吉·斯卡尔法罗的。信中写道：

"自我们给您写信以来，已经过去一年，一直没有收到任何答复……委员会的三名成员成为一场谋杀的对象。在我们的家庭里，不复有安宁。您知道委员会所剩的权力实际上被降低到零。"

接着，皮诺神甫离开了布朗卡乔几天，去参加一次主教会议。在离开布朗卡乔期间，他不断打电话给他的年轻的副祭，几乎把线路打爆：

"格里高里奥，听我说，你这样做：下午4点30分去教堂主持弥撒，随后立即返回自己家里，答应吗？"

"神甫，为什么要这样做？"副祭问道。

"现在是8月份，格里高里奥。布朗卡乔没有人，都到海边去了，即便是我们自己也如此，大家有权休假……"

第二天，他又打电话问："昨天晚上，你是几点钟离开的？"

副祭波尔卡洛咕哝着说，他不得不留在教堂稍晚了一点。于是，皮诺神甫发火了，大声说道：

"如果你愿意，我跪下求你！你必须做完弥撒后马上离开，马上，懂了吗？"

9月初，在他回来之后，他的朋友弗朗切斯科·德利切奥西同他年轻的妻子玛丽亚一起来看望神甫。小夫妻俩刚有了第一个儿子埃马努埃勒，这个小家庭很完美。正是皮诺神甫在三年前主持了他们的婚礼，当时神甫刚被任命为布朗卡乔堂区教堂主祭，弗朗切斯科——他以前的学生选择了作为一个志愿者尽自己的一切可能支持他。这个礼拜天，面对新生的婴儿，神甫感动得全身发软，他的话仿佛是一个受到围捕的人的遗言：

"必须马上施洗！"

"马上？"

"对，对，尽可能快……"

几天后，在电话中同当时的天主教大学联盟的主席萨尔沃·帕拉佐罗交谈时，他似乎不经意地提到自己恐怕将完成不了作为精神辅导者的使命。他用对话的语气暗示道：

"这一年，您必将另找他人。"

"怎么会这样？"萨尔沃惊讶得透不过气来，"请您相信我，我们正在想办法支持您的一切活动……"

但是，皮诺神甫已经挂断了电话。

一个希望的熄灭多么漫长。走向死亡又是多么漫长。1993年9月15日，普利西神甫醒得很早。这一天是他56岁生日。日程已经排满：两场婚礼、为洗礼准备的连祷和市政府的一场反复多次的会谈。下午很晚的时候，一位官员接待了他，倾听了他的要求——他的使用黑手党垄断的哈棕大街 18 号地下层作为堂区活动场地的计划。皮诺神甫说着，官员翻阅着自己的文件，这是惯例。然后，此人大度地下结论说：

"是的，毫无疑问，我们可以征用这些地方。但是，我提请您注意，您必须向市府缴纳租金……"

皮诺神甫差点从他所坐的椅子上跌到地下。这种话他听过 1000 遍，再听纯属多余。这不行，再也不能这样。他砰的一声把办公室的门摔上，大吼道：

"我们生活在两个不同的世界！你们，属于一个世界，我们，属于另一个世界……"

但是，他仍然要装出很有信心的样子，在自己的记事本上用红笔标出了一个日期。9 月 22 日，他需拜会来巴勒莫访问的议会打击黑手党委员会主席卢西亚诺·维奥兰特。他将对卢西亚诺谈哈棕大街 18 号的活动场地问题。

在这个生日的夜晚，皮诺神甫感觉自己仿佛已经是一个百岁老人。他脱下教士长袍，换上了一件 T 恤和一条黑棉布裤。当他向自己的合作者马里奥·雷纳打招呼，拖着疲惫的步子走向他的"菲亚特 1 型"轿车时，是 8 点半左右。晚饭后，他如果想看书，就会读一会儿。在回家的路上，他接了来自一个电话亭的电话。5 分钟后，他到达了位于安妮塔·加里波第广场的家。在家门口，他翻着包，找到了钥匙。他是否感觉到了瞄准他后背的一支冰冷枪管的肃杀寒气正在步步逼近？是的，他心里很清楚。这一次到了一切了结的时候了。他慢慢转过身来，脸上没有表露出任何情绪。在长得仿佛永远没有结束的这一刻，杀手看到的只有他的微笑——他的大家熟悉的微笑。随后，杀手听到了后来至死一直萦绕在他脑际的十分平静的几个字："我正等着这一刻……"只需一颗子弹就够了。皮诺神甫无力地倒在人行道上，没有一声喊叫，他至死脸上都挂着微笑。

他们用一支无声手枪杀死了他。他们在下午4点钟来到了这里，用一支无声手枪杀死了他。这些狂徒可以用卡拉什尼科夫步枪在多辆护卫警车大灯的刺眼光亮下干掉一个省长，却像一个贞洁的少女那样谨慎地在黑暗中偷偷摸摸近身打倒一个本堂神甫。可以认为，他们因为心虚而感到羞耻。他们由于害怕这个除了信仰别无武器的人而感到羞耻。后来，乔瓦尼·德拉戈忏悔后供认说：

"他就像扎在我们软肋上的一根芒刺。他布道！布道！他抓住青年不放手，在街上诱导他们……这就足以使他成为一个目标，甚至远远超过了我们的底线。"

他的葬礼日是一个酷暑天。家家户户的百叶窗都紧闭着。人群围绕着摆放在工厂的烟囱阴影遮蔽下的一块场地中央的灵柩。来送葬的也许有6000人，其中包括他的朋友、志愿者——那些有着成人面貌的孩子，是皮诺神甫引导他们走出了犯罪的泥沼；议会打击黑手党委员会主席卢西亚诺·维奥兰特,他没有想象到竟会有这样的一次会面;检察官吉安·卡罗·卡塞利,他同人群保持着一定的距离,看来感到过度疲惫或者烦恼。

在大约100米外,依然可以看到一个派出所,或者毋宁说是派出所的遗址,因为从建立第一支警察分遣队开始,黑手党老大们就把这个派出所炸掉了。红衣主教帕帕拉尔多——将皮诺神甫空降到此地的那个人,双手紧紧抓住麦克风,像唱赞美诗的黑人歌手那样摇晃着身体大声疾呼道:

"必须为普利西神甫的鲜血洗雪……必须在他的血泊中洗刷我们的良知……没有全体民众奋起打击黑手党的势力和遏制其嚣张气焰,我们就不可能同他们斗争到底,把他们彻底清除!"

这天夜晚尽管天气变得凉爽,但布朗卡乔的住户们的百叶窗依然紧紧关闭着。

直等到大约四年之后,杀害皮诺神甫的凶手才被捕归案。萨尔瓦托雷·格里高利是格拉维亚诺兄弟的一个打手。此人当时32岁,有过经商和失业的经历,为了维持生计,在进入黑手党犯罪的"快车道"之前干过些小偷小摸。在巴勒莫的刑事法庭上,他辩解道:

"最初,我在一家珠宝店行窃,来维持生计和给孩子们吃的。后来,我继续……"

他越陷越深,以致总计干了大约40起杀人勾当。但是,杀害本堂神甫的案子同其他人毫无瓜葛。当格里高利讲述当时的场景时，显然有点神经错乱，法庭里的所有听众都随着他心潮起伏。他头脑里浮现出一直挥之不去的幻觉。他发誓说，自己不能忘记那"时时出现在脑海里"的微笑。他还说，他并不想在那个晚上去杀害本堂神甫。他只是想守候一会儿，跟踪他的目标，再反复研究一下神甫的习惯，但格拉维亚诺下达了命令。这是没有商量余地的。

格拉维亚诺兄弟也在被告席上，一脸不屑的神情。警察于1994年1月在米兰逮捕了他们，当时他们正在一家美食店趾高气扬地大饱口福。这对格拉维亚诺亲兄弟、这对虔诚的基督徒，几年前曾经紧急邀请皮诺神甫前去为他们的祖母做临终祈祷。根据他们的全部犯罪活动，兄弟俩被判终身监禁。检察官洛伦佐·马塔萨在公诉状中也留出了短短一段话，抨击始终如此胆大妄为的教会显贵们。他声如雷霆，怒吼道：

"尊敬的唐·普利西是唯一忠诚于他的教牧事业的神甫，是唯一至死进行抗争的教士。他也是唯一进行这场公诉的人！"

实际上，巴勒莫教会并没有被判定适宜作为要求损害赔偿的原告。

今天，已经忏悔的萨尔瓦托雷·格里高利被判住所拘禁，同他的家庭一起生活在意大利的一个保密的地点。在皮诺神甫的微笑感召下，他弃恶从善了。他用上帝给予他的每一秒钟时间来为自己赎罪，这是他亲口所说的。在布朗卡乔，同样也有着生前和死后两重天的两个皮诺·普利西。一所用他的名字命名的中学，由意大利共和国总统卡洛·阿泽利奥·钱皮剪彩，已经开学。他费了那么多笔墨和献出了部分生命竭力争取的图书馆和体育场像奇迹一样破土开工，投入建设。自2001年以来，梵蒂冈的一个委员会正在研究他的档案，以确定他的殉难是否值得封圣。2010年10月，新教皇本笃十六世访问巴勒莫时，借用他的前任17年前蔑视"我们的事业"帮的口气说道：

"黑手党是一条死路，与福音书水火不相容！"

这位教皇在越来越热烈的掌声中三次引用了皮诺神甫的著作。这如同一个新时代诞生一样美好。然而，第二天，在布朗卡乔，人们发现一个毒气炸弹放在"我们的神甫"社会中心大门前，幸好它的引信被及时成功地拆除。

ardin
地下迷宫

在人性的天平上 Vies de mafia

在阿斯普罗山腹地的卡拉布里亚，一些人为了统治世界深藏不露，而追捕者们锲而不舍地追踪他们。大地中心之旅……

这是一个仿佛只有在卡拉布里亚才有的夜晚。月亮在阿斯普罗山顶上摇摇摆摆，浑圆而冷漠。人们可能以为开天辟地第一天就是这样。在驶向圣卢卡的吉普车里向外看，景色飞快地掠过，周围笼罩着一层仿佛塞进了填充物而膨胀起来的不透明的薄雾。一切都是那么平静，平静中夹杂着焦虑。车厢里，穿着制服的人们紧张地端坐着，仿佛是临赛前肾上腺素急剧上升的田径运动员。他们前往卡拉布里亚黑手党的权力中心——"恩德朗盖塔"帮的圣殿中的圣殿，执行任务。圣卢卡只有4000居民，却名闻全球。

凌晨4点钟，车队在进入村子之前，加速冲上最后一个坡道。所有的车子在俯视着山谷最高处的一栋华丽的楼房跟前戛然刹车停住。武警战士们手握武器，悄然无声弹射出车厢，几秒钟之内，包围了这栋建筑。

一小时前，在军营的最后一次临战动员会上，队长弗朗切斯科·辛尼雷拉的命令在夜幕中格外响亮：

"小伙子们，明白了吗？"

他们追捕的目标名叫朱塞佩·焦尔吉，49岁，15年来一直在逃，是意大利最危险的30个在逃犯名单上的嫌疑人。他的简历上写着"道德和民事行为极其恶劣的凶犯"。显而易见，这是一个专事贩毒、敲诈勒索和凶杀的黑手党成员。有关信息是从放射性废料加上一个忏悔者的供词中获取的。

"猎人"在武警中单独组成一支部队。这些穿着制服的猎手受过特殊训练，专门挖掘藏身在山洞、地道或者甚至在岩石中开凿出的地堡中的焦尔吉一类的敌人。"恩德朗盖塔"帮黑手党分子干这类勾当最在行：钻进地下，销声匿迹。为了保住他们的地盘——他们的血液、维持生命的淋巴液、一切权力和永恒的声威的基地，他们准备把自己活活埋藏于地下。自然还有同他们在一起的其他人。

早在1960年代，"猎人"部队就发现了他们。当时，他们绑架意大利北部实业家的行动愈益猖狂，次数越来越多。为了达到勒索现金赎票的目的，他们将这些实业家非法监禁在阿斯普罗山的山洞深处长达数月。囚室开凿成1米宽2米长1.5米高的样子。保罗·吉蒂——这位王朝的继承人，在这里被割掉了一个耳朵；年仅18岁的凯撒·卡塞拉——一个汽车特许经销商的儿子，在这里被关押长达743天，几乎发霉，一条铁链锁住了他的脖子和脚踝，直至他家里花了将近10亿里拉将他赎出来。他们在深夜痛苦得拼命嗥叫，在一个平底锅里吃喝拉撒，睡在发霉的地上。一些人永远再也见不到温柔的曙光了。只有一两个人可能是被国家当局解救出来的，或者毋宁说是没有过一个这样的例证。为了摧毁这个非人的绑架基地，武警于1991年建立了这支头戴红色贝雷帽的精英部队——卡拉布里亚"猎人"直属大队，它的指挥中心设在威伯·瓦伦蒂亚。

这支部队人员的挑选极严。严格的战斗训练适应于一切场地、地形、战术勘察……队长弗朗切斯科·辛尼雷拉笑着概括道：

"教官强迫我们从早到晚奔跑，身背大木桶负重行军20公里，考验我们的耐力。教我们学会不流露情感的本领……"

只有一个领导——队长，一个西西里人。他年仅27岁，毕业于那不勒斯军事学院，指挥着15支分队，共计93名"猎人"，其中有15名射击精英。他们昼伏夜行，可以从拂晓直至夜晚一动不动地蛰伏着，在阿斯普罗山的冰天雪地里或者卡拉布里亚的如火骄阳下两眼紧盯目标不放。他们驯服了这座伸向大海的荒山，学会了在灌木丛中隐蔽，在碎石中藏身，一手拿绳子、一手拿枪攀岩下山，在山脊崎岖小路上或者地下狭窄通道里快速行进，还学会按照"潜逃者"的气息来调整自己的呼吸。他们只是因为有"潜逃者"，为了追捕"潜逃者"而生活。这样的"捉迷藏"也许持续几个月，或者更可能是几年，而始终找不到能使案情或有柳暗花明转机的任何证据，即便是一个烟蒂。

三年，整整三年，他们一直在追踪在逃五年的萨尔瓦托雷·科鲁齐奥，却毫无所获。加入"猎人"大队已经12年的马西莫·斯图托开始寻找长期的信息。科鲁齐奥家族靠着贩毒建立自己的基业。萨尔瓦托雷·朱塞佩的兄弟长期在加拿大的多伦多经营家族的这项事业。2008年，他在一栋摩天大楼顶层的一套公寓里被捕，透过这套公寓四壁的玻璃窗安大略湖的美景一览无余。他直接同南美的毒贩进行数以吨计的白粉交易。在他的卧室里，搜出的他的"零花钱"就有100万美元。

因此，三年来为了揭开萨尔瓦托雷·科鲁齐奥的真面目，必须监视上百家住宅。在这些巴掌大的卡拉布里亚村庄里，居民们都相互熟识，不可能像在西西里那样进行跟踪，无论是步行盯梢，还是开车尾随都不可行。在这里，倒不如说是黑手党在跟踪警察。他们熟知警察的汽车牌照、营房的平面图、被认为是"好商量的"法官们的休假日期。任何错误都可能发生。但是，在最近一个月的追踪中，武警战士斯图托像他自己所说的那样，有了"侦查的直觉"。科鲁齐奥的妻子不再出门，这有点怪。2009年5月11日，武警战士敲响了科鲁齐奥家的大门。他们有大约100人包围了这幢250平方米的住宅。在小小的罗切尔塔·约尼卡村，人们历来自认为能征惯战。科鲁齐奥的妻子对他们笑脸相迎，客气地说：

"请进，请坐，请坐！"

她就差招待他们喝咖啡加奶了。这看来很正常,这里通常的待客之道就是如此。这些穿制服的人说了几句闲话,打量着那些名贵的油画和东方地毯,然后从酒窖到楼顶把房子上上下下搜了个遍。三个半小时之后,让人心里说不出有多么高兴的时刻终于降临了。科鲁齐奥像个幽灵一样,从隐藏在一个塞满杂乱交错的电线和装着防护栏的墙洞背后的地堡里现身了。这个"大人物"不失傲慢而洒脱的风度,紧握武警战士斯图托的手说:

"祝贺你。"

这个老大看来气势依旧不倒,深谙城市绅士的做派,尊重对手的富有智慧的工作。在他们之间,彼此相互理解,即使从来没有见过面,也似曾相识。斯图托眼中洋溢着兴奋的神情,光芒闪烁,喃喃地说:

"对于我们来说,有这样的难忘时刻就心满意足了……"

一次又一次地在林荫道边长时间蹲守,多少个不眠之夜,疲倦的黑洞,不得不强压在心头的怀疑……历经数年磨难的以往岁月终于过去了。他的心突然之间仿佛要爆裂,瞬间心花怒放,正义终于取得压倒性胜利,黑手党的恶势力失败了。

然而,幸福感从来持续不了多久,因为,"恩德朗盖塔"帮的黑手党徒中也不乏天才。他们是进行闪躲和玩弄两面手法的高手,长期以来以此欺骗那些可怜的家伙。他们的错误在于自以为可以年年获得路易·莱皮纳发明比赛的金质奖章,比变距螺旋桨或者升降工作台的那些无趣的发明家更加高明,发明了不必走出家门而当囚徒的一个实用指南。那是一本深藏在地洞里度生的教科书。这些人有足够的金钱到国外去千百次地重新享受生活,即使在最糟糕的情况下,也可以去自首,为黑手党经受五年的牢狱之灾,何况还可以通过上诉减刑。然而,他们不这样做,宁肯选择藏在家里。武警队长辛尼雷拉对此概括道:

"在这个村子里,所有的人都知道他们是'潜逃者',他们正在向国家和维持秩序的力量挑战,我们可能要永远追踪他们……"

在这里,一个妻子可以因为某个冒失的侦查员说她的丈夫总计15年的潜逃时间比邻居家短,而愤怒地加以纠正:

"完全不是这样!我丈夫藏的时间更长。"

在这里,在一个只有淋浴间大小却装有Wi-Fi无线上网设备的地洞里阴暗地度过的每一天,为他们铸造稳固的社会地位,使他们的权力得到确认,给他们带来神圣的称号。到日内瓦的一个皇家套间去享受美好的生活,那是懦夫的标志,而懦夫在这块土地上一文不值,人们对他们不再有任何敬意,不啻把自己的地盘白白送进狼口。相反,荣誉感给他们以力量,尽管生活在地洞里永远看不见阳光,有时还见不到自己的亲人。别名"大圣""恩德朗盖塔"帮四个终身享有特权的大佬之一帕斯夸勒·孔德罗,据计数机的记录,在地洞里藏了整整22年,每年只见他妻子一两次,尽管他们生活在同一个城市——卡拉布里亚雷吉奥。有些类似的匪徒在感到孤独的时候，让人把他们的妻子眼睛蒙上黑布领到地堡里来。荣耀要求自愿充当囚徒的人做出牺牲和具有大无畏的精神。他们的家庭知道这是他自愿的，因为他们活着的每一天都将带来可观的收入，事业在房底下的第四层地狱里继续着。

在无数次失败的搜查之后，黑手党徒纯粹为了故意戏弄，玩着这种老鼠逗猫的游戏。当国家安全部门在地面上采取行动时，黑手党徒已经在某些地点重新开凿石头，在夜幕掩护下着手建造新的藏身洞穴。或者在一个钉子后面开挖墙洞，在一个测微管中安装上压缩空气系统。只需靠呼吸气息的力量，他们就可以启动一个开关，打开一个三星级地堡的洞口，而在这个地堡的下面还有通过大理石楼梯相连的另一个洞穴。如果他们在漂亮的酒窖里安装一个烤比萨饼的炉子，那并非是用来烤那不勒斯馅饼的，而是为了遮挡地道的入口。"猎人"大队的战士们身手不凡，有着珠宝大师般的眼力，抱着一线希望动手测试墙壁的湿度，寻找方砖上的裂痕和没有补好的细微漏洞。希望的酵素也许将打开奇迹之门。

烤比萨饼的炉子是原装的，油光锃亮，像新的一样。炉子没有用过，但地上有儿童玩具、冷冻食品，还有室温调节设备。当"红色贝雷帽"部队于2010年2月13日深夜撞破普拉蒂村的这栋幽灵一般的房子的大门时，在空气中飘浮着某种东西。黑手党老大萨维里奥·特里姆波利已经消失了16年，对他的侦查也持续了16年。特里姆波利是一个固执的家伙。人们以为他在都灵，或者米兰……但他们错了。几个月前，蹲守在山上"猎人"大队的战士们发现了一辆轻便摩托车的诡秘行踪。这辆车在傍晚时分关着所有的车灯，从相隔100米远的他妻子家出发。他们并不确切知道它停在什么地方，因为它消失在小巷的迷宫里了。"猎人"大队的战士们最终认定了三所可疑的房子。他们做好了进行战斗的精心准备。

这是一个2月的夜晚，普拉蒂村正下着雨。稠密的雨点冲刷着斑驳的墙面。凌晨3点，武警战士们列队同时出现在三栋住宅前。在唯一的一栋未完工的红砖住宅里，没有任何人住，却有一个光亮得像圣物一样的烤比萨饼炉，他们感觉到目标就在这里。他们开始探测墙壁，摸到了几处极细小的凹槽，于是用锤子大力敲打起来。特里姆波利终于做出了避免自己的房子化为废墟的抉择。一堵墙从地下张开了口，特里姆波利爬到了他们跟前。他身上的衣服剐破了好几个口子，手腕上戴着一块劳力士手表。

九个月来，他们日夜追踪目标。他们从来没有见过他，只有一张他13岁时的老照片。在他那有四个空气进口、大如一个工作室的地堡里，他们搜到了30台用来截取安全部门波段的扫描仪、几台夜间摄像机和一台连通互联网的电脑。他在地洞内部同南美的毒贩保持着联系。特里姆波利阅读颇为广泛，包括各种报纸，打猎杂志，以及卡地亚手表、布尔加里香水等高档饰物和化妆品目录。他跟踪世界新闻、最新的收藏业动向，关注其他头目被捕的消息，掌握武警的整个机构组织图。他逐个辨认他们。当他们排成一圈围住他时，他能逐个叫出他们的姓名，说出他们的军阶。对于他们的晋升情况，他的消息多少显得落后，把瓦莱里奥·加尔迪纳上校错认为队长。否则，他也许会要求他们去安抚他的妻子，告诉她不要误以为他落到了敌对家族的爪子底下。落到武警的手里，至少不会有任何性命之虞。在他潜逃期间成为他妻子的伊莉萨贝塔，带着逆来顺受的神情忍受了打击。她说道：

"早晚终有这一天。"

她已经习惯了，这个住宅已经历过大约 200 次搜查。最后，武警战士们甚至已经把最不起眼的小圆凳的排放位置熟记于心。

萨维里奥·特里姆波利有点胆怯地要求到浴室去一趟。随后，走到了外面，他央求辛尼雷拉队长帮他重新扣上衣服扣子，他感到冷。几小时前，他还可以从冰箱里拿出香槟庆祝同几个伙友做成了一笔很好的生意，手里转动着一支家制大麻卷烟，领略天堂生活的滋味。在地堡的一角，一盏卤素灯在为他的大麻树苗加温。这个世界完蛋了。现在，他一文不名。他那身刷破的衣服被扔进了消毒器具。他成了国家的阶下囚。

如果人们到世界之脊——号称"毒品金三角"的普拉蒂—圣卢

卡一阿弗里科地区闲逛，那是很可怕的事情。在阿斯普罗山的心脏地区，各个家族把自己的多不可测的财富建立在被绑架者的背脊上。数以百万计的欧元被汇至澳大利亚的叔伯兄弟那里，用来投资印度大麻工业和收购土地。普拉蒂的居民们——普拉蒂人，从来都是这种澳大利亚灌木的热诚迷恋者。在1980年代，阿德莱德和堪培拉的澳大利亚警察发现了讲述"恩德朗盖塔"帮分支机构规则的小册子。在那个时代，普拉蒂甚至接待过应邀参加主保圣人节活动的澳大利亚移民部长格拉斯比。普拉蒂，世界之巅……

因此，这个仅有3871个居民、悬挂在阿斯普罗山一侧的村子，引起全球的好奇。一个未知而诱人的地方，是的，确实如此……这里有60%的农业人口、20%的办公室雇员、20%的失业人员，却有着100%的有当地特色的处世之道。未婚夫妻无论如何不能紧挨着走，更不能拥抱，没有母亲或者一个姐妹在场，婚前甚至不能待在一起。任何一个女人都不能同她丈夫或者父亲、兄弟、祖父等直系亲族之外的男人同一辆车旅行。姐夫、妹夫、大伯、小叔也都被排除在外，更不必说外人。任何其他地方，社会纽带网化为乌有，夫妻离异，价值沦丧殆尽。而在普拉蒂，人们对这一切价值尊重有加。

女人们在教堂里寻求消遣，远离故土去寻求自己的生活的青年姑娘们很难再在村子里找到丈夫。青年寡妇们也是这样。一个被杀的帕帕利亚家族成员的妻子即是一例。她孤身带着女儿生活,她亡夫的兄弟出于义气马上接手娶了她。一个忏悔者萨维里奥·莫拉比托解说道:

"因为,在普拉蒂,她再也找不到任何人。谁会娶一个已经有了一个孩子的女人?在这个地方,有一大群处女。如果一个青年寡妇不能马上再嫁,她就会偏离正道,无赖们就会像苍蝇一样围着她转,直至关于她的流言飞语传遍整个村子。"

因此,要赶走这些苍蝇,帕帕利亚家族没有比亡夫的兄弟更好的人选。

如果说"恩德朗盖塔"帮比黑手党的其他所有帮派更加崇尚这种家庭宗教,那么普拉蒂就是它的圣殿、它的精神家园。与几公里外的圣卢卡相比,这里有更多的家庭为了强化血亲联系的纽带,使它永远不会解体,选择表兄妹之间结婚。他们从 14 岁就开始定亲,选定未婚夫或者未婚妻。如果在另一个村子结婚,那么只能同某个黑手党家族的成员联姻,其目的就像以往的王室那样,只是和亲或者产业的扩张。由于这种联姻策略,普拉蒂从来没有"世仇"的惨剧,尽管这样的族间仇杀近几十年来在卡拉布里亚的许多村子里达到登峰造极的地步,酿成大量流血事件。

当然,这里也不乏悲剧、眼泪、剧烈跳动的充塞欲念的心、深受压抑的叹息,但只有侦查员能够听到这一切,而且深藏于他们的听众心底。譬如说，一个被迫嫁给移居伦巴第地区的一个男人的青年女子，对丈夫这样狂怒地大喊道：

"我曾经同另一个人那么情投意合，但他们强迫我嫁给你！"

一个母亲，大帕斯夸勒·孔德罗的妻子玛丽亚·莫拉比托在2003年给一个女友写信说：

"亲爱的安娜……我的女儿不得不同一个好小伙子分手，只是因为他的几个亲戚以往曾经与我的丈夫为敌……最终，正如你所说，我们必须背负我们的沉重十字架。"

然而，在"恩德朗盖塔"帮里，并非只有强迫的爱。那里也有美丽的爱情故事。在同孩子们一起荡秋千的幸福照上，帕斯夸勒爱安娜，安娜也爱帕斯夸勒。他，消瘦的脸上挂着微笑。她，本是一个十分漂亮的棕色皮肤的女人，表情中透出某种久经磨炼的痕迹。帕斯夸勒·马朗多和安娜·特里姆波利——身穿剐破的西服的潜逃者的姐妹，属于普拉蒂最有势力的两大家族，多年前通过这桩婚姻铸造了他们的事业。马朗多是一个很有威望的老大，素以血腥残暴闻名。他是全村畏惧的一个人，但也受尊敬，所以人们邀请他参加所有的婚礼。世界范围内最大的可卡因掮客之一罗伯托·潘努齐的这个合伙人，在五大洲进行着数以吨计的白粉交易。身价几十亿里拉的马朗多在意大利北部建立了一个十分牢固的帝国，同哥伦比亚人、土耳其人、巴基斯坦人有着广泛的联系。他通常把纯可卡因运到热那亚港。最初，他付给自己的供货人每克 2 万里拉，但他是一个非同凡人的顾客，很快就把价格压低到每克 5000 里拉。他同安娜的兄弟特里姆波利家族一起，以生产不掺过多杂质的上等白粉闻名。他们结合在一起，构成的不仅是一个"恩德林纳"，一个家庭。

稍后同司法机关合作的马朗多的兄弟罗科解释说，在"恩德朗盖塔"帮内部，马朗多肩负"圣徒"的崇高使命。像在所有论功行赏的行帮中一样，在卡拉布里亚的黑手党里，大家从零开始，按照一种严格的等级制度和良好的行为准则逐步晋升，其中包括必须把某些人彻底打倒。十分系统化的帮内法庭以重罪论处动摇变节分子、叛徒、个人主义者，给予其终生绝罚。按照程序，通过流血的考验来吸收"青年义士"。随后，授予他们初级职位，即所谓"义青"，或曰步兵，也就是执行命令的人。然后是"内勤""外勤"。再后是最高职位之一的"圣徒"，其地位稍逊于"福音天使"。所以，帕斯夸勒·马朗多已经身居高位，只差祝圣了。

进入 21 世纪之初，马朗多－特里姆波利家族联盟里出现了麻烦。由于只有他自己知道的原因，马朗多感到神经高度紧张，这不是在跑步机上慢跑就能排遣了事的。2001 年，他妻子安娜的两个兄弟，罗萨里奥和朱塞佩·安东尼奥·特里姆波利转眼之间从雷达屏上消失了。他只剩下几个依然活着的人。其中萨维里奥这个总是穿得像英国绅士一般的"潜逃者","猎人"部队在 2010 年重新找到了他。尽管他自己也在潜逃之中,却依然发誓要为他的兄弟们报仇雪恨。他说话是算数的。该轮到他,帕斯夸勒·马朗多舍生取义,参加鬼魂们的舞会了。据说,特里姆波利家族组织了一个小型家族餐会,最终是萨维里奥促进了马朗多的消化力:

"现在,我来告诉你是谁杀了我的兄弟们。"

随后,难道像大家要求的那样,他割下萨维里奥的头颅,拿给他岳父家族的某个成员看,把尸体的其余部分拿去喂猪?或者像大家也在小声议论的那样,他,马朗多自己躺进一具匿名的棺材被送入普拉蒂的公墓?至于真相,只有他的妻子安娜知道,但她守口如瓶,把一切埋藏于心底。

现在,安娜站在门框里。这天早晨,她无精打采地为武警战士们开了门。像四周的所有房子一样,住宅的百叶窗是关着的。普拉蒂的街道颇为荒凉。她是土生土长的特里姆波利家的女人,直挺挺地站在这些穿着制服的人面前,风韵犹存。她 40 岁左右,声音像谜一般平静,正如她眼底透出的寒光一样。她,安娜,丝毫也不害怕,已经经历过别人一生也未遇到过的事情。如此看来,是她的兄弟杀了她的丈夫,因为她丈夫先杀了她的另外两个兄弟。她从来没有抱怨过,她的痛苦是无言的。在村子里,她很受人尊敬。武警战士们对她谈到了帕斯夸勒——最恨忏悔的人——的兄弟罗科·马朗多，他使得靠贩毒的黑金积累起来的巨额家族财富毁于一旦。他竟敢告诉法官们自己活着，藏身于意大利北部。突然，安娜有了说不完的话。她骂他是疯子，是坏蛋，毫无骨气，人性丧尽。

与"我们的事业"帮相反，在"恩德朗盖塔"帮里忏悔者寥寥无几，这正是它的力量和奥秘所在。因为很简单，人们不会背叛自己的父亲、兄弟或者姐妹。冒这种风险的极少数人，在家族眼里不啻是死人，将被永世逐出门庭。

武警战士们进入安娜的住房。他们要验证几个月来在这儿获得的一个新发现。屋内铺着漂亮的镶木地板，摆放着印度支那（中南半岛）风格的漆器家具，还有大理石的楼梯。他们来到位于居室底下的"厨房"。在正对灶台的墙上有一个大洞，用一块护墙板挡着，上面写着：禁止入内。这是贯穿街底通往对面车库的一个地道入口。在车库尽头的铁帘门和一堆瓦砾背后，他们发现了一排地堡。他们手持火把，侧身收腹，踩着尘土走了进去。在一个牢房大小的地洞里，摆着一个硕大的容器，犹如生命已经枯萎的一个巨人的骨架。"猎人"部队战士米凯莱·帕鲁莫解释说：

"这个1000升的'集装箱'是用来提纯马朗多从南美运来的可卡因的。"

看到入口这么狭窄，人们不禁要问这个庞大的机器是怎么弄进来的。帕鲁莫用肯定的语气说：

"他们先把它放在这里,然后在它上面盖房。"

这儿是两条完全人工开挖的地道的起点,人们可以不用弯腰就像在地面上一样在其中穿行。一条直接通向厨房,所以是常用的。另一条继续在村子底下穿行,用来在地下互访。这是普拉蒂的一个地下城,毫无疑问,在卡拉布里亚也是独一无二的……这儿,不但十家中有八家挖了地堡,而且有一个地下城,数十条很深的小巷把居民彼此联结起来。人们可以在地下过双重生活,永远不重回地面。

马朗多很喜欢在地心的这类旅行。仅仅是为了掩护潜逃者,他在另一间房子底下建造了一间 100 平方米的房子。在荒郊野外的另一栋小楼里,"猎人"大队的战士们也把一个比萨炉开膛破肚,发现了一个地道——一个老的可卡因检验室,而在地下四米的深处还有一个大房间,里面摆放着特大号的床和大镜子。在浴室里,摆着几瓶卡地亚香水和一瓶桉油剃须润肤液。一面墙可以沿着洗脸池底下的轨道滑动。马朗多从这里可以从容地逃到另一个装有混凝土拱门的狭窄地道。大约有 200 米的距离,必须像列队的毛毛虫一样爬行,或者躺在滚轮滑板上滑下去。这样,就到达了河边的羊群中间,可以向它们"问好"了。

普拉蒂的多任市长对于地下工地都采取视而不见的态度,允许有势力的家族在社区街道下进行建设。他们甚至还拨款来装备被追捕的老大们的藏身之所。"开发所谓'潜逃者'河滨区"，这是武警战士们在一个技术办公室里找到的一项议题的真实标题。那些不赞同为"恩德朗盖塔"帮安排地盘政策的人，将受到报复，就像多米尼科·德马约那样。这位市长由于将巴尔巴罗家族非法占据的大约100公顷土地归还社区，而在1985年被杀。

巴尔巴罗家族是普拉蒂的真正主人。他们的住宅是伪装成简陋民宅的名副其实的宫殿。听到米凯莱·帕鲁莫对这些住宅的描述，人们也许会说他是从凡尔赛回来的。其中有一栋房子的底层全部用黑色和白色大理石镶嵌，呈现出由罗马圆柱和螺旋形回旋柱廊组成的精致布局。楼上，地板由名贵木材镶嵌锻铁铺成。每间卧室都有雕梁画栋的顶板。所有的窗户都装有从内打开的电键。浴室备有桑拿设备和水力按摩台。"猎人"大队队长辛尼雷拉不禁感叹道：

"但是，根据国家的统计数字，普拉蒂是意大利最穷的村子。"

伪装的艺术长盛不衰。在这个地方，人们慷慨地把自己的财产算在他人的名下，他们一无所有，只拥有一个律师，此人名叫乔瓦尼·莱昂内，若干年后当选为意大利共和国总统。"恩德朗盖塔"帮历史上的头目之一安东尼奥·佩勒·加姆巴查即是一例。老大们，真正的大佬们，并没有去朝圣，而是圣贤们来到他们这里。这儿的所有人都还记得1979年齐罗拉莫·皮罗马利——神秘的唐·莫莫的盛大葬礼。在倾盆大雨下，6000人聚集在一起，其中有来自加拿大、美国的黑手党要人，律师，包括焦亚·塔乌罗的市长温钦佐·金蒂雷在内的政客。金蒂雷其人，在 1981 年板着面孔宣称，在焦亚·塔乌罗这个当下势力最强大的"恩德朗盖塔"帮分子的常住地"不存在黑手党"。这位市长大人无疑有若干不为人所知的理由。黑手党家族制造骨灰的速度比建公墓更快。有一年，在塞米纳拉，黑手党老大罗科·乔弗雷试图说服任期已满的市长继续任职，许诺可以给他拉到 1050 票，结果这位市长获得了 1058 票。"大佬"们比民意调查机构更加神通广大。

自 1991 年帮助建立"猎人"大队以来，武警队长克劳迪奥·加里奥托已经逮捕了几个富有魅力的教父。在这整个黑帮系统中，只有一个人给予他深刻印象，那就是朱塞佩·莫拉比托，号称"恩德朗盖塔"帮的传奇，绰号"直行侠"。也许正是此人最接近于黑帮老大的原型，他们的那种狂妄自大不是从书本里学来的，而是在娘胎里生就的，天生就有在眼皮子底下不动声色地把某个家伙发送到阴曹地府的本领。

在卡拉布里亚，沉默比一个手势更加意味深长，一个手势比一句话更加意味深长。要受人尊敬，无须引证意大利大作家马拉帕尔泰的小说。人们一说起"直行侠"，就会悄声说：

"他比国家更有钱。"

1989 年，警察总长来到这片土地上进行访问时，这个黑手党头目要求一个办事人员发布通告，禁绝这类骚扰，因为他自认为同所有这一切指控格格不入。几年后，如果他想开杀戒，那么完全可以把卡拉布里亚推入火与血的劫难之中。在他的儿子多米尼科被执法当局杀死之后，他的亲信们犹如疯子一般，做好了实施报复的一切准备。而他，尽管内心十分痛苦，却不希望进行仇杀，只要求尊重他那死去的儿子的遗愿。总而言之，"直行侠"是一个"大慈大悲的善人"，一条真正的好汉。直至他被捕，始终保持着这种名声。2004年的这一天，在军营里，就在加里奥托队长的惊异的眼光下，这个年迈的黑帮大佬把从不离手的结婚戒指悄悄塞给了他的女婿——同他一起被捕的医生。加里奥托队长讲述道：

"这是按照规定程序的权力交接。"

老国王已死，新国王万岁。

在卡拉布里亚的土地上，"恩德朗盖塔"帮主是包括人们呼吸的空气在内的所有一切的主宰。贝罗科家族的一个成员对他的一个党徒谈到自己的城市时，以哲学家的口气概括道：

"罗萨尔诺属于我们，而且应该永远如此。否则，它不属于任何人。"

这句话是如此令人震惊，以至于警察们为了逗乐，借用来为一个侦查员命名，以"罗萨尔诺是我们的"作为其代号。这是在意大利的这个角落恢复理智的独特方式，因为国家共同体的理念在这儿很大程度上淹没在"我们的大海"的深水之中。在意大利的这一角，希腊人、西哥特人、诺曼底人、双头西西里王朝、皮埃蒙特人发明的民族观念像走马灯似的在历史上一一登场……至于国家……

在这儿，一个孩子刚一出生，神明就教他学会分清善恶。一个忏悔的杀手安东尼奥·扎加里讲述道，在他出生时，他的父亲加科莫在他身边，一边放一把钥匙，另一边放一把刀。他说：

"钥匙象征可耻和警察的世界，刀则象征令人尊敬的卡拉布里亚帮会。"

一边是无尽的无赖队伍，另一边是上帝的选民方阵。当然，他摸了放在他能够拿到的地方的那把刀。他的亲人们感到极大宽慰，他选择了自己的阵营。家庭将是他生存的全部，是他不再能逃避的归宿。安东尼奥·扎加里长大后，有过接受同妻子合法分离的不幸经历。他的父亲，"恩德朗盖塔"帮的基层组织的"地方首领"，因此要同他拼命。老爷子暴怒道：

"一个义士，一个毬蛋长在正常地方的真正汉子不能接受离婚，除非枪弹把毬蛋打个稀巴烂。"

这说得很对。宗族的原始力量赋予人一切权力，首先是"道义上的生杀大权"，尽管此话是从来没有到过普拉蒂的陀思妥耶夫斯基说的。

2006年3月2日，24岁的乔瓦尼·莫拉比托面对法官对他的行为的指控，以满怀自豪的口吻断然说道：

"我做了正义的事情。"

"直行侠"的这个侄子前不久对自己的姐妹布鲁内塔开了枪。她是个美人，离开了第一个丈夫，在墨西拿迷恋上了另一个男人，远离亲人，远离阿弗里科城。15天前，她当了母亲，婚外生子……于是，仇恨沸腾的乔瓦尼穿过阿斯普罗山的丘陵，下山乘坐穿梭于城市之间的班车，来到了墨西拿，守候布鲁内塔。他们发生了争吵。他掏枪扣动扳机，一次，两次，三次，总计连击六次。他对准了她的脑袋，他的姐妹号叫着倒了下去。他独自来到武警那里投案自首，而当他们告诉他布鲁内塔还有呼吸时，他连眉头都没有皱一下就说：

"我应该洗涤我们的荣誉。"

而她，此时正处于昏迷之中。四个月后，她走出了医院，身体比折断了翅膀的鸟儿更加瘦弱。"恩德朗盖塔"帮是荣誉和鲜血凝结的"集体农庄"，憎恶个人。

※　　※　　※

这是一个仿佛只有卡拉布里亚才有的夜晚。月亮在阿斯普罗山顶上摇摇摆摆，浑圆而冷漠。此时，穿着制服的小伙子们拍打着大门喊道：

"武警！"

出现了依然还没有睡醒的一个人。他冷冰冰地说：

"你们好。"

搜捕"潜逃者"、"道德和民事行为极其恶劣分子"朱塞佩·焦尔吉的行动可以开始了。需要搜查的楼有四层，四套公寓里住着大约15个叔伯兄弟。30名武警战士静静地分布在从房基到房顶的每一平方米的建筑上。他们开始搜查抽屉、衣橱、房间、厨房，拆卸电插座，然后重新装好，叩打地砖、墙壁，借助异常的声音来寻找夹层。在紧张的气氛中，搜查连续进行了几个小时，这个家庭的所有成员都紧跟在武警战士身后。一个"猎人"大队的战士低声提示说：

"他们怕有人安装上微型录音机。"

在每次搜查过后，所有的家庭都花钱请专家把整个住宅精心梳理一遍。时不时地可以看到武警战士们到达装有微型录音机的位置，录音机发出的话音却说：

"你们忘记了什么吧。"

在第四层，大家同武警战士们一起来到"潜逃者"妻子的套间。她正在门前等候，带着一种准备战斗的笑容迎接他们说：

"又是你们？你们不厌烦吗？"

她同已经是成人的女儿们住在一起。她们每个人的瞳孔里都喷射着毒刺一般的闪光。"猎人"大队的战士们用意大利语询问她们。她们用当地方言回答。有一个战士说：

"没有火就不会有烟。"

她立即表示抗议，连珠炮似的对他进行抨击，脸上的表情透露出对于国家和不能给人以公道的法律的深仇大恨。她大声喊道：

"我丈夫是一个真正的好人！上帝知道并恩赐他，因为他没有做过任何坏事，根本没有做过！"

她的女儿明天必须去参加中学考试，她正在工作，她是认真的。简单地说，谁也不明白这些军人为什么从凌晨5点就开始像聋子一样敲打墙壁。整个山村回响着他们的敲击声，但从住宅的阳台放眼望去，见不到一个活动的生灵，没有一个村民出来询问。一个武警战士解释说：

"这是出于尊敬。"

尊敬大清早就开始的武警们的工作？

"不，尊敬这个家族"，他做着鬼脸说。

可怜的家族。武警战士们用听诊器探测到上午11点之后，一无所获地撤走了。

"走吧，人跑了"，辛尼雷拉队长说，多少有点沮丧，却毫不畏难。

他们还将回来，或许在下周，或许在一年之后。

远处，强烈的阳光照得地平线仿佛在摇曳跳动。这些人眼圈有点青黑，在把他们带回营房的吉普车里，茫然望着巨大的岩石。他们在想什么？就在这高地上，在十字路口的一个耶稣受难大十字架下，用赎金换取被绑架到阿斯普罗山里的人质的交易已经进行了20年。也就是在这里，青年切萨雷·卡塞拉的母亲为了要求释放她的儿子，仿照被绑架的儿子的样子，自己用铁链锁身。这个母亲的殉难精神震撼了整个意大利，被称颂为"勇敢的母亲"。在这里，他们还思索将卡拉布里亚变成人类坟墓的所有这些野蛮人。看到这些教父把自己隐藏在他们埋葬被他们杀害者的地方，有一种仿佛照镜的效应，一种怪异的返回历史的感觉。多米尼科·特里姆波利就是这些黑手党首领当中的一个。2008年1月11日，武警战士们来到离普拉蒂公墓不远的一条石子路的尽头寻找他。他们从远处看到他的孩子们好像正在喂猪，于是走近到树林下看一个究竟。草地里竖着一堵墙：这是关键所在。随后是一道湿痕，凹凸不平的地面给予人将有其他发现的期望。他们敲打着墙，呼唤特里姆波利的名字，一次，两次。特里姆波利终于从他的洞穴里冒了出来，半闭着眼，仿佛一个幽灵。他已经有一年没有看到阳光。生活在他的受害者中间，这种生存方式为他们自己挖掘了坟墓。阿斯普罗山，这个希腊神话中的天地之子——巨神克洛诺斯，仿佛最终将吞没那些永远离不开一己之躯和完全孤独的人。

为了对儿子的爱

在卡拉布里亚的这个"失踪者之乡",母亲们并不告发杀害她们儿子的凶手。安吉拉·多纳托打破了这个禁忌。她的举动并不能使她的儿子桑托死而复生,回到她身边,却使她摆脱了作为黑手党徒妻子的过去。

一个汹涌的怒潮在卡拉布里亚滚动。在闷热的夏夜，暴风雨爆发了。这个 7 月的早晨，长长的闪电划破长空，微温的巨大水流从空中不停地倾倒下来。在一个高地上，一条泥泞的道路分叉进入远离公路的原野。在路的尽头，一间立在田野中间的混凝土小屋藏在一个死角里。屋檐下，一个老妇直挺挺地站在门毡上。她似乎在等候。她吸着空气，对于雷电交加的空中交响乐充耳不闻。她全身穿着黑色的丧服。她试着往前走一步，感到腰部疼痛难忍。她必须站在这儿，站在这个地方，要告诉它自己还活着。走吧，"宝贝儿"，走！走！"宝贝儿"尖声叫着，围绕她转了半个圈。大门口来了一辆车，有客人。安吉拉一瘸一拐地迎上前去说：

"欢迎！"

她紧紧握住他们的手，满脸笑容地望着他们。她的心底里却隐藏着某种久经磨砺的韧劲。她的过于清澈却显得疲倦和难以抚慰的灰色眼睛，在雨中微笑。

费拉德尔菲亚是一个用白石筑成的小镇,俯视着一个个丘陵和远处平稳宁静的蒂勒尼安海。费拉德尔菲亚有6000居民,是威伯·瓦伦蒂亚省皮佐地区和库林加地区之间一个三角地带的正中,人称"失踪者之乡"。在这个"失踪者之乡",今天像昨天和以往的其他日子一样,依然可以看到如梦游一般的母亲到处游荡,在小树林和山沟里、在灌木丛和桥下、在井底,伤心地寻找自己的儿子。这些母亲要把她们的苦难书写在墙壁上,除了走上意大利国家电视台"谁看见过他?"节目的平台诉说她们在霓虹灯下的地狱生活之外,没有其他的申诉渠道。

在费拉德尔菲亚,生活就像一幅永远完不成的残缺不全的画,始终存在某个细部或者色调的缺陷。"白色短筒猎枪"在这里统治着一切,这些杀手不留任何痕迹,为了加快毁尸灭迹,他们用硝镪水腐蚀,或者将其搅拌进正在建筑中的桥梁四方塔柱的混凝土里。正如安吉拉所说:

"在旁边的拉梅齐亚·特尔梅城,他们杀人后,至少还能找到尸首。"

但在这里,找不到。在这个小镇上,他们甚至要消灭在地上留下任何蛛丝马迹的念头。

吉尔兰多·阿雷纳,27岁,失踪。卢卡·克里斯塔罗,14岁,失踪。马西米里安诺·科瓦托,20岁,失踪。弗朗切斯科·阿奈洛，28岁，失踪。弗朗切斯科·阿罗伊，22岁，15年前在皮佐城失踪。他的灵柩里只有在海滩上发现的一只网球鞋。他的母亲安东尼耶拉从来没有在他的坟上放过一朵花。她固执地一再说：

"我的儿子不在那里。"

还有谁？尼古拉·坎德拉，22岁，失踪。瓦伦蒂诺·加拉迪，一个25岁的神学院学生，失踪。他的母亲安娜·弗鲁奇丧失了对于世界的记忆，不再记得生日、节日和人们打听的新闻，颠来倒去只有一句话：

"我一直等候他，直至慢慢耗尽自己的生命。"

还有安吉拉。

安吉拉·多纳托，65岁。7月的这个早晨，安吉拉在狭小的厨房里紧紧抓住防水桌布。她被餐具橱的一个小纸盒里拣出来的几张照片吸引住了，逐一翻看着。她再次听到儿子桑托面临死亡深渊的跺脚声。妈妈……她听到他整夜忧郁的长吁短叹，变得像怨言一样令人烦心的宽慰言辞：

"别担心，妈妈……"

"桑托，停止吧，别干这傻事，听我的话，否则你会被他们搅拌进混凝土里……"

"我们远走高飞，妈妈，别担心……"

房顶上，大雨哗哗地敲打个不停。安吉拉双眼淹没在泪水之中，痛苦地呻吟着。她的目光直勾勾地盯着窗外，她听到的每个字其实都是从她的唇边冲口而出的。

安吉拉 17 岁时就受人瞩目，征服了小伙子们的心。一个城里青年托尼诺的纯真和深情的目光燃烧着她的心。在一个美好的日子，安吉拉告别了田野，告别了她的少女时代的家，告别了贫穷，告别了把枷锁套在她身上却不能为她付学费的父亲。别了，马尔切利纳拉这个偏僻而一成不变的村庄。你好，尼卡斯特洛城。安吉拉生来就是干活的命，她想成为一名护士，她想看护人们，想铺好自己的生活之路。她竭尽全力拒绝她的家庭划定的命运。意大利作家科拉多·阿尔瓦罗写道：家庭是卡拉布里亚的力量所在，是"它的脊柱，它的智慧场，它的正剧和它的诗"。家庭高于一切。这是"恩德朗盖塔"帮从中汲取力量和充满奥秘的富有生命力的文化母体。而安吉拉选择了违逆自己的父亲，但是，她同"恩德朗盖塔"帮睡在了一起，尽管她还不知道。在爱情之夜的混沌中，在一个美而无华的年轻处女的贪欢和狂喜的激情中，她把自己献给了托尼诺。他却是"恩德朗盖塔"帮的老大。

这一夜像其他许多夜晚一样，安吉拉睡不着。她在床上辗转反侧，把被单蒙在自己的脸上。她在脑海深处反反复复细想着这个揭开了她作为女人生活的帷幕和使她成为自己儿子的寡母的可怕奥秘。

托尼诺教会了她生活、贩毒和带枪。他在她的干枯的心里注入了雨露，教她学会男人们在黑手党学校里学习的东西："对于你将会见到的一切，你必须闭上眼睛；对于你将会听到的一切，你必须忘记；对于你将会知道的一切，你必须守口如瓶。"安吉拉始终一字不差地恪守规矩。他甚至带她出席黑帮头目选举会议，她眼睛贴着钥匙孔偷看着，心不由得狂跳起来……她听见了"首脑们"用方言窃窃私语所谈的事情，但她从来不学舌乱讲，一切永远烂在自己的肚子里。在以装聋作哑、一切盲从为荣的圈子里，她甚至得到了赞赏。于是，在一个美好的日子，老大们建议为她举行敷圣油礼——"恩德朗盖塔"帮的入帮洗礼，这是给予一个女人的最高荣誉。

这是一个伟大的日子，是一个青年通过远古的秘密仪式跨越平庸生活与神圣生活之间不可见的界线的一个激动人心的日子。在这一天，他们宣誓效忠于组织，终生只为"恩德林纳"——黑手党家族服务，至死不渝。刺破手指，把一滴血滴在"恩德朗盖塔"帮的保护神大天使米歇尔的圣像上，然后一个教父，一个名字如同上帝一样响彻在耳际的"闻人"——马克里、皮罗马利、贝罗科、莫拉比托……见证。所有受此洗礼的人都觉得这一天恍如昨日，因为那是他们的新生之日。

这不行，安吉拉拒绝了。入帮，这意味着把自己永远拴在锁链上。在1980年代，悔过自新的忏悔者皮诺·斯克里瓦在法官面前列数刻在花岗石"法板"上的"恩德朗盖塔"帮的十戒:"承担不诉诸国家当局雪耻的义务;绝对禁止作证控告其他在帮人员和在公开辩论中构成要求赔偿的原告;承担帮助一切战斗人员和潜逃人员的义务;承担与公安人员不发生任何种类关系的义务……"帮内人员无不恪守遵行。安吉拉知道这一切,她不要这种婚约,她要保持自由。她永远不会入帮。

她最终离开了托尼诺,游荡了一段时间。另一个男人向她张开了双臂,他名叫塞巴斯蒂安诺。她投入了他的怀抱。但不幸的是,这个将成为她丈夫和未来的孩子们父亲的人与第一个男人是一丘之貉……他同拉梅齐亚·特尔梅地区的所有黑帮家族沆瀣一气。安吉拉从老大的情人变成老大的妻子。就携带武器或者偷运走私商品而言,她并非新手。她的行动比男人们更不易为警察发觉,这是女人的突出长处,人们不会想到她们。对黑手党的这些配偶在这个男人们把杀人越货当做自己职业的世界里的作用,人们长期以来低估了。他们大错特错了。一些电影无不把她们当做配角,黑手党也是这样。一旦丈夫们锒铛入狱,她们应该很好地保障后勤,传递密码信息,送达命令,在交易中作为代理……在"恩德朗盖塔"帮里,至多就是把传承价值的担子交给女人。她们是黑手党文化的贞洁淑女、记忆的哨兵。正是她们成为"世仇"的动力,召唤人们进行仇杀,多少年来使得卡拉布里亚的一些村庄血流成河,全村灭绝。也正是她们守卫着染上血污的死人网络,手里掌握着难以言表的宽恕和仇恨的权力。她们还通常竭力进行活动,禁止忏悔。一个老资格的检察官试图帮助有意同警方合作以减轻终身监禁刑罚的黑手党老大安东尼奥·利布里,面对这个司法官员,利布里年仅25岁的妻子气势汹汹地威胁道:

"我丈夫不会这样做,因为我们必须能昂首挺胸走在卡拉布里亚雷吉奥城大街上。如果他这样做了,就不会再见到他的儿子。"

然而,安吉拉厌烦所有这一切。塞巴斯蒂安诺如今进了监狱。随着时间的流逝,她愈益感到这种悲哀的戏剧渐行渐远,她要从中解脱出来,一切重新开始。一天早晨,怀着桑托的她,怒火中烧,直挺挺地站在一块田地中间,对着犹如一个罩子一样压迫着她的蛮不讲理的老天爷发誓和狂喊道:她的儿子将与众不同。与她自己和他的下流胚父亲不同。她通过努力,终于做到了这一点,她取得了护士文凭。有一段时间,她创办了一所驾驶学校,招收被丈夫禁止驾车的女人。安吉拉是执著的,她要靠自己的努力出人头地,心里只有一个念头:使孩子们远离他们的父亲。桑托,她的小桑托,在她的细心呵护下渐渐长大。她看着他,梦想着把他远远地送到阿西西的一所寄宿学校去念书。她希望他成为最好的学生。

"爸爸在哪儿?桑托,听着,别提问……我对你说过:爸爸在工作,他出差了……"

她忠于自己的意志。她不能做护士的工作？难道她的学历不够？安吉拉弯着腰在医院的走廊里拖地，为富人家刷洗厕所。她攒下了一点钱，一点又一点地积累，她终于成功了。桑托上了托斯卡纳的一所寄宿学校。安吉拉有时感到很幸福，她心爱的儿子在那里很好。他学业得到高分，有着另一种生活，即便他还没有完全远走高飞。暑假期间，他依然回来，因为他怀念故乡，尽管他没有很直白地说出口。人们无论如何不愿离开卡拉布里亚，是她要他远离这些人。因为，大风暴终有一天会到来。

从此，桑托做着上大学的梦，他要接受优良的教育。但是，安吉拉并不总是拥有足够的金钱。于是，他回到了母亲身边。从未远去的黑帮又靠拢过来，桑托还不满20岁，抵御不了诱惑。他非常要好的朋友弗鲁奇兄弟为费拉德尔菲亚城的黑帮头目阿内罗家族效力。他们在收取保护费时，雇用他当司机。安吉拉被瞒在鼓里，或者假装不知道。有一天，在路上，她发现有一辆车在她眼前疾驰而过。车里坐着桑托，在他边上，有一个棕色头发的女人。

这天晚上，谁也没有发现安吉拉满眼泪水，像一个幽灵一样回到家里，她知道自己将永远失去儿子。车里的女人是正在坐牢的黑手党老大罗科·阿内罗的老婆，安吉拉刹那间就认出了她。她尤其熟悉"恩德朗盖塔"帮十戒"法板"中不可饶恕的恶行："不准碰狱中伙友的女人。"不能亵渎权力和有荣誉的形象，没有了这种形象,黑手党就化为乌有。对于犯有这种罪恶或者有这种癖好的一切人,"恩德朗盖塔"帮将把他们碾为齑粉。

他们不能相爱,否则,他必死无疑。想到此,安吉拉立刻心慌意乱。她哀求,反对,下跪:

"桑托,别干这傻事……桑托,你应该了断……桑托,我求求你,听妈妈话……"

但桑托爱得发疯。她很清楚,"恩德朗盖塔"对待爱情,对待相缠在一起的身体的甜蜜,以及紧紧拥吻的放纵行为,将会怎么处置。不,她必须制止这一切,直至扼杀感情!对于男人们的心,她的控制必须是全面的。狂热的非法夫妻们都会孤军挣扎,顽抗到底,直至最后一口气。大家都知道,势力大得无所不能的佩什家族的一个年轻姑娘因为热恋上了一个武警,在罗萨尔诺突然遭遇的一切。她自己的族人把这个武警处决了……家族老大温钦佐·佩什不可忍受的是,这个安努琪雅塔怎么能爱上一个武警。他命令手下四个杀手去结果她的性命。一天,当她在一条乡间小路上散步时,这四个人尾随着她,随后开枪射击,但活儿干得太草率。他们拔脚逃跑,而她依然在呻吟。他们又返回来,一边咒骂着,一边用一把杀猪刀割断她的喉管……这儿的所有人都知道这些故事。整个村子都在悄悄议论。

但是,桑托什么也听不进去……"妈妈,别担心……"安吉拉仿佛面对疯子一样看着他。她眼见他一天又一天陷入不能自拔的困境。死神已经准备好把他投进自己张开着的血盆大口。两年的恋情，比永恒更长的两年。安吉拉跟踪这对情人，或是步行，或是驾车……桑托的情妇也名叫安吉拉，她恳求少妇安吉拉在一处能够避开人们视线的茂密树林中见面。在那里，她竭尽全力，敞开心扉向这个少妇倾诉一切，讲述了她的生活，为的是要向她表明自己也清楚帮派的规矩。她哀求道：

"放过我儿子吧。"

那个女人在丈夫暂时不在家期间掌管收缴保护费。她一口答应这样做。行，她将离开桑托。但没有过多久，安吉拉又发现这对情人正在一个湖边拍照。两个恋人紧紧拥抱在一起，仿佛这个世界上只有他们两个人存在：她，两眼流光四溢；他，稚气未脱的清纯脸庞洋溢着幸福。

2002年5月，桑托情妇的丈夫、黑手党老大罗科获释出狱。接下来的故事无非是等待地狱的丧钟敲响的屈指可数的时日。7月10日下午2时，安吉拉像平常一样从她如今担任学监的小学回到家里。打给桑托的电话没有回应，手机关机。在每天早晨雇他当司机的超市里，没有人见过他。时间一小时又一小时地流逝，行进得仿佛越来越慢，直至深夜。手机关闭，安吉拉不再呼叫。她沮丧地瘫倒在厨房的座椅里，她逐渐感觉到一种致命的空虚感在体内蔓延，把她淹没。她明白，一切都完了。

等待的两年，面对停滞不前的侦查满心焦虑的两年。人们守口如瓶，嘴巴好像用针缝上了一样，不间断的一切努力一无所获，或者收效甚微。在整个这段时间里，安吉拉也一直在寻找着。她从朋友那里借了一辆车，为了怕被人认出来，头上戴了假发套，在一条又一条公路上搜索，一夜又一夜翻遍了哪怕是最小的树林，桑托的伙伴们的隐蔽藏身处……因为，她认识杀害她儿子的那帮癞皮狗，全村人都认识他们。但是，在这片土地上，谁也不吐一个字，永远，永远。

安吉拉再也不能因为恐惧而沉默地苟活。她尽了一切力量，做了一切，只差一个不可设想的举动：站出来公开申诉。是的，她决定这样做。她准备到警察局讲述一切，帮助侦讯。她来到卡坦扎罗刑警队，倾吐出所有情节，说出她所知道的一切事情。一连几小时的叙述，包括细节的描述和人名，警察重新进行侦查，穷追不舍。他们调查印证，深入挖掘，最终发现了一条有希望的线索，这是两年等待的结尾。有一条河顺流冲下来一片锁骨。于是，警察着手追溯悲剧的情节。

那一天，桑托去邮局提取邮件，与几个老相识不期而遇，他没有任何提防。他们之中的一个家伙钻进了他的车，桑托不清楚将会发生什么。他们行驶着，在一个车库前停了下来。一个"接待委员会"正等着他。第一颗左轮手枪子弹迎面飞来,桑托应声倒下。这帮家伙把他扔进车后的行李箱里。他的脸被击中受伤,他狠劲敲打着箱盖吼道:

"他妈的混蛋们!让我出去!放我走!"

他听见发动机在轰轰作响,还有外面的嘈杂声音。他们试图关上箱盖,但他的小腿长度超出了行李箱容积。一阵彻骨疼痛突然袭来,同时响起沉闷的"咔吧"一声。他们折断了他的小腿……他浑身烧热……眼前一片漆黑……他想着自己的末日,想着自己的母亲,想着已经把他忘记的情人……"妈妈,别担心……"他的小腿不再疼了,他已经死了。他们把他的尸体扔进了激流中。

7月10日那一天,黑手党欣喜若狂,而安吉拉心上留下了难以愈合的伤痛,在桑托身上维系着她全部的爱。突然有一天,这根弦断了。但是,上帝啊,那一天你在做什么?安吉拉对自己说,上帝太忙,上帝不能到处奔走……于是,安吉拉祈求圣母,能让警察至少找到她儿子的其他尸骨。

安吉拉迎着我们的视线说:

"圣母是唯一能理解我的神明,他们也杀死了她心爱的儿子……"

她的话断断续续,碎成了千百片,勉强把她的苦难经历串联在一起。

外面，小狗"宝贝儿"在吠叫。她突然惊跳起来，有人在敲窗，是一个武警战士。她长出了一口气说：

"对，检察官要求他们时时刻刻巡逻。"

"一切都好？"武警战士问道。

安吉拉太想深挖暴行，可能会付出很高的代价，她知道这一点。在离这儿几公里的卡坦扎罗，一个35岁的女人莉亚·伽罗法罗也曾开始向打击黑手党委员会揭发。她讲述了佩蒂利亚·波利卡斯特洛家族贩毒和杀人的行径。2010年，她失踪了。在米兰，她被扔进50升硝镪水中，销蚀殆尽，尸骨无存。

"一切多好，是的……"武警战士放心地走了。

咖啡机咝咝作响。安吉拉艰难地坐回座椅里。她的目光扫过散落在防水桌布上的桑托童年时代的照片，仿佛观看着一组幻灯，心头不由得浮起一种似乎从来没有过的幸福感。她喃喃地说道：

"我讲到了那些坏人，是的，我生活中遭遇的坏人，但我自己从来没有做过坏事……我要还自己清白……"

警察们在找到那片锁骨之后，最终又发现了三个被推断为杀手的嫌疑人。随后，在2009年7月，到了开庭审理的日子。这一天，安吉拉似乎觉得将能为自己的儿子讨还公道，而她悲惨的一生将得到补偿。在世界的这个角落里，还从来没有一个母亲敢于在一桩像她自己这样的案件中充当要求民事赔偿的原告。这一天早上，她走在所有的人前面，踏上了法院的台阶，却老泪纵横地最后一个离开法庭。两个疑犯被宣判无罪，尽管他们因为其他违法行为依旧被关在牢里。另一个嫌疑人由于证据不足，服刑一年半后被释放。桑托不啻再死了一次。

今天，在拉梅齐亚·特尔梅旁边的这间小屋里，武警们已经很久没有来敲门了。在我们第一次见到她的 2009 年 7 月的这个早晨之后，安吉拉一下子仿佛老了十岁。她儿子的照片再也没有从餐具橱里拿出来过。小狗"宝贝儿"死了。一切都死了。她喃喃地说：

"日子越过，我的痛苦越深。"

秋日的一缕温柔阳光透过齿形钩花窗帘，轻轻地抚着她的脸。这天下午，她将出去走一走。明天预报有雨。

大饭店与棕榈树

一个多世纪以来，巴勒莫的这个饭店的不平静的生活相当于西西里社会的日志。艺术界、政界和"我们的事业"帮社会上层人士的聚会，以及相关的传说构成长篇连载小说的怪异和邪恶的一章。然而，它的最神秘的客人永远莫过于204号套房的住户——被黑手党判处死刑的朱塞佩·狄斯特法诺男爵。

岛上不乏更加豪华的饭店。一些饭店不但有游泳池，而且视野开阔，可以毫无阻挡地直接远望埃特纳火山的景色，服务人员之周到堪与公证人媲美。在陶尔米内的圣多米尼克饭店，调酒师将烈性的"葛拉巴"酒和薄荷与一滴加拿大槭树糖浆代替大麦糖浆的利口酒掺和，调制成最好的意大利"优特卡"鸡尾酒。他从不吐露自己的秘技，那些从美国来的游客在丝绣被单下欢度良宵之前，都首先要品尝他调制的鸡尾酒。然而，男爵不是一个普通的客人。

他之所以心甘情愿地把行李箱放进巴勒莫罗马大街398号的这家饭店，首先是因为这栋大厦的名字自他童年时代开始就令他惊奇。"大饭店与棕榈树"，他始终搞不明白究竟是缺了一个字还是这个"与"是多余的，本来应该叫做"棕榈大饭店"。在他的头脑里，这个奥秘必定隐藏着或多或少不可告人的其他奥秘。它使人联想到某个承载着罗曼蒂克故事、破碎的命运和失去了昔日辉煌的高贵场所。此处有那么多的特色与他个人的状况完全相适合。

那一天，1906年9月14日生于卡斯特尔维特拉诺的庄园主朱塞佩·狄斯特法诺，激动地填写完了饭店前台与204号套房的钥匙同时悄悄塞进他手里的旅客登记表。他的魁梧身材看来与他的两个瓦楞纸板行李箱的尺寸颇为般配。当接待生问他是否想多住几天时，他从自己的鳄鱼皮钱包里抽出一大沓5万里拉大钞。然后，他用西西里方言咕咕哝哝地说，想在"需要住的时间内"一直留在这儿。接待生恭顺地点点头说：

"男爵先生，宾至如归。"

他没有想到自己说得如此得体。

1946年的冬天过去了，204号套房的客人从来没有在装饰着古人半身雕像和热带植物的大厅里再出现过。他像一个潜水艇乘员一样隐蔽，守着自己的房间，甚至从不伸出头来探视一下走廊。他要求每日12:30和晚上7点将午餐和晚餐送到房间，只有在听到连续三次的嗒嗒两下叩门声后才开门。他始终穿着同样的白色亚麻服装，脖子上围着一条红色薄绸巾。他的脸色开始带有他的野猪蹄烟嘴的颜色。

第一个打听到他的隐私的饭店雇员名叫马西诺·奥尔兰朵。此人出生于卡尔萨的贫民区，作为楼面侍应生进入"大饭店与棕榈树"已经将近30年。他那历经磨砺的淡定，使他能够不卑不亢地应对富翁或者不肖之徒一类客人的最病态的任性刁难。他历来避免常规思维，不断搜索对于长住客人意图的记忆。至于这些客人的意图，从他们的伴儿或者给的小费就可以揣摩到，不过两者往往是并行不悖的。

马西诺·奥尔兰朵是通过讲述几年前怎样挽救企图自杀的超现实主义诗人雷蒙·罗瑟尔，得以从男爵的嘴里挖出最初的信息的。被酒精和巴比妥击垮的这个超现实主义诗人，在一个穷极无聊的夜晚，说是打算给他 5 万里拉，作为彼此割断对方静脉的酬劳。这个楼面侍应生自然从来没有读过他的艰涩得令人难以忍受的文学作品的任何一行字，但曾经多次听他炫耀自己是插入句中的插入句的发明者，而"插入句"一词的意义，侍应生不得不去查词典寻找。当大作家向他伸出颤抖的手腕时，奥尔兰朵早就已经成竹在胸，假装向作家求助，希望推迟死期，因为他想用"插入句"向他的妻子玛丽亚·弗朗切斯卡的 50 岁生日表达问候。于是，烂醉如泥的诗人把写下的第一个句子涂抹了 20 遍之后，躺倒在了地上。

男爵露出了微笑，而这个微笑使他的脸色显得更加悲伤。随后，他示意侍应生放下手里的托盘，用因节制饮食而变得嘶哑的声音说出了这样一句沉重的话：

"自杀，我也十分经常地想……"

话头由此开始。

那一晚，204 套房的这位客人打开了他的生存经历的门锁，字斟句酌地向马西诺讲述他隐居潜逃的缘由。他说自己前几年成为可诅咒的命运打击的牺牲品,那是一场比生病和死亡更加可怕的灾难。在他驱赶自己地里的山鹑时,隐隐约约看见村里的淘气孩子们在偷他果园里的樱桃。他很生气,于是拿出手枪漫无目标地打了三枪,一颗流弹不幸击中了一个15岁的孩子——卡斯特尔维特拉诺家族的一个老大的儿子的心脏。尽管他是男爵,也改变不了事态的后果。他必须等待"我们的事业"帮的裁判所对他的惩罚,而不管案发现场的环境是否情有可原。所以,在孩子葬礼的翌日,他毫不吃惊地得知自己被判死刑,但是,问题是什么样的死刑,一种没有终极的死刑、一种慢性的终结比被扔进硝镪水里更加残酷。卡斯特尔维特拉诺家族的头领们在没收了他的庄园之后,把他永远驱逐出村,死去的孩子的父亲要求把他软禁起来,远离他的家庭,独自反省。男爵只得到了在他选择的监狱里洗清自己罪孽的权利。所以,他决定在这个使他如此神往的饭店仿大理石招牌下了此残生。

除了马西诺·奥尔兰朵之外,所有的饭店雇员对这个故事无不报以各色各样的惊叹,表明他们感同身受,也就是说对于讲述者的同情,但马西诺不这样看。从他积30年经验的高度出发,他容忍男爵为了换一个灯泡或者要一份帕尔马干酪烧茄子,而戴着这种蜡制假面具加以炫耀的故事。最后,作为结论,他淡然说:

"我理解。"

他的客人对他的这种含蓄表示感谢。

总之，这个饭店早就已经有过其他故事，这个套房也有过其他故事。瓦格纳在这儿写完了他的最后一部歌剧《帕齐法尔》的结尾歌词。在他的年轻女伴柯西玛·冯·彪罗——弗朗兹·李斯特的女儿、他的乐队队长的前妻激励下，他埋头作曲，六个月没有离开过床。一页页乐谱织成的大毯子覆盖了大理石墙面，穿透墙壁的钉子却未必能击穿歌剧观众的心。根据完全不同的另一项记载，1937年的一天，人们发现242号客房的阔太太被一把刀刺进了两个肩胛骨之间的部位。这个西西里古宝石和晚祷的爱好者，其实是在这个号称"领袖"的墨索里尼统治下的国家游学的英王乔治六世陛下的一个间谍。任何丑闻、任何凶杀、任何战争，似乎都不能击垮"大饭店与棕榈树"的传奇。1943年，一颗炸弹落在大堂里，擦过米利泰罗伯爵的脑袋，但十分幸运的是装置没有爆炸。于是，神话新鲜出炉，越发夸大。伯爵本人在收藏战利品之余，也信誓旦旦地声称他"亲眼见到了死神"。当然，所有这一切并不足以洗净卡斯特尔维特拉诺阁下的血债。然而，随着时间推移，男爵也许会忘记这支每夜放在床头柜上的手枪。擦得像妓女嘴唇一样锃亮的枪管在他的眼前闪烁，搅得他彻夜难眠，直至天明。

在心底里，男爵从不幸中看到了机遇。204号套房是整个饭店中最宽敞，最豪华的。每天，一个女管家，通常是玛尔塔，在所有房间喷洒茉莉香水。套房门口装着一盏波希米亚水晶分支吊灯，客厅摆放着英国柴郡扶手椅，卧室有一个作为它延伸部分的悬挂在罗马大街上的阳台，为全饭店所仅有，房里的一张宽阔的大床沉落在一堆长方形的枕头下面。在男爵看来，这个栖息处是通向世界的一个窗口。在适当的夜晚，他喜欢溜到像马西莫剧院一样的红色天鹅绒窗帘背后，凭栏安抚一下自己的那颗百感交集的心。他点燃一支卡在烟嘴上的穆拉蒂牌香烟，听凭城市的噪声在他耳边升腾。在西罗科热风的温暖抚爱下，他半闭着双眼，感到又有了活力。

马西诺·奥尔兰朵得到男爵的同意，把男爵的不幸遭遇告诉了他的同事，男爵因此马上从中得到了种种实惠。饭店的雇员为他的命运所感动，竞相卖力地满足他的哪怕是最微小的心愿。204号套房的这个囚徒的心愿很多，因为他是很注重品位和颇为讲究的一个人。他亲自选定自己的菜单，要求吃的鱼必须来自马扎拉·德尔瓦罗，橄榄油和水果必须来自卡斯特尔维特拉诺，面包来自巴勒莫最好的面包店，而且在给他端上来之前必须重新烤热。在其余的时间里，他忙着订购一大堆个人用品，马西诺·奥尔兰朵总是殷勤有加，在经过精心挑选的供货商中寻找。从象牙开瓶起子到鹅毛牙签，从古董咖啡壶到裘皮毯子，他的房间最终变成了一个摆满高雅藏品的博物馆。

为了庆祝男爵入住两周年，大饭店的职工们凑份子送给他一双皮拖鞋，他立刻穿在脚上，至死不弃。在饭店的大楼梯上，他的拖鞋的噼里啪啦的响声从此像一个识别他的信号一样清脆地回荡，这意味着男爵爬上五层的平台去养护他的小灌木了。因为，应该来到的事情在太阳像炼铁炉一样燃烧着的盛夏的一个早晨来到了。在隐居的第三十个月末，男爵终于冒险走出了他的房间。头天夜里，他请求饭店经理准许他进入楼顶上的大园圃，声言摆放在房间阳台上的花木不再让他满意。他想重新闻一闻柠檬树的芳香。至少，他就此竭力用尽可能从容的口吻来表明一些事情仿佛已经迫在眉睫。不过，这个新闻激起了像宇航员在月球上行走一样的巨大热情，饭店经理立马让人配了一把额外的钥匙，准许他登上通常禁止客人进入的楼顶。

返回世界的这个姿态很快就产生了最初的效果。一种比较轻松的生活出现在204号套房里。男爵把他的手枪放进了办公桌抽屉里，与《圣经》为伴。深夜里，当醉醺醺的客人以为回到了自己家里，一个劲儿摆弄他房间的门锁时，他甚至不再战栗。尽管如此，威胁并未解除。而且，也没有任何机会有朝一日消除这种威胁。他家乡的黑手党头目们与新门和布朗卡乔的同道们保持着极其良好的关系，而"我们的事业"帮监控着"大饭店与棕榈树"的来往客人，对他们的活动就好像在卡斯特尔维特拉诺生产鸭梨一样了如指掌。每隔两三天，来自城郊的一些家伙就会到饭店前台询问"狄斯特法诺先生"的近况，甚至不愿意费神找任何借口。此外，上流社会圈里的一些教父早就形成了在饭店的加托帕多酒吧消磨时光的习惯。

其中最忠实的一位常客卡尔切多尼奥·狄比萨，吹嘘说自己是全世界生产的香烟的最大贩卖商。在一个月的时间里，贩运的香烟足够西西里在烟雾缭绕中熏一个世纪。他之所以名声赫赫，还在于他那毫无瑕疵的衣着和他那辆阿尔法·罗密欧车上的镀金画，这是他刻意为了与他的上衣的饴糖色调相匹配而定制的，而他的上衣又与他那威尼斯人的一头浓密金发融为一体。在品尝开胃酒的时刻，大家看见他同三四个手下来到加托帕多酒吧的雕刻天花板下，用傲慢的眼光扫视一下周围的桌子，既有被人咒骂的艺术家、酗酒的大富豪，也有松开了领带的警官和参议员。卡尔切多尼奥·狄比萨不是特地因为男爵而来这里的。光顾这个饭店的其他黑手党徒也不是这样。他们之所以来这儿，是因为这个城市属于他们。他们之所以来这儿，是因为巴勒莫属于他们，卡尔萨人行道属于自由大街的楼群，没有人能对此有任何异议。要不被人察觉地掩饰谈话，只需来"大饭店与棕榈树"走一遭就足够了。这种绝对权力比十杯内格罗尼鸡尾酒更加令他们陶醉。

毫无疑问，男爵可以逃到世界的另一头。他在银行里有足够的存款到澳大利亚或者安第斯山重建自己的生活，但这样的念头甚至没有在他的头脑里闪现过。他不愿意到任何地方过流亡生活，而宁可被监禁在家里。在这儿，他可以讲西西里方言。在这儿，他呼吸着家乡的空气。他也许早就缺乏家庭的温暖，没有妻子，没有孩子，父母早已亡故，埋葬在卡斯特尔维特拉诺。在卡斯特尔维特拉诺，他宠爱的侄子米凯莱照料着祖坟。米凯莱第一次来"大饭店与棕榈树"看望他时，当面立誓要这样做。那一天，小伙子在拥抱他的伯父时，觉得仿佛搂着一个幽灵。今天，情况大为改观，颇令他高兴。每个月初，他迈着稳健的步子，不回头地径直穿过大理石铺面的大堂，大家以为他是饭店经理的儿子或者上帝特地差遣来的使者。在伯父的窝里度过了下午之后，他安睡在客厅的皮沙发上，因为回程需要四个多小时，先是坐火车从巴勒莫到特拉巴尼，然后坐大巴从特拉巴尼到卡斯特尔维特拉诺。米凯莱从来不空着手来。男爵委托他保管自己在西西里银行的保险箱的钥匙，而侄子的褡裢永远藏着支付下一个月膳宿的费用。总共需要100多万里拉，那是用厨用小线捆肉卷一样绑得结结实实的厚厚一大沓钞票。

季节变换着，而男爵打发时间的方式始终不变。早餐，园艺，阅读《现在报》，午餐，午间雪茄，午睡，欣赏歌剧唱片，又一次园艺活动，洗浴，晚餐，晚间雪茄。他每天抽的两支哈瓦那雪茄烟是"罗密欧与朱丽叶"牌的，使他飘飘欲仙，因为他喜爱它们胜过一切。归根到底，他的日程的准军事化的安排乃是医治他的生存空洞的唯一药物。否则，哪怕是一小粒沙子，也可能带来无可估量的后果。一天，《现在报》罢工，男爵24小时拒绝进餐，随后出现了一种神经性高热，使他在床上躺了一个星期。大家再也看不到他与同一条走廊的邻居们因为斗胆抗议他播放长笛和双簧管协奏曲唱片音量震耳欲聋而发生争吵。男爵对于自己的不可接受的条件逆来顺受，为他的整套宿命论牺牲了一切。从今以后，他只是耐心地等待死神来临。几年过去之后，他懒得每天早晨在浴室的镜子里细看自己那苍白和委靡的脸，在他的日程上添加了一个礼仪项目，在品尝完浓缩咖啡和杏子酱夹心羊角面包之后，招来罗马大街的一个理发师，把自己的浓密胡子交给他打理。在满月的日子，这个艺术家还为他剪头发。后来，随着他的头发开始变白，男爵终于戴上了一顶巴拿马草帽。

一个新负责人被任命为"大饭店与棕榈树"的主管，而这个名叫桑德罗·阿塔纳西奥的人实施的新政之一就是把204号套房的价目表下调三成。以饭店为家的这个寓公，像饭店的新殖民风格的建筑或者它的植物园一样，是它引以为自豪的一个主题。员工们继续保守着这个客人的生存秘密，仿佛他们自己也是赖以为生的。从电话接线员到打扫房间的女工，每个人都或多或少感觉到自己是他的家庭历险经历的保密者。他们天天都见到一些各具个性的客人，有的是名人，有的地位很高，有的性情古怪，有的烦躁不安，有的慷慨大方或者甚至过于出手阔绰，但是，没有一个能与男爵比肩。特别是另一个男爵，那就是124号房的常客阿高斯蒂诺·拉鲁米那男爵，一个头号讨人嫌的角色，他甚至不断给自己写信，烦得门房当着众人的面大喊他的名字："拉鲁米那男爵，您的信……信……信！"

桑德罗·阿塔纳西奥管理这个快乐的"动物园"35年之久，在其职业生涯结束之际，他概括自己神圣职责的讲话堪称金科玉律："我全身而退，活力依旧，除了一份保持'大饭店与棕榈树'无犯罪记录的档案之外，别无长物，这已经远远超过我进店时的期望……"在任职主管的整个时间内，他像一个守护天使一样照料他所喜爱的客人。即使在巴勒莫终于出现某些传闻之时，他依然能成功地打发走接二连三来到他办公室的记者们。狄斯特法诺男爵？我不认识。抱歉，无可奉告。

说到桑德罗·阿塔纳西奥的冷静应对，那是已经经受过考验的，特别是1957年秋天，轮流坐庄的杀人越货和贩毒黑帮聚会突然光顾"大饭店与棕榈树"之时。确切地说，这一年的10月10日至14日，"我们的事业"帮的最有势力的教父们聚集在这家饭店底层的称作"壁炉"的大厅里，举行名称很好听的"研讨会"。这种会议的氛围势必与会计师大会大不一样。早上，身穿大衣的人流走在大台阶的红地毯上，引发的气场之大促使男爵整整四天不计较对他的某些个人需要服务不周。有许多次，他的午餐迟了整整一刻钟，这在其他环境下必定会引发强度罕见的地震，但他只用西西里方言骂了几句粗口，因为他得知参会的任何一个大人物都根本不属于卡斯特尔维特拉诺的黑手党家族，而这个好消息促使他暂时采取了宽容态度。

实际上，教父们来自远得多的地方，这些美国佬越洋过海来到此地是为了同他们在巴勒莫的表兄弟们一起建立海洛因国际贩运组织。纽约代表团包括拉吉·卢西亚诺、查尔斯·奥尔兰朵、维托·维塔莱、卡米纳·加朗特和朱塞佩·伯纳诺，最后这一位由于潜逃在古巴生活，所以改称更加流行的名字——胡塞·巴纳纳斯。西西里一方囊括了本地的所有重量级人物，其中有朱塞佩·詹科·鲁索、温钦佐·利米、凯撒·曼泽拉、罗萨里奥·曼奇诺、多米尼科·拉法塔（又名唐·米米）和决心以巴勒莫为家的加尔切多尼奥·狄比萨。有些人住在亲戚或者朋友家，有些人住在与男爵相邻的房间，譬如说查尔斯·奥尔兰朵。拉吉·卢西亚诺则下榻于一个时尚的饭店——阳光大饭店。高级轿车的穿梭往来最终以《现在报》的一个青年摄影师在专题研讨会最后一天带着器材来到会场，预示着危险降临而告结束。这个名叫奇奇·佩蒂克斯的摄影师刚刚穿过大厅，拉吉·卢西亚诺的贴身保镖就把他抓了起来，关进一间储藏室里，一直到晚上。总之，整个巴勒莫只有警察不理会就在他们眼皮子底下的一个场所正在举行这样一个专门会议。正因为此，有人暗示说这次峰会的主角于同年11月在美国重聚是得到警方同意的。在纽约东边300公里的阿巴拉钦的一个不引人注目的隐蔽处组织的黑手党最高会议，被雷鸣般的警笛咆哮声所打断。警方把大约50个黑手党老大关进了监狱，尽管其他人哼着西西里小调穿越森林，逃之夭夭。上个月，大家都以为巴勒莫刑警队的人在忙着指挥交通，其实他们没有放过教父们的任何一个脚印。美国联邦调查局的一个警探在教父们的会议大厅毗邻的一个房间里安营扎寨。不，并非只有男爵希望在这人世间过精彩的生活。

电视的出现成为他那个世纪的一场革命，但没有促使他的习惯发生革命。男爵拒绝在他的房间里安装一个接收站，而且至死坚信这样更有助于他成为隐士。时间一年接着一年过去，年年相似，略有变化的只有一点，那就是如今他到饭店的餐厅吃午饭，但双脚仍不离他的那双皮拖鞋，而且保持着独来独往的声誉。在卡斯特尔维特拉诺那一边，他的刑罚最终在遗忘中淡化，但男爵已经习惯于隐居的生活，不再指望罪孽以任何方式得到赦免。一想到在罗马大街的人行道上行走，他就会像跳出了短颈大口瓶的一条鱼一样，窒息得喘不过气来。他的住室已经变成他的茧。饭店的员工失去了同他对话的专利，因为每天中午他相当失礼地坐在同一张桌子上，这就足以引起最麻木的旅客的好奇。许多名人以与他共享午餐为荣,其中包括玛丽亚·卡拉斯、画家雷纳托·古图索、女舞星卡尔拉·弗拉奇,以及与他同名的男高音歌唱家朱塞佩·狄斯特法诺。每当这样的时刻,他对于抒情艺术的激情,以及从这些年来他所阅读的书籍宝库中汲取的博学知识绝妙地展露无遗。

一天,有两名贴身保镖保护着的一个人要求与他一起喝咖啡。男爵已经在《现在报》上看见过乔瓦尼·法尔科内的照片,因为他的侦查在巴勒莫乃至罗马引发了很大反响。他的廉洁声誉对于"我们的事业"帮无异于晴天霹雳,早已经谣传他收到"王中之王"托托·李纳及其狂热的杀手团伙发出的死亡威胁。就另一方而言,法尔科内法官丝毫也不忽视卡斯特尔维特拉诺老百姓的遭遇。而且,他丝毫也不忽视西西里这块令人担忧的土地上的任何人,对于这块土地,他比其他任何人爱之更切,尽管每日每时更多地发生使人厌恶的事情。要像他那样鞭挞黑手党的灵魂深处和揭露这条大章鱼的黑幕,就必须不是一个普通的巴勒莫人,而是一个大写的巴勒莫人。任何时候,最有威望的警察都异口同声地断言,并不存在"我们的事业"帮。法尔科内法官是孤军作战,这种孤独感的压迫远比一个被监禁的活人的负担更加沉重。

男爵不让任何信息在他们的简短谈话中泄露出去,但这次会面像其他任何一次会面一样在他心里留下了印痕,所以六年后法尔科内法官的被杀使他悲痛得难以慰藉，而他对于自己的坎坷命运从来没有流过一滴眼泪。法尔科内怀着西西弗斯的信念，将最不可触动的黑手党头目送进了乌恰尔多纳监狱，尽管他知道这些大佬在这座监狱的高墙保护下，仿佛回到了自己家里一样。这座被托托·李纳改名为"大饭店"的波旁王朝古堡，建在巴勒莫海岸前沿，掩护着种种非法交易与特权。重新编入第七组的教父们对看守、医生大喊大叫，颐指气使地下达命令，有时甚至对典狱长也是如此。意大利最严厉通缉的潜逃犯，诸如加埃塔诺·巴达拉门蒂和罗萨里奥·里科博诺等人，能够畅行无阻地来到这里的接待室向他们的同道问好。暂时拘禁的"两洲老大"托马索·布斯切塔，甚至要求在监狱的小教堂里举办他钟爱的女儿的婚礼。总之，如果说乌恰尔多纳是不可逾越的，那是因为没有任何客观理由想走出这样的监狱。想外出呼吸新鲜空气，那么去医务室就可以了。医生证明多如牛毛，以致"我们的事业"帮的最高机构"总理事会"成功地在巴勒莫医院的肺病科举办了一次学术会议。这个城市在黑手党保护人的控制下，无非是一个遮人耳目的剧场，在这儿有些人可以在铁窗背后就像在四星级饭店里一样尽情享乐，有些人则在一个像囚室一样的地方发霉腐烂。男爵在读报时自言自语道，只需再折腾一下，西西里马上就会沉没在海平面下。

他也终于病倒了，而且很严重。侵入脊柱骨髓的病毒肆虐，从此迫使他不得不坐在轮椅里进行活动。虽然病痛缠身,但他的情绪依然像他家乡卡斯特尔维特拉诺的"三位一体"的湖水一样无限清澈。他把一切置之度外,心情十分平静。他久已安于自己的命运,并没有感到这对他或多或少有所不公。

他居住在"大饭店与棕榈树"的最后十年就像开始的岁月一样,始终不变地把自己封闭在 204 号套房里。他的亲密伙伴马西诺·奥尔兰朵推着他的轮椅直至天国,而从最好的饭店管理学校毕业的新一代服务生,在"楼面服务情景营销"课程要求熟记于心的做作的微笑和亲切表情的旋风中,保证了更新换代。除了这些细节,这个老人看不到时光在他的阳台下缓缓流逝。轮到他回头品味生命的奇妙了,像每一个人一样,他不由得想道:一切已经结束?

1998 年春天的一个夜里,死神终于降临,结束了他 92 岁的生命。男爵几乎是在不知不觉中逝去的,既没有临终祝福,也没有怨言,是在睡梦中突发心脏病被夺走了生命。医生走后,人们把一个死亡面罩盖在他的脸上,他们以此来表达自己的祝愿。这样做是为了避开他的敌人的视线,即使到了阴曹地府也不得不如此。按照惯例,他的灵柩应该悄悄地从一个搬运货物用的侧门抬出去,但大堂里已经聚集了许多人,他的遗体静静地分开这道一直延伸到外面人行道上的致敬人墙。男爵像在半个多世纪之前进入罗马大街的这座大厦时一样,从大门走了出去。在饭店管家们的指挥下,送葬的员工们把他的灵柩抬上了周围挤着一小群好奇的人围观的灵车。1998年4月9日8时50分,装着染色玻璃窗的灵车加入到早晨的繁忙车流中间,消失在艾美里克·阿马里大街的拐角处,朝着卡斯特尔维特拉诺方向驰去。

12年之后,男爵之死也已被人遗忘,就像他一生的主要经历一样。在他家乡的村子里,一条简易的沙砾小径将他的墓地与他的刽子手们的坟墓分隔开。已经成为祖父的米凯莱在诸圣瞻礼节来这儿摆上菊花,其余时间则用野花点缀。在巴勒莫,"大饭店与棕榈树"今天成为日本游客们钟爱的住地,他们极喜爱这里装备着等离子电视机的房间,而且有的还装有多向喷雾龙头的浴疗系统。204号套房被精明不过的旅游承包商命名为"瓦格纳套房",房间里的男爵的纪念品没有留下丝毫踪影。只有一双皮拖鞋每天早晨擦得锃亮,摆放在浴室门口,与所有高科技享乐设备形成对照。

可卡因船的沉没

卡拉布里亚人罗伯托和西西里人托托将他们的聪明才智结合起来,联手贩运白粉,几乎将整个欧洲吞没。他们已经与哥伦比亚毒贩们并驾齐驱,奔波于欧美道上。但是,国际贩运是一门技艺。

号称可卡因大王,却有一颗患哮喘病的老祖母的心脏。2009年秋天,医生来到监狱铁窗下进行听诊后,诊断是明确和直截了当的:"心肌梗死后缺血性心脏病"。罗伯托·潘努齐躺在他的囚室后部,脸色灰白,双腿像踩在棉花上一样发软,反复咀嚼着自己的恐惧。于是,他去乞求法官网开一面,给予他些许人道优遇。他终于获得了康复治疗期间从铁板的牢禁制度转为寓所软禁的待遇。当这些人为在哥伦比亚与欧洲之间贩运数以吨计的白粉而搏命时,他们衰老得真是太快了。因为,用侦查员们的行话来说,潘努齐尚未达到弹指间就能成交的"贩毒最高境界"。他做得太累,把他那颗可怜的心全部投入了进去。

就像他在电话里吹嘘的那样,"连续2000小时的工作"而做成的最后一笔生意,弄得他筋疲力尽。过大的压力,监狱又给了他致命一击。罗马督察院的法官们确认,他的身体状况非常糟糕。当他们批准他住院治疗时,十分明确地强调,他的社会危害性"由于疾病而减弱"。就这样,这个垂死的人在 2010 年 3 月趁机收拾好了行装。罗伯托很安静,用不着近身监视的值勤人员,谁也没有预料到他会逃逸。当这个教父泰然自若登上准备出发飞往世界另一端的飞机时,警察在一个常规监视器屏幕上发现了他。

最糟糕的是他早就耍过这样的花招,几年前从一家医院潜逃过。这一次,协调极其艰苦的侦查工作并最终在 2004 年把潘努齐逮捕归案的法官尼古拉·格拉泰里,将这场闹剧看得颇为平淡。他只是怒气冲冲地提醒大家说,潘努齐财富之多,已经属于"不是数钞票有多少张,而是用磅秤称自己拥有的钱有多重"的那类人。他独自拥有一家毒品跨国公司。卡拉布里亚的"恩德朗盖塔"帮的各个家族最终目标是将他们的西西里的远房兄弟们打发到本地区的零售毒品的混混队伍中去,这是黑手党的这种新地缘政策的一个象征。罗伯托·潘努齐本人即是证明。如果不是同十年前就趋于破产的"我们的事业"帮的这些败将联手,他就永远不会有心脏病发作之虞。

但是,建立卡拉布里亚—西西里"联营",这一雄心勃勃的历史是在最美好的预兆下开始的。在 21 世纪之初,西西里的特拉巴尼地区的一个义士萨尔瓦托雷·米切利,同他的好朋友潘努齐联系,合伙做"新世纪的事业"。米切利受"我们的事业"帮最高机构委派,与哥伦比亚人组建一个贩运公司,使欧洲淹没在白粉之中。米切利生活在加拿大，西西里人主宰北美的海洛因市场之时，他靠最时尚的比萨饼—麻醉品买卖赚了大钱。就在加拿大，他认识了潘努齐，后者成了他儿子的教父。之后，这两个人保持着真诚的关系，尽管卡拉布里亚人的势不可当的崛起很伤他们的老伙伴的自尊。

在西西里黑手党内部，托托·米切利曾被称作"下金蛋的母鸡"。这是一个多少有点夸张的绰号，用来夸赞只带来奇迹的人。几年前，他甚至险些因为"我们的事业"帮的最凶残的杀手乔瓦尼·布鲁斯卡账上的一单买卖失败而丧命。布鲁斯卡给他5亿里拉，委托他购买一车毒品，但事情搞砸了，装钞票的手提箱不翼而飞。米切利编造说，他在一个猪圈里包装的那一车毒品，被猪吃了个精光。外号叫做"基督徒屠夫"的布鲁斯卡请求"我们的事业"帮的高层显要准许他亲手宰了这个骗子。但是，托托由于他家乡的老大、未来的"王中之王"马特奥·墨西拿·德纳罗的竭力辩护，逃过一劫。因此，他可以继续在世界各地施展自己的天才。

当他来找罗伯托·潘努齐推销他的宏大合作计划时，托托·米切利再次有着一点小小的烦恼。万能的哥伦比亚卡特尔几乎把他看做一个傻瓜。几个月前，他交货搁浅，毒贩们强迫他交付70万欧元罚金。他的钱柜里空无一文，银行信贷也分文无着，米切利为自己的前途进行最后一场赌博，不是彻底完蛋，就是双倍翻本。而他的未来命运势必握在潘努齐手中。从此，西西里人从南美卡特尔手里哪怕是买一克可卡因，都不得不苦苦乞求。只有"恩德朗盖塔"帮的各个家族才能同波哥大和麦德林家族的大佬们平起平坐。他们通过将实业家富豪绑架到阿斯普罗山的洞穴里，积累了堆积如山的现金，足以压倒国际竞争对手。普拉蒂、阿弗里科和圣卢卡的各个家族历来以可靠性著称。这与忏悔者几乎挤破法庭被告席的"我们的事业"帮适成反照。他们不会抛弃卡拉布里亚的父老兄弟，在那里，血缘纽带发挥着组织机构图的功效。凡此种种，使得罗伯托·潘努齐成为国际级掮客星河中最受宠爱的高手之一。

他的生母是卡拉布里亚人，父亲是罗马人，在"恩德朗盖塔"帮的各个家族几乎到处有所布局的加拿大长大。正是在这儿，他在与阿德里亚娜·狄亚诺结婚前跟随老族长唐·安东尼奥尼·马克里开始研读门派的法规。他的妻子阿德里亚娜则是出生于卡拉布里亚的小镇西德尔诺的一个富裕家庭的美人。西德尔诺镇虽小，却给号称大湖之国的加拿大输送了许多最杰出的大佬。这类课程助你在职业生涯中迅速推进，如坐飞毯。同样，罗伯托还凭敏锐的直觉帮助自己成为这个行当里的天才。从 1980 年代开始，他是识别历史风向的一流高人之一。海洛因属于"已经过时"的东西；未来属于可卡因。于是，他翻倍增多了"商务旅行"，主要是前往哥伦比亚卡特尔的海外经销商云集的阿姆斯特丹和马德里。他具有语言的优势。他同来自罗马的跟班讲意大利语，同自己的妻子和未经世面的老大们则转而讲西德尔诺的洛克里德卡拉布里亚方言，在进行跨大西洋的商务会谈时，他的西班牙语堪称无可挑剔。同毒贩们，他建立了最令人满意的信任关系。他一来到，就同他们接洽，甚至能在古柯的价格上讨价还价。他们不向他要一分预付款，他不需要像巴勃罗·埃斯科巴尔的竞争对手要求的那样，以人身担保业务的顺利展开。潘努齐的名字和说的话就足以作为担保。在哥伦比亚，他可以说轻车熟路，宾至如归。而且，他每年有好几个月生活在这里的一栋满墙挂着艺术品、由一支亲信部队 24 小时轮换保护的住宅里。

可以说，在 2000 年这一年，当潘努齐为合伙计划开绿灯时，托托·米切利感到松了一口气。最初，是他负责物资和财务管理。这个任务看来很适合他，但一开始就卡了壳。要去哥伦比亚收购毒品，必须有一条大船，但西西里人没有这样的船。这不必着急，卡拉布里亚人出手从他们认识的一个希腊人、别名叫做绅士的安东尼奥斯·戈法斯那里买了一艘货轮。那是一个久经风浪的船主，原则上可以委托他来筹划迅速和安全的航线。他的这艘船竟然开价 25 亿里拉之巨。潘努齐在将货轮重新命名为"海市蜃楼 II"和开香槟酒庆祝之前，就把钱打了过去，连眉头也没有皱一下。

"海市蜃楼 II",很少有一艘船能起这么好听的名字。在整整三年的过程中,这艘船航程的惊险程度不亚于泰坦尼克号或者拉斯维加斯赌场所经历的,而警方侦查员们凭借自己的第六感官一直远程监控着相关信息。为了查清它的每一个齿轮,用了整整三年的时间。花了整整三年才揭开了密码指令和反向指令的大旋涡。电话监听记录的长度以公里计,其中夹杂着意大利语、方言、带着希腊语口音的西班牙语、带着西班牙口音的意大利语、分辨不清的混合语,却从来滴水不漏,从来不提家族姓名的哪怕一个字,从来不留明确的地址或者手机号码。黑手党徒们的电话号码隐藏在一连串不可解的数字下,而且每天变成空号,因为他们像换衬衣一样更换手机。见面地点和指令浓缩为巧妙的暗示和比喻,使人误以为是一个云山雾罩的超现实主义诗人的杰作。"在外边"可能意思是指"在希腊","卿卿"是指"布林迪西城","瓦尔纳·布罗斯工作室"是指罗马的一家饭店,"10/15"这个数字可能是指 2001 年 1 月,当他们说一个人走出"医院"时,就是指这个人坐过牢。由此可以明白为什么"大夫"是指警察。信息的解码把庞加莱猜想变成通俗的字谜,以致即使是他们的同伙也很难明白,因而不得不通过各种约会来进行解释。

所以,警察的第一项战功就是确认这帮艺术家的全体组成成员的身份。因为,在不同时期,他们有 60 名至 200 名活跃分子,而且都选择颇为好战的称谓。"我们的朋友"或者"老爷",那是指罗伯托·潘努齐。其他人的外号往往来自他们的体貌。譬如说,"小壮汉"是指保罗·塞尔吉,他个子不高却虎背熊腰,而不像一条矮腿猎犬;"通心粉"是指身材瘦长的斯特法诺·德·帕斯卡尔,他主管财务。还有"工地主管"、"大亨"、"弹子玩家"、"金发美女老公"等名称,花样繁多。其中还有一个正在坐牢的"我们的事业"帮的头目,名叫马里亚诺·阿加特,他通过会见探监的人,掌握每一分钟的时间进程,仿佛早已出狱,获得了自由。至于那些动画片角色的名字,更不待言,什么"老虎"、"弄臣"、"巴特曼"、"东海"、"大胡子"、"唐老鸭"……更是让人摸不着头脑,警方始终破解不了他们到底是什么人的代号。所有的同伙都必须花很长一段时间来创造这些密码姓氏,因为角色的分派十分精细。它主要是为了掩盖以不抛弃古典经济学家亚当·斯密及其大头针作坊的分工为特征的一个"炼金"企业。

因此,处于最高层的罗伯托·潘努齐为了阿斯普罗山的一个小镇普拉蒂的卡拉布里亚大家族——特里姆波利家族、马朗多家族和巴尔巴罗家族的利益,监管着计划的顺利实施。是他敲定交易的吨位数量,为他的西西里伙友担保,也是他拥有最后发言权、个人魅力和无限的资金。从一次谈话中,警方听说他拥有 99.8 亿里拉的完全支配权……这是惯例。1994 年,当罗伯托在麦德林被捕时,若无其事地问正在给他戴上手铐的哥伦比亚警察道：

"你们是否感兴趣立即拿到100万美金现钞？"

作为一个纯粹的卡拉布里亚人，潘努齐把他的整个家庭投入了自己的生意，首先是他的儿子亚历山德罗。亚历山德罗娶了麦德林一个老大的女儿，这桩婚姻自然是为了进一步密切彼此关系和增进利益。在电话中，父亲用西班牙语下达指令，要儿子向毒贩们转达。小潘努齐巧妙地周旋于哥伦比亚毒贩大鳄之间。按照侦查员们的说法，他表现出"超常的战略和组织才能"。总之，他是父亲的当之无愧的接班人，始终分担着父亲的"事业"，直至最后锒铛入狱。

在远航出发前夕，这个兴高采烈的集团的全体成员举行了最后一次聚会，为凯旋在即的冒险碰杯。这场闹剧在罗马机场附近的一家饭店上演。当然，饭店的天花板里塞满了微型摄录机。一连几个小时，伙友们研究着航图、潮汐时间表、为时15天的气象、用来通信的电台频率，一切安排就绪。这一次也是这样，冒险可以开始了。

经过重新油漆焕然一新的货船从雅典出发，毫无故障地去完成它的航程。它正在飘浮着长尾云的蓝天下的中美洲水域航行。码头上，托托·米切利趾高气扬地昂着头。他已经把自己看做上流社会的大亨，享有镀金的家族纹章。

2001年4月7日，传来了大风暴警报。在留在岸上的伙友中间，电话打向西面八方。作为潘努齐的左膀右臂之一的"通心粉"接到了他手下一个人的惊惶失措的电话：

"彻底完蛋了！"

他立刻向他的头目请示：

"一场大混乱正与'绅士'一起降临……"

侦查员们简直不敢相信自己耳朵所听见的这些话，明白"海市蜃楼II"航行一个月后在秘鲁海域刚刚沉没。海难发生在抵达哥伦比亚收货的前夕，一年半的辛苦沉入了海底，真是倒霉透顶。这个价值25亿里拉的糟糕的航海珍宝怎么可能像一个自动洗碗机一样无可救药地漏水？懊丧的伙友们寻求一个解释，进而要找到罪魁祸首。航海协会内部对此百般推诿，而那个将一个亲戚作为人质交给哥伦比亚人以表示诚信的希腊船主，成为重大嫌疑对象。

然而，黑手党里的人自有天生的坚忍不拔的精神。他们对自己说，在他们的不幸中老天保佑了他们：沉入海底的只是一艘货船，毒品完好无损。哥伦比亚人备货已经好几个月，不能失约于他们，因为毒贩生来容易冲动。总之，海难发生三天后，一次新的远征已经在筹划之中。事情十分艰难，其工作强度犹如苦役，尤其是必须到处奔走取得黑手党的昙花一现似的资产"海市蜃楼II"的保险金，但大海的呼唤比所有这一切更加强烈。

警察们在他们的监听台后面准备为紧张的破译工作的一个新阶段再次殚精竭虑。他们不认为必须日日夜夜监听诸如此类的语句："他们没有像那里的人……他们没有……像他对你解释的……所以他们没有，这是另一个问题……"那是一些不完整的语句。或者是更加费解的话："这是我要对你说的……这个人……我同你的朋友在那儿……这个人有组织地干……但两三天前，他们在这儿同另两个人在一起……他完全有组织，还为其他人……你明白我的话吗？"也有比较明白的话："12……81……25……22……8……立刻在线……89……8……4……22……19……2……3……立刻在线……K……11……"这种工作的结果是永远再也没有一个侦查员去做填数独方格的智力游戏，但黑手党的思维是另类的。离开了说话的语境，它就是一个谜。准确地还原，它就会一目了然。它是功能性的活计。因此，在警察们绞尽脑汁破译之际，在逃的黑手党老大们继续在大陆与海洋之间平静地闲逛。有人甚至再次看到他们正在巴勒莫最好的饭店之一"斯库德里亚"举行峰会，据说那里的膳食是大法官们最欣赏的。那一天，在宴会宾客中间至少有两个"潜逃者"——亚历山德罗·潘努齐和"通心粉"，他们在上冷盘和海胆片之间处理着几十亿里拉的生意。

因此，在海难之后不久，西西里人的一条新船准备起锚。出于谨慎，潘努齐放弃了举行命名礼为它命名。这一次，停靠在哥伦比亚的这艘船需装运分成三个集装箱的 900 公斤可卡因，返回希腊。托托·米切利出于其过度自信的本能，将此事的运作交给了定居在瑞士的一个土耳其人、别号"几何学家"的保罗·爱德华·瓦里德尔。他十分赞赏此人的诚信可靠。警察也很熟悉此人：他控制着来自土耳其的海洛因渠道，但他同样也失手了。货船驶离哥伦比亚以后一帆风顺的航行引发的甜蜜的欢快情绪，在抵达皮雷码港头时一扫而光。

在停靠之时，警察突然出现在起重机和烫成波浪形的卷发被油污染脏的一群彪形大汉中间。这次行动的战果是一个集装箱和 220 公斤藏在米袋下的纯可卡因被扣。卡拉布里亚人大发雷霆，已经不是一次，而是两次失手了。他们不仅没有预料到出现这样一个接待委员会，而且更加引发疑问的是警察没有找到的另外两个集装箱到哪里去了。米切利忙于在波哥大和卡拉卡斯之间穿梭奔走，不由得开始害怕起来，因为，哥伦比亚人也很想大开杀戒。本应该在交货时付款，而他们始终没有见到一张钞票的颜色。号称"下金蛋的母鸡"的托托猜测着事态的发展。他使西西里人名誉扫地，更不必说他的生涯，这桩案子对于他来说过于重大了。他一蹶不振，颜面无存，仿佛已经被踩在他那双漆皮鞋底下了。他从哥伦比亚惊惶地打电话给他儿子马里奥说：

"我们丢尽了面子……我们失去了一切……现在,他们责怪我……"

而这仅仅是开始。

始终扣着"海市蜃楼 II"的船长的亲戚、一个希腊人作为人质的哥伦比亚人,决定以最快速度采取行动。他们绑走了米切利,把他扣押在亚马孙丛林的中心,要求当场支付如数现钞。问题在于缺失的 700 公斤可卡因始终不知去向。为倒霉的父亲的生命担忧的米切利的儿子,向土耳其人的一个合作者恳求道:

"告诉我毒品究竟在哪里,在土耳其还是在摩洛哥?在哪里?"

电话中断了。他重新拨通后大吼道:

"我想知道毒品究竟在哪里!我手头有一条船,我正在赶过来!"

像往常一样始终在进行监听的侦查员们,不禁惊愕得目瞪口呆。第一次听到有人用人的语言——包括了主语和谓语的语言来说话。这完全是因为米切利的儿子神经错乱了。因为,他怀疑他父亲的出色的联络人,这个像日内瓦银行的保险箱一样可靠的土耳其-瑞士人正在设局欺骗所有人。他没有猜错。实际上,另外两集装箱可卡因早已发往西非纳米比亚的一个港口。在亚马孙丛林中,托托·米切利试图把自己少得可怜的地理概念拼凑起来,弄明白这场三级跳。他在线路一端哀求道:

"必须解决这件事情。你看这婊子样的国家叫什么来着……你再看另一个国家,你告诉他是什么国家……你也告诉我它叫什么来着……"

合伙人第一时间研究了让土耳其-瑞士人"破产"的假设,明确宣告撤除他的职务。但他们又放弃了这个想法,因为没有他,他们就没有把握能够重新控制货船,这是一个明智的决定。面对环境的这种突然恶化,瓦里德尔最终亲自与一个西西里人接洽,将货船从纳米比亚遣送回西西里。"我们的事业"帮的人员确认可以在特拉巴尼水域等候货船到来。一切善良的愿望重又聚焦于一个单一的目标——挽救还可以挽救的东西。奋力最后一搏的米切利为得到特拉巴尼黑手党的保证而奔忙,信誓旦旦地宣称,他们已经为他开绿灯,同意货船在"他们的"海岸停靠。

时间已经到了2002年9月,货船好歹最终抵达了意大利水域,就在这儿开始了最后一幕。一连三天三夜,装载着可卡因的货船在埃加特群岛沿岸航行,等待被认为将同它汇合的几条渔船。船长用同黑手党约定的频率接二连三地给他们发送密码电讯,但一切都是徒劳。面对电台的这种令人不安的沉默,他内心已经彻底绝望,决定把他的这艘货船调头驶回非洲。在黑手党组织内部,电话接连不断,一个比一个笨拙。侦查员们却迎来了一个美好的时光。他们知道特拉巴尼的黑手党徒们搞错了电台频率,满船装载着白粉的另一方柱自精疲力竭地呼叫。

在这第三次重大失手之后,托托·米切利只得呆呆地大张着嘴接受自己的溃败。在亚马孙丛林中,他头脑一片空白。这一次,他真正感到自己的末日来临了。他给自己的儿子打电话说:

"他们全都抛弃了我……"

事实上,在他的"我们的事业"帮的朋友们中间,他的名声一落千丈。他们评论道:

"他在我们内部坏事做尽……可恶透顶……"

至于因为被当做可以随便欺骗的钱柜而腻烦透顶的卡拉布里亚人,则发誓如果中美洲的贩毒大鳄们对此不承担责任,就把米切利碎尸万段。米切利怀着一个死刑犯乞求总统赦免的卑怯心情,要求他的儿子向潘努齐为自己申辩,解释他的失败是命运使然。那是难以相信的厄运,而不是他无能。他还顺便提到,只要稍微再宽限一些时间,他有把握能够说服非洲船长再调过头来在西西里靠岸。在其心灵深处,托托并没有完全改变自欺欺人的本性。如果毒品顺利到达港口,他心里已经有了一个暗中盗窃一部分、欺骗他的卡拉布里亚合伙人的计划。

然而,这场闹剧已经临近结束。罗伯托·潘努齐决定收回一切权力,亲自掌控事态发展,用米切利的这张牌反过来对付这个猜牌赌徒的诡计。在缴纳赎金并被哥伦比亚人释放后,托托也立即被踢出局，不得不交出运输事务。卡拉布里亚人在他经营多年的哥伦比亚物色到一个很适合的联系人，一个真正的高手——人称"王子"的罗马人。此人有能力在威尼斯圣马可大教堂的拜占庭风格的圆顶下为他的儿子大办洗礼，宴请200人共享美食，所以，不是一个米切利那样的蠢材。

正是"王子"堵住了水路。他通过两次电台呼号和三次转舵，于2002年10月15日把那条该死的船停靠在西班牙。同此人在一起，不会有什么危险的意外事件。毒品安全无恙，码头工人是真正的码头工人。只要卡拉布里亚人是船上的唯一主人，那么就足以使这个走江湖的马戏团老板止步。由于一天内更换了十次手机，而且始终没有说过一句完整的话，他们甚至或多或少成功地骗过了侦查员们。控制远程通信，这是具有许多分支的这类组织的作战神经。一天，侦查员们监听到了潘努齐的一个重要的联系人罗萨里奥·马朗多对他的妻子玛丽亚·特里姆波利大打出手，因为她用家里的座机给他打了电话。一个错误，仅仅是一个错误，就可能使警察解开整个谜团。久而久之，经过那么多年无懈可击的谨慎行事之后，有人犯了不可饶恕的错误，因为卡拉布里亚人保罗·塞尔吉受够了黑社会的这种禁条之苦。

这个不幸的家伙用他个人的手机，而不是用一次性手机卡或者公用电话通话。一个新手的一次失误，打给托托·米切利的一个不合时宜的电话,使得经侦队的侦查员们发现了他的许多不同对话者直至地下隐匿者的真实电话号码,从而根据一次次通话来重构全部线索。为了向无意之间向他们提供了信息的这个"情报员"表达热忱的敬意,他们把自己的侦察行动命名为"伊格莱斯",也就是把保罗·塞尔吉的姓氏颠倒了一个个儿。

2004年,罗伯托·潘努齐在马德里被捕。他同儿子一起应邀到一位伯爵夫人家里共进晚餐,因为这个黑手党的上层人物像其他上流社会人士一样,属于贵族。警察突然出现在上番茄黄瓜浓汤的时刻。罗伯托没有做任何反抗,反抗行动对于他的心脏很不利。

像走钢丝的杂技演员一样寻求平衡的米切利,多逍遥法外了五年。他的逮捕堪称最高级别的行动。2009年7月初,加拉加斯国际机场进入临战状态。查韦斯总统既没有邀请他的好朋友菲德尔·卡斯特罗,也没有邀请其他任何一个国家元首参加挖掘西蒙·玻利瓦尔遗骸的大典。不,优秀射击手之所以出动,记者和他们手里握着的相机之所以忙个不停,是因为内政部长准备在机场跑道上举行新闻发布会。这个新闻发布会同托托毫无关系。人们看见他正在登上出发飞往罗马费乌米西诺机场的飞机,他那肥大的肚子在防弹背心里腆着。面对这样的仪式,他的神色半是尴尬,半是惊喜。年届63岁的他,做了一个小小的整容手术,以便更好地在旅行中蒙混过关。在委内瑞拉，他同妻子和孩子一起住在离加拉加斯270公里的瓜里科州，过着几乎是平静的生活。但是，他有点过分频繁地同国内通话，始终电话不断。特拉巴尼的武警战士跟踪来自西西里向他问候的一对朋友夫妇，终于重新发现了他的行踪。他们在加拉加斯的库姆贝朗德饭店——全世界的外交官和金融家们的老巢——一个皇家套房中找到了他。托托·米切利先是以一种镇静得令人目瞪口呆的神情打量着他们，将一本委内瑞拉护照塞到他们鼻子底下，讲着一口温文尔雅的西班牙语。这个以往人称"我们的事业"帮外交部长的人余威犹存。随后，当武警战士们让他做指纹检验时，他屈服了，承认失败却依然泰然自若地说：

"好吧，让我们结束这个游戏吧，我就是你们要找的人。"

2009年秋，潘努齐在他的牢房墙根下观察自己的心电图同时，扫了一眼世界新闻。托托·米切利的这场灾难瓜熟蒂落，这是注定的。多么大的风险！不管怎样，这依然使他回想起以往的美好时光。重大行动的亢奋，第一流的香槟，手里数着绿色美钞的美妙的嚓嚓响声，经过一次海难和三次被扣之后，将放在一个银盘里的白粉提供给他的顾客们时，那些人仿佛得到了所谓"真福"的神情，一幕又一幕，历历在目。在他的心底深处，这位"大人物"怀念即使躺在临终的床上也永远不能忘怀的那些强人。他不会死在铁窗后面，不会。妨碍他恢复健康的不是他的人造动脉，恰恰相反。他已经同法官见过面。对于罗伯托来说,永远有着明天。这个可卡因贩运大王有着以人格担保的事业,必须恪守信用。他的传说应该用混凝土来打造。监狱外面,世界属于他。如果他想外面的世界,那么将会寄一张明信片给米切利。米切利将会给他描绘天有多么蓝,地有多么广。

教父的独白

贝尔纳尔多·普罗文扎诺，现年78岁，根据适用于最重要的黑手党头目的第41号法规条例乙被关押在米兰附近的诺瓦拉监狱。这是一个高度警戒区，牢房内只有一张桌子、一张圆凳、一张铁床。每天有一小时放风，只能在一条混凝土走廊上活动。一个月只允许一次探监。这个科尔莱翁内的老农与他童年好友、"我们的事业"帮内人人畏惧的核心人物托托·李纳一起，是意大利看管最严的在押犯。普罗文扎诺，别名"宾奴大叔"，曾经是教父中的教父。潜逃43年后，于2006年4月11日被捕。在铁窗后面，这个老人虽然饱受疾病折磨而渐趋衰弱，却依然气势不减，余威犹存。有人怀疑他掌握着国家、西西里黑手党、商界之间乱伦关系的最见不得人的秘密。五年来，他嘴巴严实得犹如一个保险箱。贝尔纳尔多·普罗文扎诺被判处12倍的无期徒刑。他在等待死神来临之际，在头脑里写下了永不示人的一本日记。摘录如下。

2009年10月4日6时

这一夜，我睡得好像一个天真无邪的孩子。一口气睡了四小时，甚至没有听见看守们巡夜。是我的肩膀疼唤醒了我。自从我躺在摇摇晃晃的铁床上以来，肩痛时时发作。最近一个礼拜，律师告诉我可以去做 X 光检查。这是医生对他说的。他们已经割掉了我的前列腺。他们想除去我的甲状腺。如果是癌症，他们要锯掉我的肩膀吗？自我住进这儿以来，裤腰瘦了三号。萨维莉雅给我送来一个装着全新蓝色 T 恤的包裹。我试着穿一穿，却大得足可以装进我的两个身体。即使吞下几片面包和喝一杯牛奶，也成为一种毅力的考验。咖啡也不行，我感到烧灼。一切都使我感到烧灼。最少量的一点点食物使我的食管感到像吞咽下了一团火。我告诉主管看守说：多加点沙司，多加点香料。从他带着浓重的弗里奥乌口音的答话中，我觉得他是在嘲讽我的念头。从此，他们端给我的是滚烫的土豆和面条。这类惹得我头晕脑涨的事情，使我几乎夜夜难眠，不胜厌烦。前天，警察们眼见我一屁股坐倒在地，竟然还有心取笑。可以肯定地说，他们连续24小时不停地给我录像。他们要压垮我，他们要我乞求宽恕。我知道他们在天花板里安装了一台微机。即使夜里我睡觉时，他们也监听着我的呼吸。他们期待我陷入很深的梦境，说出一些人的名字。秉承上帝的意志，我永远不会给他们这个礼物。四年来，为了迫使我屈膝投降，一切做得天衣无缝。每天一项指控，一场视频会议式的公诉，一次搜查。他们着手搞了三遍，却一无所获。他们甚至收走了我的《圣经》。"侦讯资料"，法官对我的律师这样说。以前我不知道他们也侦讯耶稣。

自1993年托托·李纳被捕后，贝尔纳尔多·普罗文扎诺成为西西里黑手党的最高首领。他的最后一张照片摄于1950年代，照片上的那张方脸和经过精心梳理的头发尤为显眼。除了在他身后留下一个坟墓之外，人们不知道他任何经历。当2006年4月11日意大利发现他的面孔时，终于擦亮了眼睛。科尔莱翁内的幽灵既没有好莱坞明星马龙·白兰度的个人魅力，也不是外号"矮胖子"的托托·李纳的凶恶的冷峻视线的幻影。在半阴影中生活了一年多之后，他被阳光炙烤着，一副眼镜遮住了脸，脖子上挂着耶稣受难像的项链，很像一个刚刚出关的苦修会得道高僧。他的潜逃生涯结束于科尔莱翁内山冈上的一间用黑色塑料板遮挡住窗户的牧羊舍。他栖身于鲜乳酪滤干器、收藏的圣像、治疗前列腺的药品和"我们的事业"帮的账本之间。这个黑手党老大把金库隐匿在一连串代号和避税天堂的背后，始终不被人注意，靠蜂蜜和菊苣度生。他每天伏在一架旧打字机上打印便条打发时光，这些称作"手令"的小纸条在黑社会内部是发号施令的凭证。警察在他住处搜出了127张纸条，分别放在两个卷宗夹里：一个保存收到的信件，另一个是保存发出的信件。在被捕那天早上，贝尔纳尔多·普罗文扎诺依然在工作。在他的"奥利维蒂"四轮运货车里搜出了他的最后一封没有写完的信函，那是给他的妻子，他的两个儿子——安吉洛和弗朗切斯科·保罗的母亲萨维莉雅的。萨维莉雅，他的永远的知心人，与他相隔只有三公里，可以说生活在同一个世界。

为了追查他，专案抓捕组"上帝分队"队长雷纳托·科尔泰塞手下的警员们操劳了整整八年，重新寻找1963年以来案卷一直是空白的一个影子的线索。他们在萨维莉雅家里和在押的科尔莱翁内黑手党财富的管理者皮诺·利帕里的牢房里安装了微型录音和录像机，经过四年的侦查，终于成功地揭开"我们的事业"帮的核心机密，这是从来没有人做到过的。2005年，随着大约60个保障这个潜逃者后勤供给的同谋犯在巴勒莫郊区巴格里亚被捕,老虎钳夹得更紧了。只待时间和人性发酵了。一天又一天,"宾奴大叔"重又龟缩在他度过童年的山上的避难所里,足不出户。

整整四个月的时间里,侦查员们跟踪从萨维莉雅住宅送出的内衣包裹的曲折路线,并使用了若干老套的招数,终于找到了隐匿在老乔瓦尼·马里诺的牧羊小屋的教父藏身所。2006年4月11日11点至21点,贝尔纳尔多·普罗文扎诺的世界覆灭了。

2009年12月16日18时

每一次散步,我的行程越来越短。我的思想也在萎缩,不再讲多余的话。以前,我从来没有害怕过任何事情。在这儿,即使是看守们的目光也刺透我的心。我曾经当过43年的"潜逃者",这种生活给了我许多快乐,因为那是我自己的生活。那天早晨,当警察们进入牧羊小屋时,我记住了他们的头头。他们厌恶得扭弯了鼻子,仿佛闻见了一块臭乳酪。只有科尔泰塞是例外。这个像苍蝇一样讨厌的家伙,我曾经使他那样困扰不安,绞尽脑汁,到头来,他的思维方式同我如出一辙。当他在黑夜中看见地上放着床垫的那间小屋时,据说他早就已经来了。仿佛他早就知道我为什么会在这儿。仿佛他早就知道,如果我隐藏在地下指挥"我们的事业"帮,那么我就应该像一只鼹鼠一样日夜挖洞。重要的是,托上帝保佑,人们都服从我。从马尔萨拉到西拉库塞,整个西西里都服从我。我们的俚语说得好:"指挥千军万马比搞女人更快活。"这是科尔莱翁内的血脉,这是我的生活。我永远有价值感。我从未梦想过拥有美女、宫殿和跑车。当我们同"矮胖子"托托·李纳一起坐着运肉的卡车下山时,巴勒莫的先生老爷们不知道我们是何许人。家族的所有首领,英泽利洛、拉巴尔贝拉、卡瓦塔诺将这座城市掌握在他们那戴满戒指的手里。而号称"王子"的斯特法诺·本塔特总是西装笔挺,穿着讲究,风头正健……他们只想着奢侈挥霍,美酒珍馐,饱食终日。我们听任他们嘲笑我们的灯芯绒衣服。随后,我们一一洗涤他们的心灵贪欲,这正是我的使命和唯一自豪之处。我曾经是"王中之王",人们给我写信是为了向我表白,他们的生命属于我。即便在我的牧羊小屋里,也只有上帝凌驾于我之上。今天,却是看守给我吃饭。在镜子里,我看到自己是那样瘦弱。为了打发日子,我每天两次像咖啡馆的小伙计一样用粗麻布拖把拖我的牢房。我的步行路程正在缩短,因为这条路不再属于我。

在他之前,从来没有一个"我们的事业"帮头目培植过这样的神秘感和权谋感。贝尔纳尔多·普罗文扎诺讨厌领导层的各种会议,拒绝通过电话交谈,通过至今依然使侦查员们惊讶莫名的他那些至圣"手令"来行使自己对于组织的权力。这些折叠的小纸条装进用胶带密封起来的信封,可能用几个星期的时间一个人一个人地亲手交送,或者藏在裤脚卷边里,穿越整个西西里,到达编号从 2 至 164 的收件人手里。没有一个黑手党徒知道整个传递链,只有普罗文扎诺一个人知道。无论是解决争端、下达杀人命令还是祝福某个义士的婚约,这个老大都要用他的"神谕"来点缀,其内容往往是动情的箴言和祈求上苍保佑之类的言辞。即使是当时他的忠实的帮手、后来悔罪的安东尼诺·朱弗雷,今天也捉摸不透这个教父的表面虔诚与他的有待解码的书简之间的关系。普罗文扎诺在创制他的新密码同时,也对"我们的事业"帮进行了革新。

2010 年 1 月 5 日 18 时

法官不让我强调传播福音。正因为如此,他们收走了我的《圣经》。自从我在一个纸条上涂鸦之后,警察们就如临大敌,忙得不可开交。他们全都随着这些密码书信的故事流传而变成了巴勒莫的疯子。另一个晚上,在意大利国家电视台的新闻报道中,他们让撰写《普罗文扎诺的密码》一书的那个小子帕拉佐罗大放厥词。在他的书里,此人讲故事说,警察依然疲于解读我的"手令"字里行间的密码。据他透露,这已经让他们头痛了四年。他们请求美国联邦调查局帮助。即使是美国人也煞费心思,他们始终在琢磨一些词中我出于什么原因把字母"c"替换为"g",把"d"替换为"t"。为什么当我问"你记得吗"时,把"记得"——"ricordi"这个动词写成"rigordi"?而当我写"我对此感兴趣"时,不是写"mi interessa",而是写成"mi inderessa"。他们坚持说,我将逗点放错了地方,但不知道这是否是暗号。即使是"我主耶稣基督"这样一句常说的话,他们也围着转圈琢磨。他们坚信这是指某个政治人物,但搞不清楚是谁。这些老爷对我的所有朋友,直至我在母亲这个神圣的女人的肚子里十月怀胎的情况都了如指掌,却依然苦苦寻求在每个数字后面安上一个人名。他们最终把"1"理解为我本人……但是,"44"成为他们的一个难题,"9"也是这样。还有"21"、"61"……这个黄口小儿记者说,"60"是一个医生。如此等等,不一而足。无论如何,是负责为我保健的某个人,因为这同预约检查身体相关。他们无休止地抓耳挠腮,陷入困境。在西西里,医生的数目多如橄榄树。据报道,在"我们的事业"帮内部,马特奥·墨西拿·德纳罗等一批青年当知道我把自己的所有信件归档保存,因而巴勒莫的警察只需举手之劳就把它们重新整理汇集时,啧有烦言。我很喜欢德纳罗,我过去也很赞赏他的父亲弗朗切斯科。在特拉巴尼,这一家做了很有益的工作,但义士的最高品质是尊敬并忠于长者。如果我过去使用手机,马特奥就不可能现在还在嘲讽武警,而且当上新一代"小教父"。他将哀悼铁床后面像妈妈一样慈爱的人。我总是说,渐进是意志薄弱的人和急躁的人的武器。在潜逃期间,我知道警察使用种种遥控器具进行侦查,以确定我在科尔莱翁内周围的位置。没有飞行员的这些小飞机叫什么来着?要我说,同教堂圆顶差不多,或者叫做坏家伙。嗨!即使使用了这些坏家伙,他们还是什么也没有看见。整整一年,我躲藏着,足不出户。一个义士如果不守纪律和没有信仰,那就不是义士。《以赛亚书》说得好:"罪孽挡住了救赎之路。"今天,许多人因为骄傲自大而犯下罪孽。以前有人议论我说,我只不过是一个有意志力的小伙子。有人败坏我的名声说,我动词变位还不及一个12岁的毛孩子。在那个年龄,我已经辍学多年去种地,偷牛卖给卡尔利西·萨尔瓦托雷村的那个恶棍。我一生都谦卑和自觉地完成自己的任务。托上帝的恩赐,我能够为"我们的事业"帮服务。靠着我知道的200个词汇,我使巴勒莫、西西里和意大利拜倒在我的脚下。

科尔莱翁内没有料到弗朗西斯·福特·科波拉的教父唐·维托的冒险使它一举成名,享誉国际。1950年代,短筒猎枪的爆炸,枪管锯短的步枪像它的60个教堂的钟楼一样,体现着这个1万人口的小镇的节律。由于害怕蒙面的杀手,当局最终禁止在举行宗教仪式时戴遮住脸的风帽。在美国的西西里移民中间，贝尔纳尔多·普罗文扎诺的这个家乡小镇以一个温馨的名字——东博斯通，也就是"墓石"著称。

这个未来的教父同他的伙伴和他们的老大哥卢西亚诺·利吉奥一起，学会了高超的手艺。他们三个人从清除他们的精神教父、在"我们的事业"帮内传授他们衣钵的老大米凯莱·纳瓦拉医生开始。随后，他们把这个老大的同党们扔进布沙姆布拉城堡的一个岩缝里，"帮助"这些人遗忘自己的主子。只需简单加热发酵一下就完事。他们把触角伸向巴勒莫，通过惯用的伎俩——坑蒙拐骗、恐吓、占领逐条街和逐个家族的地盘，来打进这个城市。在那个时代，角逐无不以棍棒械斗了结，普罗文扎诺因此得到了他第一个绰号"拖拉机"。因谋杀纳瓦拉而坐牢的利吉奥，一直以男性的友情关注着他："他打枪如神，可惜，有着母鸡心肠。"

当时，科尔莱翁内人的打击力已经颇为巨大。同天主教民主党领导人的友情收获颇丰，使他们能够渗透进西西里岛的合法的和非法的各个经济部门。但是，普罗文扎诺和李纳要更多的东西，他们要极权。妨碍他们这样做的只有斯特法诺·本塔特教父。这位号称"维拉格拉齐亚王子"的教父受到"我们的事业"帮内少数人的阿谀奉承，比百货商店的人体模特更加风流，以反对农民专制暴虐的最后堡垒的姿态出现。而且随着时间的推移，愈益不能令人容忍。在他42岁生日的那一天，本塔特收到了他妻子送的一支瓦舍林·君士坦丁牌钢笔，以及作为科尔莱翁内人的礼物的一阵卡拉什尼科夫自动步枪的扫射。普罗文扎诺和李纳决定快步清洗巴勒莫和他们最后的对手们占据的市郊。1981年至1983年期间，这场"第二次黑手党大战"使上千名义士横尸街头。其中没有一个科尔莱翁内人。纽约的老大约翰·加姆比诺回到祖国，在西西里做了一次快速旅行之后，明智地选择了给"我们的事业"帮的新主人们撑腰："让我们忘掉死者，多为生者着想……"

2010年3月7日21时

这个下午，本堂神甫来看望我。我对他说了我的《圣经》被搜走的事。他答应想办法干预。每一次，他的话都比药更能宽慰我。我们一起就圣路加讨论了将近一个小时。由于在我的"手令"中一再抄录他的言论，所以我把《路加福音》熟记于心，能够背诵。"在小事中忠诚者，也必在大事中忠诚……"本堂神甫对我说，他找到了能够交谈的人，我们笑得很开心。他询问了我萨维莉雅和孩子们的近况。我给他讲了我们的婚礼计划，我还给他讲了法官们给我们制造的种种烦恼。这并非是要刺激他，而是要他了解我们——萨维莉雅和我生活在罪孽之中。他知道这些年来有多少事纠结在一起，他知道我是一个善良的基督徒，他从来不对我说多余的话。这同写书谈我的生活并且怀疑我的信仰的黑手党的所有大教授不一样。如果说出于上帝的意志，我把自己的生命献给了"我们的事业"帮，这是因为我忠诚于它。我不是某个首领的儿子，我的家庭中从来没有一个人当过首领，当我的兄弟要我脱离"我们的事业"帮时，我反过来背弃了他。我之所以这样做，是我的理想使然。义士为周围的人造福，他帮助弱者，给没有工作的人提供工作。我一生试图不折不扣地把这些准则付诸实践，不说空话。求我给予帮助的一切人，我都慨然应诺。在每个社会中，都应该有一批人能够在出现麻烦的事情时，运筹帷幄，予以解决。我来自具有自己的传统和文化的一个世界，这种文化给予我辨别正确与错误的感觉。在必须采取行动时，不论结果如何，都是我主耶稣在引导着我的身心。一个人的死亡永远不会使我快乐。但是，我有责任保护自己，特别是保护我的朋友。在我们中间，如果一个人背叛了自己人，那么也就背叛了他自己，本堂神甫很清楚这一点。在小事中忠诚者，也必在大事中忠诚……

随着在救助事业和永恒的主的祝福基础上步步高升，普罗文扎诺和李纳变得像枪栓与枪管一样不可分离。悔罪忏悔者萨尔瓦托雷·坎切米解说道："他们是西西里的大佬，彼此没有分歧。他们似乎是两个人，却是同样的……"他们之间的极少的分歧隐没在那种老年夫妻协定的背后：无论是哪一方，在达成共识之前，都不能离开桌子。归根结底，李纳与心平气和的普罗文扎诺的差异只在于他的绚丽多彩的语言。1981年春，他派出杀手队，清洗巴勒莫的老大帕索·狄里加诺时宣称："不应该让英泽利洛家的这些家伙留下一滴精液。"

"王子"本塔特的朋友萨尔瓦托雷·英泽利洛是一个令人尊敬的对手。他只坐防弹车出门，可以自吹自擂说杀了一个因为恰巧在他妻子出门时在他的别墅墙根撒尿的淘气孩子。可是，他更应该做的是镇住科尔莱翁内人。三个星期里，英泽利洛家族的21个成员接连从巴勒莫的电话簿上消失了，一天一个。这个行动之所以尤其令人瞩目，是因为它足以表明科尔莱翁内人有一个完整的外交活动的武器库——AK47步枪、扼杀、火烧、硝镪水浴。萨尔瓦托雷·英泽利洛是第一个，遭枪击而倒在一条人行道上，手里拿着他那辆"阿尔法·罗密欧"车的钥匙。李纳对此评论道："这个蠢货忘记了他的防弹车只有他待在车里时，才能保护他。"他的兄弟和堂弟是在一次野餐时被掐死的。由于没有硝镪水，他们的尸体最终被放在花园里安装的一个大烧烤架上烧为灰烬。英泽利洛的16岁的儿子在受到致命的一击之前，臂膀被人用杀海胆的快刀砍断。他最喜欢的外甥刚从纽约回来,被捆绑成一条羊腿一样塞进一辆卡迪拉克的行李箱里,喉咙、生殖器和屁眼里被塞满了20元票面的美钞。

所有这一切只不过是一场游戏,小试牛刀。因为,一场另一种性质的族间仇杀多年来已经耗费了科尔莱翁内人的主要精力。将所有拒不屈服的政界、司法部门、警方和媒体的代表全部处死。受害者的名单之大,是这个国家历史上空前的。其中包括:武警部队上校朱塞佩·鲁索(1977年)、记者马里奥·弗朗切塞(1979年)、巴勒莫刑警队长鲍里斯·朱利亚诺(1979年)、预审法官切萨雷·特拉诺瓦(1979年)、大区法院院长皮埃尔桑迪·马塔雷拉(1980年)、武警队长埃马努埃勒·巴奇勒(1980年)、共和国检察官加埃塔诺·科斯塔(1980年)、意大利共产党总书记皮奥·拉托雷(1982年)、西西里省长阿尔贝托·达拉·齐耶萨(1982年)、预审法官罗科·齐尼奇(1983年)、记者朱塞佩·法瓦(1984年)、巴勒莫警察局副局长尼尼·卡萨拉(1985年)、记者莫罗·罗斯塔尼奥(1988年)、巴勒莫前市长朱塞佩·因萨拉考(1988年)、上诉法院代理总检察长安东尼奥·斯科佩里蒂(1991年)、议员萨尔沃·利马(1992年)……随着乔瓦尼·法尔科内和保罗·波尔塞林诺法官于1992年被谋杀,这一系列杀戮终于终止了它的延长号。那仿佛是一颗炸弹，使意大利颜面丢尽。

人们永远不清楚这些"高雅的尸体"中有多少是普罗文扎诺和李纳策划的系列谋杀案中的杀手皮诺·格雷科的杰作。格雷科别名"小鞋"，是科尔莱翁内人当中的一个神话。少年时代，他也是他们中间受教育最多的。16 岁那年，他得到了中学拉丁语和哲学课的最高分。正是眼露癫狂的这个人，处决了本塔特、英泽利洛和达拉·齐耶萨将军。行动之前，他吸食可卡因。行动之后，他阅读意大利人文主义作家古瓦林诺·维罗尼塞和维克多林·德费尔特雷的作品。有人估计死在他手里的受害者总数不下百人。第一百零一人，那就是他自己。李纳下令，结果他的性命。他被人一枪打中颈项，立即倒毙。当时他穿着睡衣，正在为他的工作伙伴朱塞佩·鲁凯塞准备咖啡。"小鞋"犯案太多。他的名气之大已经相当于"我们的事业"帮的最高首领。

2010 年 4 月 17 日 15 时

早上，我的律师罗萨尔芭从巴勒莫上山来到这儿。为了在有机玻璃窗后说几句话，要她做一次如此疲劳的旅行，我颇有些踌躇。由一个女人来进行辩护，这有点荒谬。第一次，看见她穿着超短裙，手臂上戴着一串镯子，我心中不免有点疑惑。实际上，她如同一个男人。她说，如果将她在接待室里见过的所有"首领"的时光加在一起，那么她应该在牢里度过了自己的生命的15个年头。一天，她向我叙述了最初几次访问乌恰尔多纳监狱的情景，我们回忆起了美好的时光。在被关进这该死的短颈大口瓶似的鬼地方之前，我不知道这个监狱，但知道乌恰尔多纳。在巴勒莫，所有的人都知道乌恰尔多纳。齐尼奇家族的老大塔诺·巴达拉门蒂说过，待在那里面比在外面更好。他所指的是那里有全城最好的饭菜。整箱的龙虾从饭店直接运到这里。还有唐佩里戎的上等葡萄酒，简直像安乐乡伊甸园。吉尔兰多·阿尔贝蒂的这个爱开玩笑的家伙对我讲，他只穿着丝浴衣走出号子。也正是他回答一个法官说："黑手党，黑手党是什么？一种橫子？"从此，我叫他"机灵鬼"，这成了他的外号。我见到他去年在老博尔格再次被捕。我不知道警察把他关在什么地方，但令我吃惊的是他常常穿着他的丝浴衣出入。我在这儿的处境不一样，他们真的把我恨之入骨。另一次，我的律师对巴勒莫的法官们说："对于普罗文扎诺先生，你们用的不是第41号法令的双重监管制度，而是三重看管制度。"我第一次看见她怒不可遏。他们要审问我1969年以后我了解的那些事情，而且在上一个星期，他们拿走了我的所有司法案卷，搜空了我的牢房。我向罗萨尔芭解释说，这不值得她发怒。上帝保佑，面对上千页的起诉书，我无话可说。每次开庭，我报上自己的姓名，因为他们照例要问，随后我在视屏上看着他们演马戏。当他们询问那些悔过的变节分子时，我们以为，他们是在倾听用拉丁语讲的弥撒。我看见朱弗雷——我的朋友朱弗雷，讲了那么多蠢话，连法官们都觉得尴尬。这个白痴自以为上了电视，不停地说："后来，一个晴朗的日子……"不久，我便要求回到自己的牢房里去，让他们在我缺席的情况下继续演下去。我不想重谈所有这些故事。即使我愿意这样做，也不可能。我试着平静地直立在那里，但头晕目眩。他们的"我们的事业"帮不是我的那个组织，他们说的是一支疯子的队伍。对于我来说，它是一个大家庭。在听完这个背信弃义的朱弗雷的证词后，我在自己的牢房里这样想道。我把所有人带到乡下去参加年轻小伙子的入门仪式。这样的时光，我不能忘怀。女人们下厨做饭，男人们像过节一样欢庆。每个人都必须献上一份特色食品。萨维莉雅给我们准备了30份西西里巧克力蜜饯甜食"卡诺洛"。勒库尔陶德酷爱野味。一天，他做了炖腌肉，但不告诉我们是什么野味。当大家知道了这是狐狸肉时，不由得大惊失色，赶紧往厕所跑去。一盘盘菜肴来自四面八方。这样的场面可以延续五个小时。聚餐结束时，我们坐上了一艘船，大家向爱唠叨的马里亚诺·阿加特泼水。随后，船在法兰朵拉舞曲中开航。水瓶飞向四面八方。勒库尔陶德像一个淘气孩子一样蹲在桌子底下。我从未如此游戏人生。至于自娱自乐,当然可以,我们不是落伍分子。

在托托·李纳的巨大无边的阴影下,普罗文扎诺改了绰号。随着时间的推移,"拖拉机"变成了"会计师"。他逐渐以"我们的事业"帮各种生意的引人注目的管理者的身份出现,但他做得比单纯管理更好。由于他那大刀阔斧的风格,在探测新资源和联络最有利的同盟军方面无人可与之匹敌。在他操持下,黑手党攀登上了意大利实业界首屈一指的地位。

他的办公室设在巴格里亚——巴勒莫市郊的一个阴森可怖的城镇。那里,在一家废铁厂的永远关闭着的百叶窗背后,这个教父像一个普通职员一样准时上班。除了保护费——掐住西西里岛所有商人脖子的敲诈勒索、高利贷和贩毒之外,他又另辟蹊径,把黑手伸向医保部门国家补贴业务和垃圾处理行业。科尔莱翁内人通过多如牛毛的影子公司中介,组成投标托拉斯,既提供注射器和整体手术室,又提供垃圾清理工和焚烧厂。显而易见,其价格要高出三倍。这两个教父通过从中渔利来确保自己的前途。如果说普罗文扎诺的财富依然深不可测,那么侦查员们估计李纳在1993年被捕时的财富高达16亿欧元左右。

在巴格里亚，他的新事业并没有妨碍这个"会计师"日常关注危害科尔莱翁内人冒险活动的普通事件。在院子另一侧的一个库房里，围成一圈的阻碍敲诈勒索的人接连头朝下被倒栽进一个散发着瘟疫一般恶臭的大桶里。这个仓库是被人称做"'我们的事业'帮毁尸场"的很有名的地方。"会计师"无须从他的计算器上抬起头来，就能知道他的手下们正在工作。溶解在硝镪水里的尸体的酸臭不停地散发出来，直飘至他的窗下。

普罗文扎诺在不把代表财富增长进位的一连串"0"排列起来欣赏时，便在扩充网络上下工夫。他以各种恩惠加以笼络的人遍及巴勒莫，其中不乏武警、政治家以及银行家等各界人士。总之，科尔莱翁内人到处都有自己的耳目。他们就像对待一个普通的支付保护费的人那样，来勒索国家。1994年，悔过自新的忏悔者乔瓦奇诺·本尼诺向法官们吐露说，普罗文扎诺成为"西西里政治舞台的实际操作者"。在这方面，他得益于一个人之助，那就是前市长维托·姜齐米诺，此人完全在他掌控之中。作为天主教民主党——总统孔塞耶·安德烈奥蒂的党在西西里的台柱，唐·维托也是科尔莱翁内的理发师的儿子。他作为巴勒莫公共事务助理的政治生涯的最初步伐，依然用金字铭刻在"我们的事业"帮的传奇中。在1960年代末,青年姜齐米诺成为把这个城市空前地撕裂为成千座宫殿般的豪华大楼的市政建设大热潮的主政者。在4205个建筑许可证中,80%以上授予了由一个退休者组成的三人联盟和一个病休的看门人领导的四家企业。"洗劫巴勒莫"预示着他的神圣职责的结局。

在长达30年的时间里,姜齐米诺为科尔莱翁内人玩弄各种欺骗手段,把西西里浇铸在混凝土下,利用他在罗马的影响,把自己的和普罗文扎诺的钱放在瑞士和加拿大循环生息。这样做也是为了他的朋友"宾奴大叔"能够作为中间人的角色,签订国家与随着李纳被捕变得失控的"我们的事业"帮之间的互不侵犯条约。他的最后一张"委任书"是一纸逮捕令。1992年,他被判处八年监禁,成为因同黑手党勾结而被判刑的第一个政客。2002年,当巴勒莫市政委员会要求他支付1.5亿欧元的损害赔偿时,唐·维托结束了自己的生命。在他断气前,这个政客答复道:"你们是要现钞吗?"

2010年5月29日9时

这个下午,我有一个视频听证会。这不会很长,是一件强制要做的事情。无论如何,罗萨尔芭通知我,这永远不会停止。她告诉我，在巴勒莫，他们正在侦查维托的儿子马西莫·姜齐米诺心甘情愿地向法官和盘托出的种种故事。如果我没有理解错的话，他是在说他的父亲与我是同一码事。他回忆说，我时时到他们家去喝我的洋甘菊茶。而他在 30 年后，成了"科尔泰塞"白葡萄酒专营经销商。这个矮胖的傻瓜享尽荣华富贵，生活得好不快活，夏天驾着帆船出海，皮肤晒出了像古铜一样的颜色，冬天到科尔蒂纳滑雪，如今却握着法拉利豪华轿车的方向盘感到内疚。他说我出卖了托托·李纳。也许他想再一次杀死他的父亲？如果他说自己知道那些可能促使意大利崩溃的故事，那么法官们理所当然要进一步对他进行询问。维托在天之灵必定感到莫名其妙，他不是这样教育自己的"小胖"的。就连我有一天看见他在蒙泰罗别墅里像一条狗一样被拴在链子上时，也感到难受。他的父亲说，他在学校里什么也不做，这是父亲对待儿子的问题。儿子已经 40 岁了，做父亲的还要牵着他的鼻子走，永远喂他吃奶。在科尔莱翁内，人们也许穿短裤，但手上都结满了像树皮一样的老茧。那些指责我们面貌粗俗的人，从来没有见过他们的父辈晚上归来时袒露出的被"管家们"的皮鞭抽打得红肿的背脊。我越是衰老，越是回想起自己的童年。我从这儿走出去之日，便是他们将我埋葬之时。于是，我逃避进自己的回忆之中。昨天晚上，"威尼斯人"除给我送来土豆之外，还端来了浓汤，这使我想起复活节和圣诞节的鸡汤香味。各种报刊把这个可怜虫马西莫吹捧得名气很大，但我眼前再次闪现出他的祖父乔瓦尼诺·姜齐米诺老人在他开设于医院和阿拉伊莫咖啡馆之间的加里波第广场的理发馆里的情景。维托在为重要顾客——律师、药剂师还有扔下几张500里拉钞票作为小费的纳瓦拉这个阔佬准备刮脸用的泡沫。科尔莱翁内的所有要人都到他们这里来，用帕尔马香水喷洒自己的下巴。维托总是拉长了自己的耳朵，可谓耳听八方。他对我说，他在父亲的店里学到的胜过上大学。有一次，老乔瓦尼诺为我保养牙齿，我父亲用一袋小麦作为酬劳。姜齐米诺老人确实也是牙医，他是理发师 - 牙医。我不知道这在今天是否依然存在。我始终尊敬维托，他是我的兄长，有我所没有的这种智慧。但是，即使他穿着麂皮鞋漫步在天使宫的镀金柱廊上，他依然是我们的人。当时我大约30岁，他让我学习会计课，如同我是他的亲生儿子一般。没有他，我永远不能为"我们的事业"帮做自己所做的事情。而没有我们，他就不能在巴勒莫和整个地区出人头地，登上他曾经占据的宝座。他确实把工作给予了自己的朋友们，而没有给因为他来自科尔莱翁内而把他当做流氓对待的那些人，有时也许有点过分，但对朋友忠诚不是罪。即使当他咬着烟嘴同电影城的明星握手，而且以这种姿态在自己的房间里穿着浴衣接待来客时，他依然永远是理发师的儿子维托。至于勒库尔陶德，他不喜欢这个世界。实际上，政治与他，永远是两股道上跑的车。他常常说："谁给我面包,我就叫他爸。"当没有面包时,他就扔炸弹。必须看到这把我们引到了什么地方。

1993 年,普罗文扎诺的即位标志着"我们的事业"帮历史上的一个转折。李纳由于醉心于不断加码反国家的暗杀活动,将组织引向失败。随着"宾奴大叔"即位,不再有炸弹的爆炸声,事业开始重振。"黑手党和平"开始确立。在枪声的沉寂使人误以为这条"大章鱼"垂危的同时,教父普罗文扎诺却乘势跃上了西尔维奥·贝卢斯科尼的新政党——意大利力量党的正在行进中的列车。他还着手重建由于他的前任滥杀无辜而遭重创的同民众的联系纽带。没有这种战术的自觉,组织就不能实施作为其生存关键的社会控制。普罗文扎诺借助一切手段来重塑他的慈爱的保护者的形象。与通过不断增加名目繁多的敲诈勒索来榨干企业主的李纳相反,他选择减少保护费额。他的信条是:大家缴得少,但大家都缴。如果说李纳放出狗去扫清最小的障碍,那么他像一个年高德劭的哲人一样善于等待时机。悔过自新的忏悔者尼诺·朱弗雷作证说:"与普罗文扎诺在一起,任何人如果不想招致生不如死的烦恼,就必须深思慎行。"这个教父大量使用"手令",竭力控制足以燎原的星星之火。当李纳的儿子们接二连三在科尔莱翁内冒失地行动时，他在写给乔瓦尼·布鲁斯卡的"手令"中说："但他们要做什么？我要问他们能否试图避免那些令人不快的事情。请告诉我他们是否在作恶。挽救可以挽救的事情，这是我的信条。"由此可见普罗文扎诺作风之一斑。

2010年6月26日19时15分

在科尔莱翁内，萨维莉雅正在摆桌子开饭。每天晚上的这个时候，我都这样想。儿子们应该从工作的地方回到家里了，只有安吉洛收工较晚。看来，他如同一个狂热的人那样忙碌着作为葡萄酒销售代表的新工作。我不知道他怎么能应付得了这个差事：他从来不喝"黑阿沃拉"葡萄酒，一杯也不喝。这使得我已经六个多月没有见到过他了。萨维莉雅对我解释说，他心情不太好，不想让我在忍受自己的烦恼之外，再担心他的问题。在最近一次探监时，我再次告诉他自己是多么为他还有弗朗切斯科·保罗感到自豪。对于我来说，以自己的真切情感说话并不容易。在科尔莱翁内，我没有学会这么做。但是，如果不是像一个父亲应该对待自己儿女那样同他们真情相处，我会感到很难受。而且，我应该想到，这种状况也许将会保持到我离开世界。但是，当萨维莉雅告诉我，弗朗切斯科·保罗应该放弃意大利语校对员的职位，去德国工作，其唯一原因是他姓普罗文扎诺时，我恨不能把接待室的有机玻璃窗砸个粉碎。归根结底，我不知道他和他的兄弟是怎样设想他们的父亲的。我从来没有向他们提出过这个问题，我以为自己的苦难对他们丝毫没有影响。在意大利，即使是对儿童侵害犯也比对他们的监控更松，但警察们知道他们同所有这一切从来没有任何瓜葛。他们在大学里读书，学习出色。他们没有任何犯罪记录，甚至没有偷过"维斯帕"轻便摩托车。萨维莉雅始终就像我在他们身边时那样教育儿子们。他们小时候，我有时也这样做。在巴格里亚，在蒙里亚勒，在墨索梅利，我们生活在比这间牢房大千倍的别墅里，周围环绕着桉树和柠檬树大花园。我一生有43个年头并非像一头被猎犬围捕的雄鹿一样生活。我坐着喧闹的车子从这一头到那一头穿越西西里。而且，当《教父》在巴勒莫第一次上映时，我毫不隐蔽地大摇大摆到离马西莫大剧院只有两步远的一家市中心电影院看电影。勒库尔陶德也去那里看电影。所有的科尔莱翁内人都去那里看电影。后来，正是在这家电影院里，有人惟妙惟肖地模仿"教父"的口气大叫大嚷，引得我们大笑不止。在那个时代，警察们不让我安逸，但上帝保佑，没有忏悔者。而且，警方也有着其他更烦心的事情，需要对付那些要闹革命的长发青年。后来，不久前当他们认真着手寻找我时，我可以依靠自己的朋友们。我能够比在卡尔萨大道的人行道上更多地得知巴勒莫刑警队有什么动作。2003年，他们发现我去法国做前列腺手术，整个意大利吵翻了天。所幸的是，他们始终不知道我也是由社会保险部门来支付全部医疗费用的。马赛的外科大夫手术做得很好，上帝保佑我在转世之前认识了他。车中的旅程是我此行唯一痛苦的时刻。天太热，而陪同我的维拉巴特的几个义士太年轻，他们只谈女人和赌场。手术前夕，我邀请他们到马赛港附近的一家西西里特色的饭店吃饭。我对着《圣经》发誓，那个地方叫做"唐·科尔莱翁内"。老板是个法国人，但家在阿根廷，他做的墨鱼汁甜菜丝十分地道。我们打开菜单就乐了，因为所有的菜肴都起了法国人认为的我们家乡的典型名称：秘制比萨、黑手党煎牛肉片、拉吉·卢西亚诺烧茄子。最后，老板来到桌前为我们倒橘子利口酒，谈论国事。他名叫莫罗·阿尔贝托或者阿尔弗雷多·莫罗，我记不清楚了。相反，我十分清楚地记得，他紧紧握着我的手做自我介绍，我也做了自我介绍说："普罗文扎诺，幸会。"这时，他拍了拍我的肩膀，随即爆发出一阵笑声。我又说道："普罗文扎诺……像贝尔纳尔多一样！我们是本家。"我相信，我们因此免付了开胃酒钱。

在所有保护、服侍和敬仰贝尔纳尔多·普罗文扎诺的人中间，最重要的是一个女人。萨维莉雅生于巴勒莫附近的海水浴场奇尼希的一个家庭，1970年遇见了那个还只是逃犯中的一员的这个人。她当时27岁，而他37岁，两人一见钟情。她从事着T恤制造商的很好的职业，而且实际上是一个举世无双的绣花女工。在警察和法官面前，她从来思路不乱。而且，从他们的故事一开始，她就以她的名义不停地买卖不动产，增值家庭股份公司的钱财。但是，在巴勒莫法院第五审判庭以窝藏罪缺席判处她三年两个月监禁之前，已经过去了20年的时间。这项罪名最终将得到赦免。自伴侣生活第一天以来就一直潜入地下的萨维莉雅，1992年4月5日在所有人都感到意外的情景下突然同她的两个年轻的儿子出现在科尔莱翁内警察分局，并利用这个机会走出了阴影下的生活。她宣告自己有意住在一个姐夫家里"过正常的生活"。这个重返故乡之举可谓棋高一着，因为所有人因此以为普罗文扎诺已经死了。所以，此后的年代领导"我们的事业"帮的是一个幻影，他正在使他的那个时代在无声无息中走向衰竭。今天，这个教父却希望同萨维莉雅正式举行婚礼。

2010年7月7日23时

我吞咽不下任何东西。中午只吃了一点蔬菜，晚上只喝了一杯水。我没有移动我的圆凳。我甚至不想钻进我的被窝。昨天已经一夜没有合眼。请宽恕我，我的上帝，因为他们最终把我的《圣经》还给了我，我应该心里感到快乐。但两天来，我身体里的某个部分坏死了。某种东西使得我感到这里强加于我的这种生活依然可以忍受。他们为我买来一本新的《圣经》代替原来那一本,这不是问题,内容是一样的。我不再有在上面画出重点的权利,但我每天读20遍。这天晚上,我读着《马太福音》,感到这个圣徒如同就在我身边。"这说明为什么男人将离开父母而爱恋他的女人,两个人将结为一体。"我没有同萨维莉雅结婚,但她永远是我的妻子。从我们相遇之日开始,我在任何环境下都忠实于她,因为没有比一个义士欺骗自己的妻子更可鄙的事情了。在新门,我将皮普·卡洛和他那一伙好色之徒称作"垃圾家族"。我之所以没有同萨维莉雅结婚,是因为一个"王中之王"的生活不同于普通人的生活。但是,我所到之处,事情发生了变化。没有一天太阳落山时我不想一想自己将当着本堂神甫的面对她说的那几句话。五年来,我无时无刻不梦想着将她的手紧紧握在我的手里的这个时刻。这一天终于来到了。我相信这是真的。我们俩都相信。在经历了种种磨难之后,当罗萨尔芭告诉我部长阁下已经同意时,我紧咬着自己的牙床骨,以免高兴得大叫起来。前天,我收到了她的信,告诉我婚礼将在接待室举行,但她说,由于第41号法规的双重监控制度,届时两个人不可能并肩而立。即使在我们结婚之日,他们也要用一堵有机皮玻璃墙把我们分隔开。他们要禁止我们交换结婚戒指。即使是拉着她的手,也不可能。那么,这样的婚礼不举行也罢。我写信给罗萨尔芭，让她把我的这个想法告诉萨维莉雅。出于上帝的意愿，我将听凭疾病结束自己的活动。随后，我将等待我的爱妻，像所有这些年来她等待我一样。在天上，天使们不会对我说什么"我们的事业"帮的事情。在天上，将只有萨维莉雅和我。而你，我的上帝，将为我们证婚。

以法律的名义

为了为国家服务,他们准备舍身成仁。他们之中有打击黑手党的高级警官、巴勒莫的法官、卡拉布里亚雷吉奥的助理检察官。他们每天面对看不见的敌人和无辜受害者的麻木不仁。那是正义的生活,防弹车中的生活。

发动机轰鸣的噪声打破了这个受人诅咒的山村的宁静。几架直升机在科尔莱翁内上空盘旋。建在橄榄树林中间像一个监视哨岗楼一样的牧羊小屋，被全副武装的战士和防弹军用卡车包围了起来。一种日暮途穷的氛围笼罩着这个山村。这是最后一个教父隐匿的场所。贝尔纳尔多·普罗文扎诺，号称"我们的事业"帮的"老大中的老大"，刚刚落网。这一天是2006年4月11日，接近中午时分，在疑犯潜逃43年之后人们不再期望的这次令人难以置信的搜捕所引起的轰动，冲击着报社、电视台和西西里的民众。来押解普罗文扎诺前往军用机场的车子已经上路。在牧羊小屋背后山坡高处有一个人——一个警官，远远避开这喧闹的旋涡。神经依然紧张到极点的他，坐在躲开众人视线的一块石头上。他的目光茫然若失，情不自禁地显露出焦虑、疲惫和瞬间的陶醉。几滴泪水在他的眼角边滚动。这不是因为他那只受伤的手的疼痛在折磨他，而是因为他的记忆在噬咬着他。

最近八年的生活在他眼前一幕幕重演。一个个映像，多少个不眠之夜，兴奋的夜聊，失望的拂晓，像翻滚的激流一样接连呈现在脑海。只有他知道自己以及全身心投入抓捕普罗文扎诺工作的那些同事在巴勒莫所经受过的煎熬。以所有的人都相信他已经死亡的方式隐蔽生存八年，岂非一个疯子？整整八个年头，他们必须紧抓一个幻影不放，必须追踪他的蛛丝马迹，必须热情不减地勾勒和理解这个幻影的轮廓。这不啻荒诞。据说，一个月前，这个教父的律师依然再三声明他的雇主已经下葬，已经在很久很久之前入土为安……在西西里，有人还带着一种恬不知耻的兴高采烈的神情补充说，这个教父潜逃的时间早已创造了纪录，已经有20年，25年，30年，40年，42年，43年……他，这个警官，什么也没有说，或者毋宁是带着他那种锲而不舍的倔犟表情宣称："我们必定会抓到他。"他们抓到了他。这场侦查终于在陪伴着一个雕像或者一个不可战胜的神话的悲怆讲道中胜利完成，谱写了一曲希望的颂歌。这是一个警官的荣耀事迹，因缺少英雄而感到苦恼的意大利及其孤独无助的民众送给这个警官一个别名"猎人"。

雷纳托·科尔泰塞首先是警察队伍中的一个谨慎的人。他46岁，目光像显微镜后面的一片载玻片，很少有所表情或动作，正如一个懂得提防他人以及自己的激情的人那样。他说话的声音透出浓重的神经质，衣着讲究。自2007年以来，他指挥着卡拉布里亚雷吉奥的刑警队，大家戏称他为"里亚切青铜雕像"。其原因是他与雷吉奥城的里亚切海岸附近发现的长着灰黑胡子的古希腊武士青铜雕像极其相像。另一个原因是他的神秘行踪。以狩猎和采集为生的伟大的史前人只在夜幕降临时活动。执法人员在这片由于恐惧而造成的敌对的土地上必须意识到自己随时随地都受到窥察和监视。因为，沿着这些阳光斑斓的街道每日每时都在上演迷惑人的把戏、魔鬼般的恫吓、毫不容情的战争。

2006年4月11日的这个早晨，科尔泰塞将自己的目光直射教父的双眼，仿佛要把这张脸印入自己的视网膜底。他从来没有见过这个人，只是从此人在1954年拍摄的一张老照片上第一次认识了他。他无数次地默记过几十张模拟画像，脑子里一遍又一遍假想过带着时间烙印的这个老大的特征，仔细研究他的兄弟、孩子的照片，脑海里重新创造了一个不复存在的人。前一刻，他飞快撞开牧羊小屋的门，普罗文扎诺试图把门重新关上，阻止他进门。这个警官用拳头砸碎了门玻璃，随即抓住了逃犯的手腕。他叙述道：

"我只想着寻找他咽喉部的伤疤，这是悔过自新的忏悔者乔瓦尼·布鲁斯卡说过的此人的特征。我看了那儿的伤疤。他的项链坠子上也有三个耶稣受难十字架。于是我确信此人就是他。"

他们面对面，目光如同胶着一般对视了三四秒钟。科尔泰塞看到教父的眸子中闪过一丝凶光，随即化为顺从。接着，他回到阳光明媚的屋外，亮开嗓门对着他手下的警员，对着大山、对着大地大声喊出了表示任务大功告成的口令：

"收队！！！"

一年前，他们终于嗅到了普罗文扎诺在科尔莱翁内的踪迹。他们自追寻和分析他的字迹、"手令"直至陷入停顿的困境以来，没期望获得比此更大的进展。在此期间，他们扫清了他的周围，把他的全部骨干一个接着一个送进牢房。2005年6月8日的这个下午，一个微型摄像机终于捕获了普罗文扎诺的兄弟之间用方言进行的一次密谈。萨尔瓦托雷惊讶地对西蒙喃喃道：

"他一直在那儿……"

这难道真的是他？在距离那儿56公里的巴勒莫的监听室里，警察们的心狂跳起来。值班侦查员勒富孔紧紧抓着他的电话说：

"博士！他在那儿，在科尔莱翁内！这次准没错！"

科尔泰塞手下的警员都称他为"博士"。他们在一起工作，吃饭，打扑克，看电视，但都尊称他为"您"。他精心挑选了自己的著名的团队。人们把这个团队叫做"主教堂组"，因为它设在离主教堂不远的巴勒莫的一个旧派出所里。进组的有26个侦查精英。其中25名是男警员，另一名是女警员，她外号叫做"猫"，因为她沉静机警，能够八小时贴着自己的监听器不抬一下眼睫毛，而且在破译她家乡这个岛屿的方言上无人能比。每个警员都发挥着非常特殊的作用。他们之中有技术专家、跟踪艺术家、能够像阿基米德一样在鼹鼠挖洞时堆成的小土堆或者一个针眼里安装间谍微机和遥控摄像机的高手！为了能够不分白昼和黑夜随时待命，他们全体或者几乎全体都是独身。他们都是西西里人，所有的成员都随时准备献出自己的生命。

每天拂晓时分，他们就来到塞满电子装备却没有丝毫噪声的监听室，身旁一壶咖啡，手里拿一支钢笔，远离尘世喧嚣，静听各种声音，直至深夜。他们倾听普罗文扎诺的妻子萨维莉雅的声音，他的儿子安吉洛和弗朗切斯科·保罗的声音，过往人们的声音，以及时开时关的电视的粗重声音。他们想知道一切，萨维莉雅什么时候出门、什么时候回来、什么时候做饭、几点钟睡觉，她的儿子们看望叔叔和堂兄弟家多少次。他们在时光的表面的静止中，在他们日常生活的平淡无味和令人厌烦的常态中逐步掌握了这一切。必须把几点几分记在一页纸上，也许最终会出现一个出乎意料的事件、一个破绽、一个使他们走上突破之路的信号。他们在大部分时间随手写道："无关紧要"，"家庭交谈"。但从一个词、一个静场、一个声音转调中，他们就能理解对方的喜怒哀乐，而录音带在继续转动着。他们听过一次，随后又借助噪声清除机再听一次。反反复复，一遍又一遍地听。科尔泰塞回忆说：

"即使隔了许多天，我们还是要反复重听一个隐隐约约的喃喃语声、一个音调，试图破译某种暗示。"正因为如此，随着时间的推移，普罗文扎诺最终变成了比他们自己的近亲更加熟悉的人。

一个晚上，科尔泰塞明白发生了什么事情。他手下的一个警员从耳机里捕捉到了一声呻吟，或者说是一声哭泣。这是萨维莉雅的声音。她在哭泣。稍后，他们成功地还原了事情的本末。年迈的教父病倒了。他在法国马赛的一家医院做过前列腺手术。警察提取了他的DNA和血型。在时隔那么久之后，获得了他依然活着的第一份证明……最近11年来，侦查员们有多少次以为击中了目标，又有多少次在最后时刻前功尽弃？安放的一些微型录音机神秘地失踪了，摄像机被切断了电源。后来，当法官们和"主教堂组"进行内查时，发现这个教父已经渗透进了武警、警局、政界……若干年之后，马里奥·莫里将军——武警和谍报部门的"特别行动队（ROS）"原领导人受到司法部门传讯，被控掩护普罗文扎诺潜逃……

然而，任何东西都不能阻碍雷纳托·科尔泰塞坚信自己正在做"世界上最美好的工作"。因为，如他所说，"挑战的滋味"胜过其他一切，其原因是推理的力量和"侦查之美"必将终结宿命论和人为了对生活进行自助而创造的神话。上帝知道黑手党是顽强的敌人，他们为了挫败警方的侦查使用种种不可想象的密码，不再在电话里交谈，除非吹口哨或者用语言学家们不懂的黑话。其中有些家伙有本事在假扮的天然气检修技术人员来访之后，请专家到自己家里用激光扫描一遍。更有些无赖竟然让淘气的小孩站在监视装置旁边使劲敲鼓，他们的唯一目的是震破线路另一端的侦查员们的耳膜。科尔泰塞不由得感叹说：

"我们处于一个不断创新的过程之中。每天早上都是一个新的挑战，尝试着在开放的天空中突然发现有人在通话交谈，用太阳能板给微型摄录机充电，用卫星进行追踪，在山上安装摄像机……"

等到有一天拼图游戏终于组合成功，那时的快乐几乎是神圣的，一扫无数时刻的"侦查抑郁症"。

在抓捕普罗文扎诺之前，雷纳托·科尔泰塞从1990年代初开始逮捕了这个团伙的几个要人：通过遥控器引爆法尔科内法官汽车的乔瓦尼·布鲁斯卡、暗杀唐·普利西神甫的萨尔瓦托雷·格里高利、1993年米兰、罗马和佛罗伦萨投掷炸弹案的共谋犯加斯帕累·斯帕图查、皮埃特罗·阿利耶利……1992年8月，法尔科内和波尔塞林诺法官惨遭暗杀后第二天，这个警官就赶到了巴勒莫。他沉思地回忆说：

"这些屠杀对于我们刚出大学门的所有人来说简直像一场大地震。我主动要求去巴勒莫。为了避免引起我母亲惊慌，我对她说去警察学校讲课……"

在意大利，一些人的鲜血浇灌了另一些人的使命感的种子。所有这些人，警察、武警、法官把对于倒下的同僚们的悼念深深埋藏于心底。

西西里已经摆脱了普罗文扎诺的魔爪，于是这个警官于 2007 年转移到卡拉布里亚。那是他的真正故乡，国家此时在这儿发动一场针对恐怖的"恩德朗盖塔"帮的名副其实的战争。这是另一场新的挑战，比对付"我们的事业"帮更加令人生畏的挑战。其原因是"恩德朗盖塔"帮不仅组织严密得几乎不可渗透，而且势力错综蔓生，遍及全球。在他的刑警队中，这个高级警官从巴勒莫调来了最忠诚的成员。他重组了一支突击队，再次同帮助他追踪普罗文扎诺的司法部门的朋友合作，其中包括总检察官朱塞佩·皮涅托内和米凯莱·普雷斯蒂皮诺。大潜逃犯们重又开始纷纷落网，他们之中有：朱塞佩·德斯特法诺、皮埃特罗·克里亚科、外号"大妈"的安东尼奥·佩勒、乔瓦奇诺·皮罗马利、被推定为杜伊斯堡大屠杀主犯的乔瓦尼·斯特朗杰奥、潜逃 17 年的卡拉布里亚雷吉奥历史上最后几个大头目之一乔瓦尼·特加诺。

乔瓦尼·特加诺……2010 年 4 月 25 日这一天，警察局前面的加里波第大道变成了特加诺告别大巡礼的剧场。他的家人——他的儿子、侄子、堂兄弟和孙子们，一百多名支持者，前来支持这个以前的老大，面对着摄像机为他热烈和虔诚地鼓掌，朝警察们的脸上吐唾沫，高喊：

"你们抓了一个安稳的好人！"

他的一个女婿甚至把自己的孩子高举到肩膀上，为了让他最后一次一睹这个"正义之神"的风采。意大利全国从电视新闻上惊愕地看到了耀武扬威冷笑着的"恩德朗盖塔"帮的狰狞面目。科尔泰塞面对他办公室窗下的狂热人群，像往常一样不为所动，神情依然如大理石雕像一般坚毅。他认为这是"恩德朗盖塔"帮图穷匕见的最后挣扎：

"当黑手党开始在警察眼皮底下为他们的老大们鼓掌呐喊时，我从中看到了一种强烈的神经质发作的信号。"

确实，几个月来，"恩德朗盖塔"帮正在以引人不安的信号阻击司法部门的行动。在庆祝2010年新年到来之际，他们在法院前面投放了一颗炸弹；在意大利共和国总统来访雷吉奥的当口，一辆装满武器的汽车被遗弃在车队经过的路上；总检察长家的大门被炸；通过邮局向法官们投寄装着子弹的恐吓信，或者将它们放在法官的汽车挡风玻璃上；拧松停放在有人看管的停车场上的法官们的汽车车轮上的螺丝；如此等等，不一而足。在雷吉奥，谣言像一个隐伏而令人厌恶的地滚球，在大街小巷在贫民区滚动：谁将第一个倒下？时代变了。此前，"恩德朗盖塔"帮的头目们始终避免同国家正面交锋，因为他们正忙于彼此用步枪进行仇杀，在1987年至1991年期间，仅仅雷吉奥一个城市及其郊区就有将近800人死于非命。只需在一条长椅上坐下，就可以看到有人拖着长长的血痕倒下。

雷纳托·科尔泰塞将他的贝雷塔左轮手枪放在办公桌上，一旁是响个不停的几部电话。这支手枪是他的护卫。他不需要其他护卫。在街上，人们看不到他两边有任何武装人员跟随，只是孤身一人，手夹一支托斯卡纳香烟同喊他"科尔泰塞博士"的人们打招呼。他说道：

"我要给人们一切正常的感觉。我希望他们能够平静地同我打招呼。"

恐惧吗？他断然说：

"早已经习以为常了，我不再想这类问题。我首先想要树立的是一个平安国家的形象，这个国家不会屈服，不会退缩进角落里，它与老百姓心连心。"

黑手党有许多象征性符号。打击黑手党阵营也有这样的象征性符号。在这儿，即使是最微弱的信号也有某种意义，譬如说到一个由可疑人物开的餐馆里就餐。在科尔泰塞看来，在一个充斥污秽的场所，而治安力量并非始终远离警戒黄线的城市里，有人想成为一尘不染的模范，那是"不可设想的"。所以，即使是这个高级警官也不想过一种严格意义上所说的受保护的生活，他的生活是现实的。他喃喃地说：

"就精神而言，我所有时间都在工作，无论白天还是黑夜。"

最近一年，他的假期因为放在总检察长住宅前的一颗炸弹而中断了。他始终不知道应该同谁握手。而他的家庭离他很远，生活在远离卡拉布里亚的另一个城市。

更有人不仅始终不知道应该同谁握手，而且不知道是什么人于2008年在他进行侦查的司法大楼内的办公室里安装了一台间谍录音机。他名叫尼古拉·格拉泰里，53岁，是卡拉布里亚雷吉奥的助理检察官。这名司法官员自1989年以来一直由四名贴身保镖护卫，失去了自由活动空间，犹如生活在牢笼之中。他从来不去听音乐会，看电影，观赏戏剧。他带着一种近乎局促不安的微笑吐露心声道：

"我甚至从来没有进体育场看过一场足球比赛。"

当他走进一家饭店时，先是跟随他的卫士们的脚步声清场，夜里当他睡下时，卫士们依然守在房门口。他还是一个正常人吗？他渴望能够像普通人一样骑自行车或者驾驶摩托车。

接电话时，尼古拉·格拉泰里用一声急促的"谁"来代替惯常的答话"哈喽"。他出身寒微，生于卡拉布里亚的一个小村庄基拉切，保持了一种粗犷的简朴作风。他的父亲在购得一家小食品杂货店之前，用自己的卡车运输农民的粮食。每年夏天，这个闲不住的小家伙学会一门不同的手艺：修鞋、做面包、修车。他同黑手党徒的儿子们一起上学，后来这些人几乎全部被杀。他甚至同一个著名头目的女儿在同一个教室学习。正是在学校里，他懂得在卡拉布里亚出身预先决定了一个人的命运。他微笑着说：

"所幸生在一个正直的人的家庭。如果我生在'恩德朗盖塔'帮成员中间，那么势必会被他们的思想潜移默化。由于这些孩子总是看到武警来盘查他们的父亲，即使在还不很懂事的孩提时代就开始仇恨国家。"

从司法学校毕业时，有关部门给了他不同地点的岗位选择：威尼斯、都灵、布雷西亚。尼古拉·格拉泰里选择留在卡拉布里亚。不久，在职业生涯起步时的一天，他看见一个泣不成声、摇摇晃晃的小老头来到自己的办公室。这是一个商人，黑手党强令他缴纳"保护费"，也就是敲诈勒索的所谓捐税。他用一种不露声色的愤然口气回忆道：

"他很可怜。看到一个老人哭泣是一件很可怕的事情……他遭受勒索问题立即变成了我自己的切肤之痛。"

显而易见，他的家乡这片"忧伤之地"的绝望呼喊突然摆在了他的面前。从此，他的余生将围绕这件事情安排。他说：

"如果我不这样做，就会感到难过。我需要感觉到自己是有用的。"

他讨厌无所事事，厌恶休息和睡眠时刻。他的妻子和孩子们始终生活在24小时有人轮班警卫的一所房子里。而他，每月在汽车里听着布鲁斯或者古典音乐，行驶8000公里，偶尔也坐飞机前往德国指挥对于杜伊斯堡屠杀案的侦查，或者前往哥伦比亚和加拿大处理对于某个贩毒大鳄侦查中的棘手案情。在相隔15年之后，他又把自己在从事检察官生涯之初逮捕的那些人的儿子或者侄子投入了监狱。这是"恩德朗盖塔"帮及其家族结构的无法改变的结果："每个'恩德朗盖塔'帮成员大约有六个儿子，儿子们每人又将生六个……"

每当发怒时，格拉泰里就控制不住自己声音上升八度，但在雷吉奥的司法大楼里，他必须学会低声说话。即使在巴勒莫的乌恰尔多纳监狱里，人们也知道海峡彼岸发生的事情，而且在接待室里热烈议论，仿佛置身沙龙里一样。一个探监者问一个坐牢的老大说：

"你知道他们在格拉泰里那儿又发现了一个告密者吗？"

"知道，是那个法官安插在他身边的。"另一个答道。

这个监狱的良好环境使人不禁回想起"我们的事业"帮鼎盛时代的巴勒莫的所谓"毒药宫"。乔瓦尼·法尔科内和罗科·齐尼奇法官即使隐居在作为他们生活场所的地堡办公室里，每当要谈论什么重要的情况时，也大多选择在电梯里简单交谈几句。黑手党永远到处布满眼线。所以，2010年7月13日的反"恩德朗盖塔"帮的非常行动前好多天，这个黑帮已经戒备森严。一个秘密机构的人员煞费苦心地给一个黑帮老大打电话说：

"米兰将会出乱子。他们有窃听记录，有录像。会有大乱子。"

尽管如此，从南到北有 300 人受到传讯，特别是在已经变成"恩德朗盖塔"帮经济中心的伦巴第大区首府。值得庆幸的是黑手党为朱塞佩·皮涅托内检察官准备的是一个古怪的礼物：放在他办公室墙根下的一个反坦克火箭筒。自他从巴勒莫来到这儿之后，这个检察院院长立即对"恩德朗盖塔"帮的黑道资产阶级宣战。在 2009 年 10 月至 2010 年 2 月期间，四个忏悔者开始招供，这是极其罕见的事情。雷吉奥城犹如一座浓烟滚滚的火山。

在此之前，人们始终认为卡拉布里亚的这条七头蛇不同于"我们的事业"帮，是一个由无数独立的家族组成的严格横向组织。2009 年夏季的这一天，警察在离圣卢卡不远的西德尔诺商业中心的一间地下室洗衣房里突然听到有人在低声议论。其中有两个人来自安大略，正在谈论一个叫做"克里米内"的神秘组织，这是警察们从监听器里第一次听到的名称，看来是"恩德朗盖塔"帮的"政府"——一个保证它的统一性、解决重大争议和批准在国外选举的头目的机构。领导这个机构的是每年在著名的波尔西圣母节——卡拉布里亚的信徒和"恩德朗盖塔"帮分子的圣母节——庆典上选出的一个精神权威，称作"克里米内首领"。

一个月后，2009 年 9 月 1 日，侦查员们激动得全身发抖，在他们的超强摄像机镜头后面目睹了新"首领"登基的场面。从圣卢卡村出发,必须步行五个小时,在号称山羊和野猪王国的阿斯普罗山的森林里穿行,才能到达深谷里的波尔西修道院。这天夜里,上千人在幽幽微光中涌动,围成圆圈,使劲晃动着沉醉于他们的奥秘中的脑袋,想象着正在进行中的大典。在一些跳动的画面上,侦查员们发现了从来没有见到过的场景:黑手党的一个最高层会议,以及他们的密码和秘密手势。从来没有过一个画面提供过卡拉布里亚雷吉奥、艾奥尼亚海岸地区、第勒尼安海岸地区、澳大利亚和加拿大的大头目参加的年度最高会议的证据。人们以贴面礼拥抱新"国王"——80岁的多米尼科·奥裴迪萨诺。他刚刚当选,接替安东尼奥·佩勒·加姆巴查。他明显比自己的前任知名度低,但这无关紧要,因为他得到大家的尊敬。他坚信自己能够胜任神殿守护神的角色。后来,他很恼火地对他那多少有点不服气的侄子皮埃特罗解释道:

"如果我不点头同意,那么无论哪个人都将一事无成……明白了吗?"

因此,在 2010 年 7 月 13 日这一天,他被逮捕了。全世界都看到了戴着手铐坐在警车里的这个老人的面孔,他无可奈何地眼见自己的权力无声无息地随风而去……

在更早一些时候的 1993 年,尼古拉·格拉泰里从一个忏悔者的口中得知,针对他的一个谋杀活动正在准备之中。三年后,他看见艾奥尼亚海岸旁罗克里的一间破屋的墙上赫然涂着这样的口号："格拉泰里，你死定了。"一个议员甚至出钱在当地的报纸上发表文章，要求这个检察官因"环境的不相容"而调职！后来事过境迁。2005年，监听到牢房里的两个黑手党分子在议论如何用新的最好的方式来除掉他。其中的一个人说：

"格拉泰里毁掉了我们。"

几天后，在焦亚·塔乌罗发现了一个兵工厂，那些火箭筒和包装得很漂亮的塑性炸药引起他的注意。在卡拉布里亚，威胁从来没有解除过。这个检察官有点心灰意懒地说：

"父亲去世时，我甚至不能去参加葬礼……"但他立即又振作起来："在生活中，没有任何东西不需要付出代价，而为了一个信念，我们可以忍受一切，一切为了唯一的一个信念。"

有人在敲门。他的视线机械地转向安放在他办公室右侧的监视器屏幕。他们如何与恐惧为伴生活？他颇为克制地说：

"有时候这就像嘴里含着一个苦果。要么根本不去想。"

这使得这些习惯于紧张而很快就能适应这种压力的人长期离开了正常生活的此岸。然而，准确地说，在这片平静的土地上，正常的生活又是什么？是一种放任一切的生活吗？他们宁肯把希望寄托在时时上街游行的这些青年身上。他们到中学和大学里去同青年们交谈。尼古拉·格拉泰里微笑着说：

"我将自己的假期奉献给学生们。我试着让我们的孩子们懂得,即使在'恩德朗盖塔'帮里也有苦力。如果你不是黑帮老大的儿子,就永远是一个'小人物'、一个小兵。而且,就算你奔波十来年去贩运可卡因,可以夜里有女人和香槟陪你享乐,但终有一天你将以坐牢结束。到那时,你的妻子将同小家伙们独守空房,靠服用抗抑郁药物度日。"

通过潜移默化,公民意识觉醒的成果初显端倪。几个讨论法制的会议在雷吉奥举行,这是一件以往不可设想的事情。2010年,三个商人揭发了黑手党敲诈勒索的罪恶活动。是的,只有三个人揭发,但两年前没有一个人敢于揭发。在唐·路易吉·齐奥蒂的自由联合会启发下张贴的那些不干胶条标语迟早将会在起而反抗敲诈勒索的商店的橱窗里开花结果,从而促进"批判性消费",就像在整个西西里一样。这是迈向前所未有的法制,迈向不可设想的、尚不稳定的自由的第一步,即便是很小的一步。也许终有一天像在巴勒莫那样,在逮捕一个黑手党老大之后,大街小巷将会响彻兴高采烈的欢呼,而不再是鸣放反对警察的礼花。也许,这一天终会到来。

有一个人坐在罗马一家大啤酒店的露座上,顺着自己的回忆线索默思着。他一支接着一支抽烟,说话好像一个间歇泉,随即陷入了沉默。他名叫阿尔封索·萨贝拉,是罗马的刑事法官。今天,他不再审理黑手党的案子。但是，只要一天办过这样的案子，你就终生难以摆脱。在 1990 年代的巴勒莫，他是意大利保护最严密的检察机关吉安·卡罗·卡塞利侦查"联营"的最年轻的法官。那是充满焦虑的地狱般的日子。尖叫的警笛声、报纸头版耸人听闻的标题新闻，搅得人永无宁日。即使在自己家里，所有的窗户也都用沙袋堵得严严实实，来挡住枪弹扫射。萨贝拉就这样犹如在笼子里度过了那些岁月。他对消灭"我们的事业"帮的军事组织，捕获包括黑手党老大列奥卢卡·巴加雷拉在内的几十个黑手党分子建功甚伟。他作为必须冷静应对忏悔坦白陈述的书记员，反复审问过杀害法尔科内法官的凶手布鲁斯卡 80 次左右。他追踪潜逃犯们的情感生活，在悔过自新的忏悔者皮埃特罗·罗密欧的指认下查勘了"我们的事业"帮分子用绳子或者铁索勒死敌人的死刑房，以及将尸体浸入一种乳白色液体中三四小时消融的一个实验室。

当这个法官回到佛罗伦萨和罗马时，他必须从仿佛与世隔绝的状态中恢复过来，重新学会生活。他喃喃地说：

"这时我才发现自己以往过的不是正常生活——11 个贴身保镖轮班保护我。这迫使我多少年来除了法官、警察、武警和记者不能拜访任何一个普通的人。刚回来不久，在这儿我遇见了一个眼科大夫、一个汽车经销商……我过去忘记了这一切。"

突然独自在一个大城市中行走，萨贝拉开始用另一种眼光来审视自己的过去。在巴勒莫，当有人问他是否恐惧时，他毫不思索地立刻回答说"不"。对此，他现在评论说：

"事实上，我对恐惧已经习以为常，所以不再去想了。死亡是很普通的事情，就像睡觉或者吃饭一样。"

他已经永远离开了那个世界，但随之而来的是依然噬咬着他的内疚。一次惨痛的失败使得他在巴勒莫"联营"行使神圣职责的许多功勋"蒙上了"悲伤的阴影。那是一个极其悲惨的死亡事件：被"我们的事业"帮绑架779天的人质小朱塞佩·狄马特奥于1996年1月11日那个严寒的冬夜里惨遭杀害。这个罪恶事件使整个意大利大惊失色。阿尔封索·萨贝拉谈到此事恍如昨日：

"我不断想到这个事件，试着设想这个13岁的孩子的焦虑、他的种种想法。这使我彻夜难眠……"

朱塞佩·狄马特奥是一个聪明和敏感的少年，对马术情有独钟。如果他不是"我们的事业"帮的一个所谓义士的儿子，或许会成为马术冠军。他的父亲桑蒂诺·狄马特奥是"我们的事业"帮义士，于1993年被捕，而且不幸忏悔自新了。桑蒂诺第一个揭开了暗杀法尔科内法官的黑幕，把包括系列杀手乔瓦尼·布鲁斯卡在内的卡拉布里亚的半打黑帮大佬送上了法庭。为了进行报复，黑手党决定绑架他儿子。

布鲁斯卡一走出黑手党最高决策会议会场，就着手推演行动方案:"我们并不立即把他杀了,而是要迫使他父亲翻供。"布鲁斯卡亲眼看见这个孩子呱呱坠地,曾经抱他坐在自己的膝盖上,带他一起玩过许多次……1993 年 11 月 23 日这一天,少年朱塞佩在维拉巴特驯马场上马术课时,看见几个穿着警察制服的全副武装的人来到那里。他们对他说道:

"你是狄马特奥的儿子?我们是保安处的,带你去见你父亲。"

小家伙高兴得直跺脚。这是一场苦难的开始,两年多的时间,他被囚禁在阴冷潮湿的地堡的地下囚室里,一根绳子把他拴在墙上的一个铁环上,而每次转移囚禁地点时,头上都被蒙着套筒帽,然后被塞进汽车后备厢里。

绑架者们同他们称为"小狗"、"杂种儿子"的这个少年只通过写纸条进行交流,唯恐他一旦获得自由后辨认出他们说话的声音。他们一再告诉他,他之所以被囚禁,全在于他父亲之罪。他也许开始恨他的父亲。他的头发越长越长,没有人给他剪发,他再也见不到阳光,呼吸不到清新的空气。他像一个史前人,衰弱得不再有力气进行任何反抗。最后一次,他们把他转移到布鲁斯卡的地盘圣朱塞佩·加托附近的一所房子里,那儿刚刚修建好了一个囚禁他的地堡。房里的地板有着魔幻装置,可以通过遥控的水压活塞下沉。地下,有一间狭窄的小屋,那便是小朱塞佩的囚室和坟墓。

1996 年 1 月 11 日,黑手党上层在午餐会上讨论与囚禁这个孩子相关的问题和风险。他变成了一个名副其实的烫手山芋,即使在"我们的事业"帮内部也有许多人不赞成这样做,但他们良好的对话氛围突然被打断。电视新闻报道,布鲁斯卡因谋杀税务官员伊格纳齐奥·萨尔沃被缺席判处终身监禁。狄马特奥的父亲与此没有任何瓜葛,但这是点爆布鲁斯卡的一个火花。他感到心底深处升腾起沸腾的熔浆,他命令自己的一个手下:

"你去清理掉那条小狗。"

三个看守立即去寻找大桶和硝镪水,备好必要的器材放在朱塞佩囚室的门口。他们走进了囚室。看守头目温钦佐·吉奥多大吼道:

"转过身去,对着墙壁!"

在他的两个同伙摁住孩子的肩膀同时,他在孩子的脖子上套上了一根绞索,他勒绞索的力量如此之猛,朱塞佩不由得翻倒在地。孩子翻眼扫了一下牢房,他不再有半点力气去挣扎呼吸,顺从地离开了人世。吉奥多后来说:"我们谈到了黄油。"另一个看守回忆说,他看见两行泪水从孩子的眼角滚落下来,他完成了生与死永恒的转化。这个年仅 15 岁的少年除了倾倒在田野上的硝镪水微粒,尸骨无存。他是侦查员们记忆中的一个永远流血的伤口。萨贝拉说道:

"第二天,也就是 1996 年 1 月 12 日早晨,我们闯进布鲁斯卡在博尔高·莫拉拉的住宅。了无布鲁斯卡踪影,但种种迹象表明他刚从这儿离开。直至今天,我心里依然感受到这种痛苦。如果我们早一点干预,也许我们就能抓到布鲁斯卡,救出朱塞佩……"

事实上,几天前,一个忏悔者向法官供出了这个杀手的地址。1月7日,他曾经陪同此人一起来到这栋住宅——一个富有异国情调的花园环绕着的一栋豪华建筑面前。萨贝拉仿佛突然回到了15年前的场景,目光游移地一再重复道:

"怎么办?冒险孤注一掷,闯进去,还是更谨慎一点,耐心等待?"

最后,他推迟了行动,而少年狄马特奥就在四天后遇害了。萨贝拉试图宽慰自己说:

"不过,即使那时抓住了布鲁斯卡,他的手下也会把那个孩子杀掉,因为布鲁斯卡下了命令,一旦自己被捕,就动手……"

小朱塞佩的故事使这个法官如此沉痛而不能忘怀,以致有一天在已经听过另外三次证词之后,再审问布鲁斯卡的兄弟恩佐关于那场谋杀的经过,在谈及准备硝镪水桶的环节时,他打断了恩佐的陈述。他问恩佐他的陈述是否与其他两次证词有很大不同。恩佐回答说:"没有。"于是,他要求恩佐保留到刑事审判庭上再讲。他说道:

"我不能再听这段陈述了。"

他们终于在几个月之后——1996年5月20日将朱塞佩和法尔科内法官的掘墓人——最后一个科尔莱翁内黑帮分子逮捕归案。在警察局里，迎接他的是愤怒得近乎歇斯底里的人群，他们大声喊道：

"杀人犯！！！杀人犯！！！"

萨贝拉没有放过他，现在必须迫使他与警方合作。布鲁斯卡现年40岁，等待他的将是终身监禁的前景。他在倒戈之前没有犹豫多久。1996年5月23日，萨贝拉正坐在自己的打击黑手党办公室里。下午5点，电话响起来了。监狱发来了紧急通报。在电话线的另一端，拉戈萨上校放开了他那男中音的嗓门说道：

"博士，孩子需要爱。"

很显然，布鲁斯卡决定开口招供。从他在小山坡上摁下遥控器杀死法尔科内法官那一刻算起，过去了整整四年。一小时又一小时，一天又一天，整整四个年头。

萨贝拉在自己的脑海里成千次反复想着如何进行这场审讯。他问自己怎么能同那只黑手相握。当他与布鲁斯卡会面时，发现这个恶棍的胡子已经变得多少有些稀疏，但依然十分傲慢无理。仿佛他准备合作是对于站在他面前的法官的恩赐。经过第一次接触——第一次"厌恶"的感觉之后，萨贝拉随即一次又一次地连续去见他，总计不下数十次。布鲁斯卡困兽犹斗，是一个极其狡猾的畜生，总想诱导法官们走上弯路。萨贝拉回忆说：

"他有着令人难以置信的灵敏嗅觉。迫使他认真合作的唯一办法就是不露声色,让他永远猜不透问题的靶向。"

经过多年的侦查、紧张工作和牺牲,终于迫使一个黑手党忏悔者勒格拉亚尔开口招供。此人是唯一能够从内部揭露黑手党组织结构、不留尸骨的杀人勾当,或许还有国家秘密本身的黑手党徒。这种工作既不属于告解,也不属于疗法。国家打击黑手党总局的法官莫里齐奥·德鲁西亚总结道:

"我们同他签订了一个协议。我们期待忏悔者成为打击黑手党的一员,感情因素不能成为障碍。必须比这些人更加冷静,尽管他们曾经杀过许多人甚至往往包括我们的同事在内。"

在这个上帝与魔鬼共舞、道德沦丧、善恶不分的世界里,这些国家公务员恪尽职守,忠实地履行了自己的义务。

女人，女人……

黑手党造就了她们的命运。合伙犯罪的女人，多情的女人，司法机关的女人，成为老大而比男人更加心狠手辣的女人。从那不勒斯到帕尔米，从卡拉布里亚雷吉奥到科尔莱翁内，在枪林弹雨和激情之火的洗礼中，她们的故事孕育着希望或者悲剧。

丽塔的选择

她刚刚用锤子砸碎了自己女儿的墓。她不再有眼泪,不再喊叫,手里拿着一把锤子,以及年轻女儿的照片。那是一张镶嵌在大理石墓碑上的照片,而今墓碑已经被她砸成千百个碎片,踩在脚下。

她的嘴唇静静地蠕动着。乔瓦娜·卡诺瓦紧紧握着拳头,血管几乎爆裂。丽塔不再有坟墓,不再有容貌。丽塔不再存在。她不再折磨可怜的母亲。

"夫人!"乔瓦娜猛然抬起头来。她看见公墓看管人挥舞着手臂向她跑来。她把锤子放进自己的包里,迈步向出口走去,用一种疯狂的声音大吼道:

"任何人都无权将这张照片放在这儿!谁也不能!"

丽塔是去年走的。1991年11月的这一天,她乘坐公交车去上学，却再也没有回到帕尔坦纳——西西里西部的丘陵和黑手党之乡。焦虑不安得死去活来的乔瓦娜，早就知道想同司法机关合作的女儿的选择。因此，她开始用作为母亲的全部爱来憎恨。

丽塔是一个敏感、聪明、脾气倔犟的少女，曾把自己的父亲和哥哥视为英雄。她的父亲维托·阿特里亚是地区的黑手党小头目。1985年11月18日这一天，当她俯身伏在父亲被子弹穿透的尸体上时，丽塔只有12岁。一个手指浸透鲜血的小姑娘木然坐在排水沟里。一个小姑娘被报仇的吼叫声浪包围着。丽塔看见女人们睁大了狂野的眼睛仰望天空，完全不懂周围所发生的这一切。于是，她把自己需要的爱全部寄托在哥哥尼古拉身上。尼古拉已经被卷进了走私、贩毒、大马力摩托车飙车党和仇杀的勾当，但她把他视若神明。而他，把她怀抱在自己的粗壮的手臂里，教她学会生活，把她当做亲密的女友一样向她吐露最重大的秘密。这些秘密既令她兴奋，也引她指责。他悄悄地告诉她是谁杀害了他们的父亲，又是谁在这个地方发号施令，还有谁、谁、谁……长到15岁时，丽塔已经有了太多太多的生活经验，她的生活在开始之前就枯萎了。当她与像她一样的一个本乡青年卡洛杰罗一见钟情时，自以为从此可以有无忧无虑的快乐生活。她摆弄着自己的浓密的栗色卷发，向着生活微笑，但好景不长。1991年6月24日，她所崇拜的哥哥尼古拉在一场敌对家族间混战的枪林弹雨中倒下了。她看到哥哥的灵柩渐渐远去，就像看到时日正在泯灭。从此，她知道，上帝并不住在帕尔坦纳。

于是，她的嫂子，尼古拉的妻子皮埃拉·阿耶罗决定打破最后的禁忌，向司法部门申诉。她揭发了罪魁祸首，使许多人锒铛入狱。她连累家族蒙受了耻辱。卡洛杰罗不再要忏悔者的这个小姑子丽塔当未婚妻。滚开，丽塔！滚开！她母亲乞求她道：

"丽塔，你别掺和这事，别做蠢事……"

然而，丽塔始终像野地里的一团磷火，充满疑问和渴望，而且这些疑问和渴望越来越紧，让她揪心。在她周围，所有的人都学会了忍辱负重地生活，既不恐惧，也不反抗。但她呢？她为了谁而顺从？为了不吐露真情？为了逃避？在皮埃拉揭发四个月之后的11月初，丽塔跨出了飞跃般的重大步伐。她也行动起来，去见保罗·波尔塞林诺法官。她并不知道这个法官已经成为打击黑手党的一个传奇人物。她一无所知，但她又知道一切。

波尔塞林诺法官带着亲切的微笑接见了她，用很简单的语言同她交谈，而她向他和盘托出了自己的父亲、兄长和生活教会她的一切。她追述了父亲的朋友们与政客们、当地的权势人物之间的关系。他们不再打断她的话。她滔滔不绝地讲着，犹如正在涨潮的江水。他们用一个假名将她隐藏在罗马，她再也见不到自己的母亲。母亲已经不认这个女儿，大喊大叫着说，只要她回家就会扇她耳光。1992年1月15

日，乔瓦娜·卡诺瓦给波尔塞林诺法官写了一封信。在写得密密麻麻的长达四页的这封信里，她请求法官"还"她女儿。法官多次建议她来同她的丽塔一起生活，但她始终拒绝。而丽塔在这个世界上只有这个人——伟大的波尔塞林诺可以依靠。

但这个法官在1992年5月的这些日子里，已经不再是原来的样子。他的挚友乔瓦尼·法尔科内刚被暗杀。他前往现场，亲眼目睹法尔科内躺在被炸得像开了膛一样的高速公路车道上的一堆炽热的钢铁碎片中间。他认不出自己的这个朋友了。而他依然每天早晨8点准时来到他的办公室，怀着自己的信念，还有那一支接一支不断点燃的登喜路香烟。

1992年7月19日这个星期天，波尔塞林诺法官前往阿梅里奥大街看望他的母亲。将近下午5点钟，停在楼下的一辆装着炸药的汽车爆炸了。波尔塞林诺在法尔科内被杀后57天也死于非命。几小时前，在一个午餐会上，他以极低的声音对一个朋友吐露道：

"上星期一，为我准备的TNT炸药已经运到……"

他早已料到。他在等待着这一天。意大利为自己的英雄痛哭，但当时没有人知道他身后留下了一个隐藏在罗马的孤苦伶仃和难以慰藉的少女。

丽塔在电视里得知了新闻。一连几个小时，她目光呆滞地看着循环播放的屠杀画面。她才18岁，那正是梦醒和充满活力的年龄，但她已经濒临死亡。她在自己的心底里吼叫着。她失去了母亲，失去了父亲，失去了哥哥，也失去了唯一能够始终静听她倾诉的这个善良的法官。从她的房间里，可以感觉到城市的喧嚣、人行道上人们爆发出的笑声，也许这就是对她赴死时刻的回应。1992年7月26日，波尔塞林诺死后整一个星期，在同一个钟点，她从自己居住的大楼的第八层纵身跳下。她同这个法官——她的希望、生与死的理由会合了。

11月的这一天，下午2点刚过。帕尔坦纳的这个小小的社区公墓冷冷清清。乔瓦娜·卡诺瓦手里拿着一束鲜花在林荫道上向前走去。她移动着细小的步子，走向埋葬丽塔和尼古拉的坟墓。她悄悄地看了看自己后边、右边和左边。随即用快如闪电般的动作，打开包，从里面拿出一把锤子，怒不可遏地抡起锤子便砸，一下又一下砸向丽塔的大理石头像，那是她的女儿、她的心头肉、她的背叛者。她喘着气，筋疲力尽地停了下来。地上只剩下她女儿选定的墓志铭"真理永生"的碎片。

妮内塔眼里的爱情

她既是老大的妻子，又是老大的妹妹。安东尼娜·巴加雷拉别名妮内塔,是"我们的事业"帮的"王中之王"、80岁的托托·李纳的妻子。正是这个李纳,下令谋杀罗科·齐尼奇、乔瓦尼·法尔科内、保罗·波尔塞林诺法官、达拉·齐耶萨将军,制造了1993年的罗马、佛罗伦萨和米兰的炸弹爆炸案。她也是黑手党最残忍的杀手之一列奥卢卡·巴加雷拉的妹妹。

托托·李纳和妮内塔·巴加雷拉于1974年4月16日秘密举行婚礼,当时李纳正在潜逃期间。没有一个人找到他们举行婚礼的教堂。九个月后,妮内塔在他们平静地生活了多年的巴勒莫的一家最阔气的医院里生了四个孩子中的老大——一个女儿。1993年,教父李纳被捕。妮内塔回到了他们在西西里的老家——科尔莱翁内村。她始终生活在那里。李纳诸罪并罚,被判处12倍的无期徒刑。而他,在铁窗后面反复自言自语地应声说"是",表示认罪。

1971年7月27日,记者马里奥·弗朗切塞在巴勒莫法院与妮内塔会面,为《西西里日报》进行妮内塔后来永远拒绝的独家采访。年轻的小学教师妮内塔是一个漂亮的女人,身穿一件颜色鲜艳的花连衣裙,棕色的头发淡而无华,黑色的大眼睛很亮,显得十分自信。妮内塔与他谈了她的托托——她的生命中的男人。马里奥·弗朗切塞在八年后的1979年被杀,是李纳下令这样干的。

妮内塔对这个记者说道:

"我选择他,首先是因为我爱他,有许多东西是爱情并不看重的。再者是因为我敬重他和信任他。我爱李纳,因为在我看来他是无辜的。尽管有年龄上的差距,我当时27岁,他41岁,但我爱他。我爱他,因为巴里重罪法庭告诉我,萨尔瓦托雷·李纳尽管完全罪有应得,自己的双手却没有被鲜血玷污。

大家对我有恶评,那是因为我身为一名教师,却爱上了像他这样的一个男人。我是在1950年代认识他的。当时在科尔莱翁内,发生了许多事情,牵涉许多家庭,包括我的家庭和李纳的家庭在内。我小时候的气氛就是这样,是一种悲哀的环境,仿佛科尔莱翁内的整条斯科尔索内街只有一个武警兵营存在。大家自小就认识萨尔瓦托雷。我早就觉得自己爱他。难道我不是一个女人?我没有权利爱一个男人和遵循自然规律吗?"

法官的女儿——罗萨娜

卡拉布里亚夺走了她的父亲,包庇杀人凶手,劫掠了她的童年。多少年来,罗萨娜不能重返卡拉布里亚,甚至不能谈论这个城市。她把一切封闭在她的忧郁的眼底深处,她看待这片土地如同人们看待癫狂和毁灭。她在远离这片土地的罗马学习文学,这不啻是一种流亡。她长大了,卡拉布里亚逐渐又浮现在她脑际。

罗萨娜是一个美好的故事。她是尊严和怯弱的混合,也是最后的宽恕和悲愤的混合。2007年,她为父亲在罗马的斯克罗法大街建立了一个基金会,此时她正站在基金会墙上张贴的父亲的巨幅像下用精练的语言讲话。她与父亲很像。她的父亲,斯科佩里蒂法官曾以她为自豪。

除她之外,所有人都忘记了斯科佩里蒂法官是何许人。然而,这位法官并非是无足轻重的人物,在他的职业生涯的巅峰时期,曾经担任过最高检察院的代理总检察长。他必须在"超常大案"——他的朋友法尔科内法官预审的"我们的事业"帮第一大案中代表政府。正是他在最高检察院批准了使得"王中之王"托托·李纳及其恶魔集团如此恼怒的判决。斯科佩里蒂法官与其他人相反,不是一个"扼杀判决"的法官。

这是在1991年8月9日的一个酷暑天发生的事情。安东尼奥·斯科佩里蒂在他出生的卡拉布里亚的卡拉布洛浴场的一个小村里度假,很高兴能在那里重温没有贴身保镖跟着的时光,忘记一切,沐浴在阳光下。他不喜欢保镖,他说这只是社会地位强加于他的束缚。但是,许多天来,他感到紧张。据一些证词陈述,他发觉有人跟踪自己。这些证词还陈述,8月9日的这个美好的早晨,他在海上看见一个可疑的包裹,于是他浮出水面,大声喊着爬上海滩："快去查看一下！是个炸弹！是针对我的炸弹！"

但回到家里，他闭口不谈自己的焦虑，他也不谈工作。这一天的下午，当17时30分左右枪声响起时，这位法官正独自驾车前行。轿车在堤岸上歪歪扭扭前冲了一段，跌入海堤的一个陡坡。杀手们用38毫米口径的手枪补上致命的最后一枪，作为他们犯罪的标记。罗萨娜和母亲从电视新闻中得知了这个消息。

当时，这个小姑娘只有七岁，但她什么也没有忘记。她记得播报卡拉布洛浴场伏击事件的女播音员的头像。她回头看到了晕倒的母亲。她不理解，心里有一连串的疑问。她的世界倒塌了。难道父亲真的并非是英雄？难道真像他所说的那样，他不能战胜"罪犯们"？这个年轻女人低声说：

"我花了很长时间才接受现实。黑手党夺走了我的父亲，也夺走了我的母亲。从那一天起，母亲无论是说话、走路或者同我玩耍的方式都不再是原来的样子。黑手党夺走了我对于这片土地的爱，那是我那样爱的祖父母的老家。"

在父亲被暗杀的第二天，举行了国葬。到场的有各界人士和官员，还有一个从海峡彼岸的西西里赶来为朋友送葬的人，那就是法尔科内法官。他面无表情地对罗萨娜的叔叔说了几个字：

"我将是你们最亲近的人。"

但实际上他也只活了不到一年。他的死在意大利人的眼里是值得封圣的，而斯科佩里蒂的死已经被遗忘。罗萨娜喃喃地说：

"我的父亲 8 月 9 日遇害，到 8 月 15 日已经不再有人谈论这件事了。对他被害，大家似乎很淡漠。"

所以，20 年后凶手们依然逍遥法外。无论是策划者，还是受命执行者，都没有受到法办。没有任何下文，没有任何人被追究。实际上，大家都很清楚，这桩罪案是在"我们的事业"帮要求下，由"恩德朗盖塔"帮一手策划的。然而，西西里的教父托托·李纳虽然被判有罪，随即却又无罪开释。罗萨娜目光凝重地一字一句说道：

"案子至今没有解决，其中有很多疑点。一个法官不能为自己被杀得到申雪，还以正义，岂不荒谬？"

一个国家公务员被两度当做牺牲品。一个女孩在失去了英雄父亲后独自成长，知道父亲永远再也听不见她弹奏钢琴。在学校里，老师们知道她是突然遇害的法官的女儿。她勉为其难地回答各种问题。现在她成长为心里始终保守着自己秘密的年轻的女人。

一天，在电视机前，她确信看到她父亲遇害的情景重演了。那是在 2005 年，卡拉布里亚震惊了。"恩德朗盖塔"帮在艾奥尼亚海岸旁的一个小镇罗克里刚刚暗杀了一个政治家、大区副主席弗朗切斯科·福尔图尼奥，但他的被害终于得到了补偿。罗萨娜十分惊讶地发现，在葬礼上，怒不可遏的罗克里青年涌上街头，对着摄像机镜头展开一条横幅，上面写着："有种就杀了我们所有人！"随着许许多多这样的悼词开始了声势浩大的打击黑手党运动。不能再守口如瓶，不能再忍气吞声！为首的是一个名叫阿尔多·裴柯拉的大学生，他后来成为这个运动的主席并鼓动罗萨娜走出她自我囚禁的牢笼：

"让大家见到你！到这儿来吧！"

她小心翼翼地重又踏上了卡拉布里亚的土地，不再只是为了到墓地献花。

2006年，她第一次在一个讲台上公开谈到了自己的父亲。当提到斯科佩里蒂法官的名字时，她听到响起了热烈的掌声。她不由得心潮澎湃，她说道：

"我逐渐重又信任卡拉布里亚和卡拉布里亚人，决定投身于这些青年的行列。"

这样做是为了恢复黑手党的所有受害者的本来面目，为了她将月月见到的学校的孩子们，为了跟随今天走上雷吉奥的大街那些青年表达自己的意愿。"五年来，从来没见到过有人这样做，而各种报纸甚至连'恩德朗盖塔'帮的名字也不敢提。"

斯科佩里蒂的女儿一扫自己的怯弱，登上了讲台，紧握话筒。为了隐藏夺眶而出的泪水，她的母亲独自站在一个角落里听着她演讲。她从女儿的身上重又看到了丈夫，又从丈夫的身上看到了女儿。有人走过来在她耳边悄声说：

"告诉你女儿别管闲事，回到大学里去……"

但是，她鼓励罗萨娜今天带着灿烂的微笑说，卡拉布里亚成为了她的故乡，她的战场不再在罗马，而是在这儿，在雷吉奥，在炸弹炸飞过法官家里大门的这片土地上。应该是在这儿纪念一个依然关爱小女儿的生活的父亲。

卡莫拉女神

另一些地方的另一些女人选择了练瑜伽，熬药茶或者购物。长期以来，埃尔米妮亚·朱利亚诺每当心烦之时总是抛出同一句话：

"我要开枪杀人！"

这个号称"大姐大"的女人注定除了警察，永远找不到可以安身立命、托付终身的广阔世界。

她的命运注定同福尔切拉联系在一起，那是那不勒斯市中心主教堂阴影下的一个城堡形小区。在小巷交叉的迷宫里，在花边一样的彩虹下，随处可见身穿黑色服装的老年妇女像雕像一样伫立着，守卫她们身后的走私烟摊。她们只有在警察下岗后，做大生意的机会降临时才活跃起来。只要警察一出现，为了掩护她们的孩子逃跑，这些寡妇就立即变成凶悍的泼妇，紧盯警察的脚步，不断大声咒骂，脏话像肥皂水一样从嘴边流淌出来。

卡莫拉始终比其他黑帮驯养更多的母老虎。不同于巴勒莫或者卡拉布里亚雷吉奥，女人在这儿像男人一样大权在握。那不勒斯的打击黑手党代理检察长谢尔吉奥·阿马托强调说：

"那不勒斯的黑手党不是一个像'我们的事业'帮那样的金字塔形组织，也不是一个像'恩德朗盖塔'帮那样结构严密的联合体。它毋宁说是一种家族的混杂组合。"

因此，埃尔米妮亚·朱利亚诺是一个长期传统的继承者。在她之前，其他一些女人已经做得即使不能说比她们的兄弟和祖辈更好，也至少可以说毫不逊色。从普佩塔·马莱斯卡开始，一直延续至今。这个大姐大始祖第一人在1950年代因为在那不勒斯火车站附近的一家酒吧中灭了一个冷血的男人而名噪一时。15颗子弹射向餐吧。当时，普佩塔才16岁，已经怀孕6个月。这是名副其实的传奇故事。外号"黑寡妇"的安娜·马查也是这样。她统治那不勒斯郊区的小城阿弗拉高拉达20年之久，是警方以只适用于最危险的黑手党要犯的41号监管制度加以双重严密看守的第一个女人。在她之后，还有号称"教母"的玛丽娅·黎齐耶尔蒂——势力强大的塞孔蒂利亚诺联盟的头目。2005年夏天，当她的丈夫因轻微犯罪被传讯时，她睡在了牢房里。第二天，《早报》出现了颇为少见的大字标题《"大姐大"丈夫被捕》……

最初,埃尔米妮亚只是外号"国王"的福尔切拉老教父路易吉的妹妹。朱利亚诺家里有11个孩子,6个兄弟、5个姐妹,在1970年代通过从走私香烟到拉皮条、从敲诈勒索到绑架劫持的非法勾当,摆脱了贫困。家族的名声只有在飞黄腾达和发财的方法有效实施之后才能取得。路易吉和他的兄弟们就像是从维斯康蒂的一部电影中脱胎出来的一样,所有的姑娘都甘愿为他们入地狱。对于他本人,姑娘们更是趋之若鹜。每当"国王"走上和平大道的住宅阳台,向行人抛去微笑和飞吻时,男人们弯腰致敬,而少女们被迷得几乎晕倒。这样的媚态让埃尔米妮亚感到恶心。受宠若惊的发情母鹿的咯咯媚笑,确实不是她的风格。她将炫耀自己的淡金黄色的头发和隐藏在浓妆的眼睑下的无赖式的目光作为一种挑战。在这个地区,大家都称她"天使"。这是因为她像路易吉一样,长着一双湛蓝的眼睛,也因为她送那些讨厌的人取道死刑房"回老家"的特长。

一张赫赫有名的照片足以说明朱利亚诺家族在1980年代的绝对权力。那不勒斯的主保圣人迭戈·马拉多纳以其天才刚刚为这里的贫苦大众赢得了意大利足球甲级联赛冠军的称号,拍了一张手拿冠军杯趾高气扬地躺在一个巨大的贝壳形的浴缸里作乐的照片。这张照片的底片就放在路易吉的一个兄弟克里米内·朱利亚诺的房间里。在那个时代，朱利亚诺家族大规模投资贩毒和赌球。在这两个台面上，这位阿根廷朋友都亲自出马。克里米内后来承认道：

"为了可卡因，无论什么他都干，包括自毁那不勒斯队。"

路易吉本人两度入狱，喜欢坐着顶级超长轿车出行，随行护卫的是乘坐一辆"兰西亚三角洲"豪华敞篷车的多名随时准备拔枪扫射的贴身保镖。"国王"是一个感情充沛的人，还尝试写诗，发表了一部题为《痛苦的樱桃》的诗集。一天，他教埃尔米妮亚如何睁大眼睛对准阳光，据说这是为了练习在敌手面前目光直视，永不畏缩。

这个家族还有一个最小的儿子，名叫拉斐尔。拉斐尔以患有循环精神病症和离奇的遁逃术而名闻全城。每当武警坐着卡车到来，封锁这个区域的迷宫一般的街道的所有出口时，他总是能够驾轻就熟地从下水道脱身。他最终把妻子从阳台上扔了下来，并非是为了试验某种新的遁逃术，而是因为吸了过量的可卡因。被武警抓走后，量刑很重。正是他后来成为朱利亚诺兄弟中第一个背叛家族的人。第一个，确实如此，因为在随后的轮番逮捕中，福尔切拉的英雄谱彻底破碎了。古里耶尔莫、克里米内，甚至"国王"路易吉本人，一个接着一个就范，与司法部门合作。

到1990年代末，朱利亚诺家族大厦已倾。围坐在饭桌上的虽然还有几个男人，但怎能让人信任他们呢？刚刚庆祝完30岁生日的"天使"埃尔米妮亚是唯一能真正驾驭他们的人。她以朱利亚诺家族的名义发誓要走出阴沟。她的王国开始建立,而且旗开得胜。在几个月当中,埃尔米妮亚恢复了地下赌场,而且着手偿还拖欠那些吓得哆嗦的赌徒的账款,用涂上能够加强烧灼感的陈年辣椒水的一把匕首捅死了一个竞争对手,开车撞进一个胆敢拒交"保护费"的玩具商的橱窗。在福尔切拉,要使生活恢复常轨,无须再有更大的动作。人们背地里厌恶她,却在公开场合向她大唱赞歌,膜拜顶礼。她穿着伞兵的豹纹军装招摇过市,蓄养着一大堆情夫,随时把他们像卸妆用的吸脂棉一样扔掉,人数之多曾创当时的最高纪录:在她那万圣庙的名单上竟有 30 个全国最严密通缉的要犯。

毫无疑问,她知道与她的兄弟们不断向警察抛出的所有这些残兵败将在一起,她的末日很快就将来临,但这不是她思考的问题。她思考的是各种史书上会重新记载,朱利亚诺是那不勒斯最强大、最受尊敬的家族之一,而不是一群懦夫软蛋、糟糠兄妹。直至最后挣扎的那一刻,她依然不放松扮演自己的生活角色。2000 年 12 月的这一天,警察在她女儿公寓里的一个活门背后的藏身处抓到了她。她像对待一群孩子那样凝视着警察,然后要求在跟他们走之前先到她的理发师那里做一次美容。走出公寓时,她比一个修道院长更加严肃地对自己的子女低声说道:

"现在,我相信你们。我教你们懂得了生活的真正价值……"

司法机关顺藤摸瓜，发现了属于这个家族的一千多万欧元的资产，其中包括房地产公司、时装店、汽车专卖店等。2006年4月19日，埃尔米妮亚·朱利亚诺作为黑手党头目被判处10年徒刑。一个时代结束了。

在波佐奥利监狱的放风时刻，福尔切拉的这个前教母依然不眨眼地凝视着太阳。对于法官，她始终只说两三句因境而异的客套话。在写给用化名在意大利北方的一个城市中重新开始生活的哥哥路易吉的几封长信中，她破口大骂叛徒，尽情表达对于他们的仇恨，因为，女人是罪恶的化身。那不勒斯的刑警队长维多利奥·皮萨尼不由得感叹道：

"在卡莫拉内部就像在所有的办公室里一样，女人应该比男人干更多的活儿……"

2009年7月的这一天，福尔切拉热得像在火炉中烧烤一样，《那不勒斯时报》的大字标题是《安东尼奥·朱利亚诺被捕》。又是一个朱利亚诺家族成员。他是埃尔米妮亚的侄子，一个20岁的孩子，家族的希望。前一天因偷窃一个游客的一块劳力士表和一个钻石手链被捕入狱。在警察面前，安东尼奥毫不松口。对，他家世显赫。不，他不记得任何事情。随后，他目光牢牢地盯着审讯员的眼睛，咬紧牙关，直至讯问结束不开口。即使维苏威火山开始喷发，他也不动声色。他是一个真正的义士，就像他的姑姑一样。

罗萨莉雅与萨维亚诺——相近与相远

意大利有三个记者在警方保护下生活：在巴勒莫的轰轰烈烈时代之后，到罗马为《快报》撰稿的利里奥·阿巴特；在那不勒斯的卡莫拉这个激烈的角斗场上为《晨报》工作的罗萨莉雅·卡帕乔内；第三个严格说并不属于记者的行列，他就是罗伯托·萨维亚诺。萨维亚诺在出版了畅销书《戈莫拉》之后，同时披上了各种外衣，既是作家又是控诉人，既是法官又是证人，既是受害者又是预言家。自意大利和全世界发现黑手党确实存在以来，他成为一个偶像、一个准基督式的人物。

罗萨莉雅生于离那不勒斯 40 公里的卡塞尔特城。她是在那里认识萨维亚诺的，那时候他还比较年轻。他们现在不再来往。她也同卡萨莱齐——当地最强大和最可怕的卡特尔之一展开斗争，但只是暗访。

她在两个贴身保镖伴同下抵达火车站，迅速从车里走下来，提议徒步走一段。她头发很短，笑容满面，嗓音沙哑，而且带着那不勒斯口音。用她的手指指着耸立在对面杂乱而乏味的广场上的宫殿的华丽外形说：

"你们看见了吗?这是在此地能够看到的最漂亮的东西!"

那是卡塞尔特的凡尔赛宫,那不勒斯波旁王朝的王宫旧址。两个警察紧跟罗萨莉雅的步子,同时尽可能保持隐蔽。他们谈话的姿态也是这样。她沿街一路走去,迎着锋利的侧视目光。偶尔有几个行人友善地向她致意。在一家咖啡馆最靠里处坐下,两个贴身保镖分别在两边立定之前,她耸耸肩说:

"有些人希望我平安,有些人并非如此。"

罗萨莉雅从 2008 年 3 月以来一直在警方保护之下生活,这对于一个自由的女性来说不啻噩梦。她无奈地说道:

"是的,在忙碌的一天工作之后,如果想去看电影或者拜访朋友,我很希望晚间出其不意地出门走走,我不能随意叫我的保镖跟随。但没有他们,我什么也不能干。我的生活太受限制,但我只能听天由命。"

不应该要求卡帕乔内献出自己的生命来殉道。她正在做自己的工作,直至达到目的。

罗萨莉雅自 1985 年以来,一直为《晨报》撰稿。她说:

"卡塞尔特编辑部有四个人,所以我只关注一直在发生的事情,而现实的一切就是一直在发生的事情!"

确实如此。她把自己的手伸进卡萨莱齐大厦——一个名副其实的黑手党组织的黑幕。她解释道:

"那不勒斯的其他家族以毒品为生,主要与匪帮相勾结,而卡萨莱齐是一个与'我们的事业'帮相似的组织。其成员彼此内部通婚,他们围绕着一个社会替代模式结盟。"

因此,这个黑社会开始全力投入他们的拿手好戏:垄断公共建设投标、存放有毒废料、包办葬礼、敲诈勒索、诈骗欧盟资金、贩运武器……

如果说这个黑帮的势力范围只有卡萨尔·狄普林奇佩、圣契普里安·达维尔萨与卡萨佩森纳之间的16平方公里,那么它的危害力确实是无法估量的。它的头目弗朗切斯科·齐亚沃内别名桑道坎,作为拿破仑的狂热的仰慕者刻意把自己打造成一个血腥的和富有魅力的形象。1986年,罗萨莉雅因为自己的工作引起了最初的反应:恐吓电话、匿名信……

很快,桑道坎开始同卡帕乔内直接交手。1990年代初,她仔细追踪了一桩没收财产案:司法部门在没收了这个老大的部分财产后,又通过一个表演杂技式的判决发还给了他。众所周知,黑手党厌恶有人触动他们的血汗果实,这笔款项总计达100亿里拉,相当于500万欧元。罗萨莉雅讲述道:

"我写了判决书中没有提及的事情。于是,司法机关又重新加以全部没收!接着,我出发度假去了……"

回来后,她发现有一个男人从早到晚亦步亦趋地尾随着她,那是一个杀手。她决定暂时装作并不在意。后来，根据一个忏悔者的解释，消灭她的计划已经准备就绪：卡萨莱齐的成员早已熟知她的行动轨迹和私生活，牢记于心。她的照片铭刻在所有杀手的头脑里，他们口袋里至少人手一张。

2002年末，桑道坎进了监狱，但一项关于羁押的烦琐法律似乎为他恢复自由提供了黄金机会。罗萨莉雅对此持保留意见，在报纸上发表了一篇引起法官们注意的漂亮文章。议会的打击黑手党委员会慌了手脚，这个黑帮老大最终留在了铁窗后面。在一次庭审时，桑道坎唾沫飞溅地宣称由于卡帕乔内从中作梗，他被不公正地两度判处无期徒刑。2008年，卡萨莱齐的一个律师在大庭广众之下发出了新的威胁。罗萨莉雅多少有点不耐烦地概述道：

"事实上，威胁是针对一个法官、萨维亚诺和我的。在三个人当中，只有我还没有受到保护，所以他们想要给我保护。"

她提议再走一段，两个保护她的警察始终紧跟其后。恐惧吗？在追求真理的激情感召下，她心情平静，已经把一切置之度外：

"是继续还是停手？一旦选择继续，就不再有恐惧之类的想法，这就足够了。"

所以，罗萨莉雅的心是与大多数普通人联结在一起的，她的生活和命运没有因为在装甲的隔离下而陷入受保护孤独症。即使在假期里，她也像卡塞尔特的其他普通孩子一样。但是，确实应该将她同萨维亚诺比较吗？

一边是《戈莫拉》的作者，小小的荧屏上的新星，经历过虚拟的悲惨生活的偶像，以被钉在十字架上而不食人间烟火的耶稣面目出现的伸张正义者，虽然受到文学批评家们大肆吹捧，却为许多受到威胁的无名的记者和时政评论家所厌恶，被看做被几百万钞票收买的一个叛徒，甚至是一个在他的故乡那不勒斯的土地上打着反黑手党幌子的小丑。

另一边是罗萨莉雅，一个土生土长的女记者，反对传道士的说教，归根结底是《戈莫拉》的影响促使她懂得了自己的工作应该是借助新闻报道，而不是写书来揭露卡萨莱齐。她说道：

"萨维亚诺做了我们之中的任何一个人不能成功地做到的事情。他融会贯通了一个严肃和复杂的主题，使它为大众所接受，仿佛是在讲一个科幻故事，叙述得娓娓动听，即使是那些最丑恶的事情。"

通过他的笔，桑道坎和卡莫拉的枪手们变得像托托·李纳所属的科尔莱翁内人一样有名。

除此之外，两者的比较没有任何意义。罗伯托是作家，罗萨莉雅是记者。她强调说：

"他的书是叙述一个现象，而不是写实，了解这一点很重要。像在所有的小说中一样，有一些相近的、经过综合的和虚构的事情，我们不能引以为据。"

这正是大家针对他——他的萨维亚诺主义、戈莫拉主义等的主要指责，因为，这个反黑手党斗士及其粉丝俱乐部变成了一个现象。罗萨莉雅提醒道：

"无论他说什么，他都像上帝一样。"

萨维亚诺的中伤者把他看做一个走上歧途的神秘人物，一个最终与自己的描述对象化为一体的媒介创造者。一个记者在罗马吞吞吐吐地说：

"有一天，他说：'我比法尔科内法官更加孤独。'据说，人们从来没有见到过报纸描述过那些反黑手党的伟大人物——从法尔科内、格拉索检察官到卡拉布里亚的皮涅托内，他们有如此的自我牺牲精神——可对他们被杀害的事件从未连续报道过三天！而如果有人敢于对他提出批评，就会被当做卡莫拉党徒来对待！"

他的粉丝们则争辩说，没有萨维亚诺及其指名道姓地说出黑手党家族头目们的名字、揭露其洗钱机制和腐化堕落的勇气，卡莫拉可能继续枪杀无辜，诱惑青年和暗中做着他们的生意。不过，没有人提议授予他诺贝尔和平奖。

罗萨莉雅没有追求任何奖章，她依然始终不懈地关注着几年前揭露的坎帕尼耶的垃圾悲剧。堆得几乎触及天空的几个垃圾山把这里的田野破坏得面目全非，使她欲哭不能。她说道：

"在那里，对于政治家、黑手党资产阶级、希望便宜地处理它们的废料的所有北方企业来说，卡莫拉无非是一个托词，以便证明他们不在犯罪现场。"

她补充说，卡莫拉比其他黑帮杀害了更多的人："因为，在此地生命有商业的价值。如果它不能带来回报，就一钱不值。"

只要她还在写作，桑道坎的人就不会忘记她。不久前，这个老大的表兄弟安东尼奥·伊奥维纳在那不勒斯的费尔特里内利书店紧跟着她，把他的仇恨当着她的面一股脑儿倾泻出来。齐亚沃内的儿子们也向她表达他们父亲的"问候"。卡帕乔内喃喃地说，如果现在立即解除对她的保护，那么她"感到自己解脱了"。也许有一天，她将出版一本关于自己的故事的畅销书。也许根本出不了。

一个精明的女人——孔切塔

1994年2月的这一天，在法庭上，孔切塔使尽全身的力气紧紧抓住栏杆，不让自己倒下。她才33岁，却显得过于老成。她很漂亮，有着一般人不具备的美貌，既阳光又绝望。她的长发披散在黑色连衣裙上。她的大眼睛凝视着直挺挺地站在她对面的那个男人。所有的人都竖起耳朵，一字不漏地听着。突然，她指控他杀害了她的丈夫，声言自己只是为了避免孩子们被杀，才投入这个人的怀抱的。那个名叫多米尼科·加利科的男人不由得惊愕地瞪大了眼睛，像头公牛似的咆哮道：

"孔切塔，讲真话，讲全部真相！孔切塔！你不听我劝！"

整个帕尔米重罪法庭被惊呆了。在他们眼前上演的是一幕爱情、欲望与死亡的舞台剧，两个情人从此彻底分手的一场悲剧。她，孔切塔·马纳戈，是暗中行动和令人发指的卡拉布里亚"恩德朗盖塔"帮的第一个忏悔的女人；他，多米尼科·加利科，是这个黑帮被神化的传奇人物之一。

她在严密的保护下，从一个秘密的地点蒙着脸到达这里。随后，面对法庭，在凝结了似的寂静中，她重又叙述了在法官办公室里低声吐露的一切。她揭开了家庭的密码，暴露了一个沿海的魅力小镇帕尔米的两个最有势力的家族——孔德罗和加利科之间的一场十年仇杀惨剧。这场疯狂仇杀的清单上包括52桩杀人案和数目几乎与此相等的杀戮意图，而她，孔切塔，黑手党女人，影子女人，犯罪主角和同谋，由于嫁给一个杀手最终又同杀死她丈夫的凶手上床而被炒得沸沸扬扬的热门女人，是身处最前沿的目击证人。弗朗切斯科·孔德罗和多米尼科·加利科就是她的两个男人。多年来，这两个男人一直在橄榄树林和第勒尼安海的深水之间的帕尔米塞米纳拉和巴里特里原野上向对方寻衅和挑战对方。他们仿佛两头准备搏斗到死的野兽，却爱着同一个女人。

孔切塔在 16 岁的花样年华嫁给了弗朗切斯科·孔德罗。他也很年轻。她喜欢这个葡萄酒商人的儿子。但是她怎能想到自己挑选了一个要强迫妻子俯首帖耳的暴君？一切都是从表面看来很平常的一场争吵开始的。弗朗切斯科想在海滩附近开一个酒吧，却没有征得占据这个地盘的加利科家族许可，这是一个不可忍受的挑衅行为。1977 年 9 月 7 日，战争开始了：孔德罗家族运酒的卡车在路上遭到枪弹袭击。弗朗切斯科·孔德罗受了伤，装死逃过一劫，保住了性命，但他年仅 17 岁的弟弟在他眼皮底下死于非命。弗朗切斯科当时也只有 20 岁。在弟弟的灵柩前，他发誓为弟弟报仇。他发誓，加利科家族，他们的子孙，他们的盟友，都将付出血的代价，一个也不能免。即使是那些关在监狱里的加利科家族成员，他也将等他们出狱后索取性命。

1978 年 8 月 13 日，阿尔封索·加利科被杀。五天后，加利科家的一个亲戚倒下毙命；9 月 28 日，一个近亲遇害；11 月 24 日，另一个近亲被打伤……处决行动接二连三，成串发生，卡拉布里亚的大地在泣血，而孔切塔知道这一切，看到这一切。日复一日，她的年轻丈夫变成一个有着狂想症的斗牛士，能够在市中心光天化日下，当着几十人的面枪杀某个人。每天晚上，她躲在他的怀抱里。

她被捕后，向颇为吃惊的法官供出了孔德罗家族的犯罪记录，一个日期接着一个日期，一个名字接着一个名字，仿佛是一张排行榜。她说道：

"我刚回家，就想起几天前阿尔封索·加利科被杀了……杀马里奥·阿雷纳是我丈夫伙同朱塞佩·布鲁齐塞和梅尔林诺·利贝朗特一起干的。杀加利科的舅舅阿尔封索·莫尔冈特的是朱塞佩·布鲁齐塞和我的丈夫。在巴里特里杀害年轻的西里塔诺两兄弟的也是我丈夫，以及朱塞佩·布鲁齐塞、卡尔梅洛·布鲁齐塞和梅尔林诺·利贝朗特。他们还同我丈夫一起参与了杀害布鲁齐塞家的舅舅本尼托·司格罗……"

仇杀的清单还没有完结。弗朗切斯科·孔德罗一时成为当地的光荣，报纸和电视都在谈论他。而孔切塔在画面中占据着自己的位置：她是一个战神的妻子，她的赫赫威名即使在争斗结束之后依然令人不寒而栗。

然而，伟大的孔德罗在他的蜡像馆里越来越孤独。随着时间的推移，他的父亲、叔叔伯伯、堂兄弟、朋友相继从户口登记册上被划掉。他们一个接着一个倒下了，因为多米尼科·加利科不能听凭他的罪行不受惩罚。另一个超凡杀手，那就是加利科。他风度翩翩，什么都不怕。一个开庭的日子，他扇了刑事法庭庭长一个耳光，原因是此人给予了他的受害的兄弟不公正的评价。他的誓不两立的敌人孔德罗的日子不长了。1989年9月19日，孔切塔的丈夫准备登上他那辆标致304轿车。突然，车子在一声爆炸中断成两截。他在离汽车骨架几米远处被炸成了碎片。

孔切塔当时才28岁。她依然活下去，还是去死？她知道丈夫是死在倒向加利科营垒的自己人——叛徒的手里。她在这个世界上是孤独的，在她那屈从于命运的女人的神情下，由于焦虑而变得很脆弱。她为四个年幼的儿子担忧，害怕他们也被仇杀的风暴夺走，害怕多米尼科·加利科加害她的孩子们。因为，卡拉布里亚的仇杀要求消灭敌对家族的所有男性。而她责无旁贷的义务正是在牢记血仇中把他们抚养成人，教育他们以牙还牙，昂首挺胸前进。

在这种疯狂的环境下，她能为他们带来什么样的命运？孔切塔首先决定让孩子们远离加利科家族常去的学校。但是，在新学校里，母亲们提出了抗议。她们不愿意这几个活动靶子同她们的子女坐在同一个课桌上。孔切塔不知所措，一个又一个被噩梦打乱的不眠之夜。一天早上，这个心神不安的青年寡妇寻来一张纸和一支笔，草草地给多米尼科·加利科写了一封长信，要求他对她的孩子们手下留情。

他答应同她见面。她向他伸出了无助的手。她美丽、性感、诱人，脸上显出令人迷惑的率真。她已经被征服，他将拥有她。而她将不顾自己家族的反对，与他上床共枕同眠，她的身边又有了一个贴得很近很近的燃烧着的男人身体。她是否真爱这个人？爱这个与她共度长夜，使她想起自己丈夫的人吗？爱这个任何东西和任何人都不能制止的镜中的丈夫的影子吗？至于多米尼科·加利科，他没有工夫向自己提出诸如此类的问题。他有太多的恩怨需要了结，他同这些依然活着的讨厌的孔德罗家族成员的账尚未清算。他重绘了整个帕尔米的地图，这是贩卖毒品、武器和其他东西的战略要地。他制订了一个又一个消灭对手的计划。他把孔切塔武装起来，像对待一个战士一样对她下达命令："注意你是否看清楚他了……随后告诉我，由我来做决定……"孔切塔通过无线电台同"我的爱"联系，确定未来的仇杀目标的位置和活动。通过这种方式，她同他一起组织了三次暗杀。后来，她在法官面前亲口指控道：

"他在床上对我说：'如果我家里发生什么麻烦，我将杀了你兄弟……'"

随后，她又补充道："我承认，我爱过他，是的……他并没有强迫我……承认爱过一个敌人，这并不容易……"

孔切塔之所以在法官的办公室里能够这样倾诉衷肠，是因为她的疯狂的感情历险最终在1990年止步了。她被传讯。在监狱里，她独自面对自己的忧伤，孤单地静听着她那动荡不安的内心世界的种种回声。她决定同法官合作，彻底与她长期以来加以袒护的孔德罗家族和加利科家族决裂，这是惊天动地的举动。在她之前，没有任何一个女人这样做过。即使是男人，也很少这样做。不管怎么说，在卡拉布里亚，她已经堪称英雄。

1994年2月的这一天,刑事法庭的法官们仔细观察着这个摇摇晃晃地走到他们面前的女人。那是一个充满诱惑力的妖魔,一个奥秘。这个孔切塔·马纳戈究竟是一个什么样的人?是荡妇,还是殉道的烈女?法庭甚至怀疑她早在丈夫被杀之前就同加利科勾搭成奸。她扶着隔离栏,激动得喘不过气来,反抗道:

"你们可以因为我听任加利科进行的那些谋杀判我有罪,但绝不能说我背叛了自己的丈夫!我从来没有这样做!"

稍后,她竖起眼圈黝黑的双眼,盯着法庭庭长,用平静的声音结束自己的话:

"我承认自己有罪,今天我痛苦地忏悔这种关系,痛苦地……"

这是一个女人为了孩子践踏自己尊严的故事。这个女人热爱自己的生活,悔恨自己的生活,今天依然隐蔽地生活在意大利的某个地方。

安吉拉的笔

有许许多多的青年逃避卡拉布里亚,他们一旦结束少年时代,就涌向意大利北方,希望有一个美好的未来和工作,过另一种生活。她不是这样。一天,她思考再三,想着如何反这支逃兵大队之道而行。那是在她拿到科森查大学的传播专业毕业证书之后。她曾经犹豫过。经过长时间的反思,她决定回到自己的故乡桑克弗隆迪——农田环绕着的一个表面平静的6500人小城。

安吉拉·科里卡刚满26岁,有着一张瓷娃娃一样的脸。金黄色的刘海短发盖着过于白皙的皮肤,2010年初,她走在桑克弗隆迪的大街小巷都不会不受人注意。她每天在当地的报纸《卡拉布里亚时报》上写文章揭露这个城市的黑手党政治网络还没有多久。在桑克弗隆迪,晚上7点之后,街上不再有什么人,在市中心和夏日的灼热余光下被子弹打穿胸膛而死,并非完全不合常规的事。安吉拉坐在一家咖啡馆的桌子旁提醒说:

"在这儿,有人在光天化日和众目睽睽之下,肆无忌惮地杀人。"

她一字一顿地缓缓说着,显示出仿佛默默凝结在她的骨髓之中的冷峻的怒气:

"在桑克弗隆迪,这很简单,谁都装作没有看见,谁都永远不闻不问任何事情。"

三年前,将近傍晚6点,在这个小城的一条主要大街上枪声大作。一个78岁的小老头被人从背后击中,跟跟跄跄拖着一串血痕,在离共和国广场几米远的地方倒了下去。那一天是7月24日,街上应该有不少过往的行人。其中有一个人还受了伤。然而，几秒钟之内，附近的店铺都拉下了铁帘门，现场空无一人。安吉拉苦笑道：

"当警察赶来时，人们重新围了过来，都装出一副惊讶的神情问道：'发生什么事了？'连那个受伤的行人也没有想过子弹是从哪里飞过来的！"

安吉拉不爱平静。她不喜欢生活在桑克弗隆迪的了无生气的街头，在悄然行进着的轨道中消逝。她说：

"怕字当头，罪恶正是这样滋生的。"

人们所说的"守口如瓶"的禁条，不啻是承认心存恐惧。

从她决定留在这儿当记者之初，就有人对她哥哥说：

"你妹妹脑子有病？"

大家仿佛把她看做一根雷管。后来，她逐渐发现一些朋友疏远了她……因为她想法与众不同。2008年12月的一个夜晚，这个年轻姑娘在自己家里听到外面响起了枪声，她旋风似的跑了出去。她的汽车布满了正在冒着烟的窟窿，变成了一个漏勺。一辆汽车疾驰而去，车轮刺耳的擦地声打破了夜的宁静。她明白了一切，这是对她的第一个警告。不久前，这个女记者在一篇文章中揭露了这个地区垃圾分拣的特殊使用方式：垃圾不加分拣，分散撒在田野里，虽然地区财政拨出了处理垃圾的专用款项……自然又是那天晚上在这个小城没有人看到过任何事情，也没有人听说过任何事情。一连几个月，安吉拉走出家门时都提心吊胆。

她并非孤军奋战。有好几个记者收到过忍受不了聚光灯下曝光的家族的威胁。今天，在卡拉布里亚已经很难将他们的言论扔进硝镪水里销蚀，尽管在一些乡村里，人们依然从来不敢大声说出"恩德朗盖塔"这个名称。2010年2月，《共和国报》的通讯员和《卡拉布里亚日报》的编辑、43岁的朱塞佩·巴尔德萨罗十分吃惊地收到了装在一个信封里的子弹，子弹上还习惯性地黏上一张小纸条，警告道："别走得更远了。"巴尔德萨罗是一个农民的儿子，也是离"恩德朗盖塔"帮老窝圣卢卡不远的罗克里小镇人。当地的头目们的行事方式，他们的狂妄自大想方设法把你变成初看起来是一个奴仆，从上小学起，就这样训练你。他在卡拉布里亚雷吉奥的一家酒吧里一边抿着开胃酒，一边说道：

"正是在小学里我学会了领会他们怎么想、要什么，以及他们在人们心中制造恐惧的机制。"

这段时间里，这个小城在不断的询问和恐吓之间喘息。在法院门前放置炸弹的塞拉伊诺家族成员被捕的那天，巴尔德萨罗得知，这个家族的几个近亲在寻找他，正在通过他的同事打听他……他目光直视着前面概括道：

"原来的平衡已经打破，他们再也搞不清楚是否能信任自己的兄弟。可怕之处就在于此。我感觉到了这种恐惧，我带着这种恐惧生活。"

2010年末，安吉拉辞去了报社的工作，但这个年轻女人并没有背弃自己的理想：

"编辑团队和路线改变了，我离开是为了忠于自己的理念。"

她不知道自己的前途将怎样。她只知道自己生活在这儿，生活在卡拉布里亚这片土地上。她的反抗和全部柔情在这片土地上将永远不会枯竭。

玛丽亚·卡尔梅拉——忏悔者们的律师

"这是一个奇怪的问题，确实奇怪！"

玛丽亚·卡尔梅拉·古瓦林诺话音里仿佛散发着明亮的阳光，开心地笑着这样说。她坐在罗马的一家啤酒馆里一边品尝着冷盘，一边笑着。有人问她：

"您是只为忏悔的黑手党徒辩护，还是也为死不开口的黑手党徒辩护？"

很好。很好……

如果说有两类黑手党徒，一类至死充当所谓"上帝的选民"，另一类是同司法部门合作的不忠者，那么律师的小小世界也分为两个不同的半球：高层乃是"上帝的选民"辩护人，下层则是"背叛者""不义之徒"的代言人。古瓦林诺夫人打趣地说，那是"可耻小人"。这位52岁的女律师正是专门为这些悲惨的人辩护的。她义无反顾地做出了这样的职业选择，仿佛是一个飞跃，进入了她的客户们所处的真空地带。她解释道：

"一旦跨越了这道鸿沟，你就会遭到孤立，必须面对封杀，甚至是来自同行那里。"

她回忆起卡拉布里亚雷吉奥的一个早期的案例：

"在我坐的长椅上只有我一个人，经受着被隔离的煎熬。其他几个律师甚至不同我打招呼。"

她一下子明白了黑手党的文化法典甚至能够渗透进司法大厦的走廊里。

玛丽亚·卡尔梅拉·古瓦林诺生于墨索梅利。那是西西里卡尔塔尼塞塔省的一个迷人的小镇，也是老教父朱塞佩·詹科·鲁索的诞生地。她在巴勒莫攻读法律。当时在大学里有很长一段时间教师们讲课时说不存在黑手党，尽管每天早上都会发现有人死在这个城市的人行道上。那是"黑手党内战"和血流成河的年代……她说道：

"很显然，这在你的生活中留下了印痕！"

一天，在卡尔塔尼塞塔，一个正在忏悔中的黑手党徒需要寻找一名律师。法官委派古瓦林诺夫人承担。她同意了。为什么说不呢？她在另一岸能够更加清楚地观察为万能的老大们辩护的那些自以为是的大唱高调的同行。但是，她穿上律师的长袍并非是为了为自己制造权力的幻觉。她带着一丝讥讽轻描淡写地说：

"与他们的客户相对应，这些律师也应该是他们极端信任的人……"

在其他人为自己前程铺路的同时，这个小个子女人劲头十足地发掘人性的奥秘。有时，一线阳光喷薄而出。在她辩护的所有忏悔者当中，可怕的格拉维亚诺兄弟的打手、杀害皮诺·普利西神甫的凶手萨尔瓦托雷·格里高利是由于强烈的内疚而最纠结的人。她说道：

"在这桩使他感到强烈不安的谋杀案后，他觉悟到自己作为杀手的生涯，他杀人超过 46 次……他经历了一个真正的精神突变的过程。"

对于其他人来说，实用主义往往代替了内省之路。她补充道：

"他们改变了生活，这是确定无疑的，但他们首先是同国家签订了协议的人：许多合作者只是为了得到好处和减刑。"

玛丽亚·卡尔梅拉不听许多令人心碎的忏悔，而是要深入她所接待的人的心灵奥秘。诚然，面对一个女人，这些以前的黑手党徒在描述一场绞杀之前要求给予最起码的赦免权,但这个女律师并非是为了清洗曾经效忠于"我们的事业"帮、"卡莫拉"帮或者"恩德朗盖塔"帮的这些人而到这儿来的。她的角色主要是帮助他们本人和他们的家庭跨越在他们隐身于意大利北方之后将会遇到的支离破碎和细琐的生活中的千百个陷阱。一些人最终重新找到了一份正当的职业,另一些人却没有那么幸运,而永远游离在两个世界之间。古瓦林诺夫人用平静的口吻申辩道:

"他们背叛了自己的旧价值,又被断定不适应他们想要认同的新价值。"

她确实是一个好律师。

大 老 容 易

难道法国也深陷其中吗？"我们的事业"帮中受到最严厉通缉的头目之一曾藏身于马赛。此人于2010年6月被捕，他因沉迷于整形手术和互联网而失手。

这个教父与一个理发师学徒很相像。他的鼻子在整形医师的手术刀下变小了,而他的一头浓密的黑色卷发像头盔似的高高隆起,变成了一个微微弯曲的晕轮,赋予了他某个陌生人的神态。这并非偶然。在法国仅此一次逮捕了这么一个完全像教父的人。确实,黑手党在德国自相杀戮,在西班牙投资,在五大洲欣欣向荣,而我们这儿什么事也没有发生,或者说近乎平平安无事。其实并非如此,有一个目光好似卷毛狗的家伙,据说名叫朱塞佩·圣菲利普·弗里托拉,在 2010 年 6 月 25 日之前一直生活在马赛,住在圣母大街 43 号的一间旧门房里。此人骑自行车出行,在 U 超市购物,把手推车塞得满满当当,向某个叫做若塞塔的女人大献殷勤。为什么不做到处可见的标着箭头的字符的信徒,所有这一切不必太认真。当然,这并不妨碍有些报纸和杂志把它们同法国的黑手党威胁的幽灵联系起来,激动不安地大事渲染。其实,那无非是一种促销术。但是,坦率地说,人们都在疑惑是否抓错了人。

这个理发师学徒向警察递上身份证件时这样说道：

"我是弗里托拉先生，出生于卡塔尼亚大区的白城！"

实际上，确实有一个 1974 年 3 月 1 日生于卡塔尼亚省白城的朱塞佩·圣菲利普·弗里托拉，但这不是他。指纹和 DNA 检测是很清楚的。这个西西里旧港人真名叫做朱塞佩·法尔松内，45 岁，为黑手党竭诚效力已经二十多年。他是阿格里津特省的"我们的事业"帮的头目。11 年来负案潜逃，他的名字登上了意大利最危险的 30 名潜逃犯榜。2004 年被判处终身监禁，此外还被认定杀害过数十人，并操纵地区的公共事务和超市连锁店。他突然在这里现身。在马赛，法尔松内更换了近十次住址。在他最后的落脚点，侦查员们搜出了四本证明朱塞佩·圣菲利普·弗里托拉合法身份的法国和意大利身份证件，而真正的弗里托拉是位职业几何学家、一个文化协会的会长，在白城看电视新闻时才得知这个案件。

两年前，当法尔松内在他的岛国中猖獗活动时，负责追捕他的刑警队——"搜捕者"稍晚了一步，致使他漏网。2008 年 4 月，他们突击搜查了离阿格里津特 30 公里的纳罗的一个牧羊小屋。这个黑手党老大在逃跑时丢弃了一台扫描仪、一台打印机和几件武器。这台打印机透露了秘密。法尔松内是一个互联网迷，可以看到，他汇集了法国最好的美容医院的大量资料。在那次行动中，侦查员们还发现了埋在小木屋后面的阿格里津特黑手党的一个老杀手的尸骨。此人的被杀很可能是这个教父的杰作。有人清楚地看到，法尔松内有一天晚上聊天时询问鼻子整形网站的情况，而离他几米远处，他的老朋友的尸体正在腐烂。阿格里津特黑手党以前的一个战士、后来成为忏悔者的朱塞佩·萨尔迪诺，用他那花哨的黑话证实了他们的头目对于美容手术刀的迷恋：

"他有着一种名副其实的偏执：他要自毁相貌……"

像法尔松内这样的"我们的事业"帮老大做鼻子和耳朵的美容手术是破天荒第一回。有谁敢设想外号"野兽"的托托·李纳与前来安装假乳房的色相已衰的美人们并排坐在一个美容医师的候诊室里？不，千万个不。老教父们走出地下就像他们进入地下时一样，两眼直视，像羊皮一样坚韧的嘴唇上半露微笑，再加上一头白发。这是一种荣誉，一部身份的历史。黑手党内有着诸如此类的若干不容妥协的原则。控制地盘是其中的另一个原则。在几十年的逃亡之后，"老大之中的老大"们永远是在离他们出生地几公里的地方落网的。这是"我们的事业"帮的一个不可触犯的规矩，也是"恩德朗盖塔"帮和"卡莫拉"帮的规矩，近乎是一条自然法则：一个远离自己出生地的老大丧失了其权力的根基。所以，随着他流亡马赛和整容成为理想美男子的新面貌，朱塞佩·法尔松内以一个贱民而不是黑手党在法国的桥头堡的头目身份出现。除非他安于充当一个另类教父——远程遥控自己的生意的虚拟管理空间的信徒。在可能做出的种种假设中,没有任何预兆显示按照传统规矩步步高升并依靠枪支和"保护费"喂肥的这只年轻公鸡会有这样的命运。

他的父亲温钦佐是一个老大。就像那个时代经常发生的那样,一个逐级晋升的农民统治着坎波贝洛·狄利卡塔家族。从一生下来,小朱塞佩的摇篮就被一群美若天仙的女人围着,因为他的洗礼教父非同一般,是多次被判刑的老大卡洛杰罗·凯撒·隆巴多齐。14岁时,"小宝贝"法尔松内通常比他的同学更频繁地光顾监狱的探视室,因为他父亲当时被关进了监狱。20岁时,他也锒铛入狱。1991年6月24日,这是坎波贝洛·狄利卡塔的节日。在火一般的骄阳下,人们向这个村子的主保圣人浸礼会鼻祖圣若望献祭。在四个汗流浃背的男人抬着的这个主保圣人雕像后面,全体居民一个个紧挨着排成几队。队伍最前面,一个年轻的男人骑在一匹白马上开道。这个青年就是朱塞佩。极度高傲自大的他,当时并不知道自己的生活即将发生奇特的突变。

夜幕降临时分,法尔松内全家聚集在村子的广场上,观看作为这个感恩日压轴戏的烟火。将近10点,第一阵枪声撕破了夜幕。三个杀手从三条不同的街道同时猛烈开火。谁也没有看清楚是什么东西飞过来。温钦佐和他的大儿子安吉洛被38毫米口径的拉斐尔步枪子弹击中,躺倒在血泊之中。节日就此结束。在两阵抽泣之间,朱塞佩对着浸礼会始祖圣若望的头像发誓,将把父亲的事业世世代代传承下去，追寻凶手直至地狱。用不着多长时间他就可以实现誓言。

1994年4月，"星帮"的多名成员被都灵重罪法庭传讯。实际上，几年前，一场闪电式战争使得"我们的事业"帮与这群妄图侵犯其在西西里南部权益的疯狗誓不两立。面对恩仇清算的增多，巴勒莫的老大们最终委托脾气火暴的马特奥·墨西拿·德纳罗教训这些没脑子的家伙，让他们清醒。这个特拉巴尼的教父用他自己的方式约束他们就范。他把他们一个接着一个清除干净。

1994年的这个春天，一小群侥幸活下来的"星帮"分子在司法大厦重逢。其中一个忏悔者迪耶戈·英加里奥揭发说，他的叔父萨尔瓦托雷是制造坎波贝洛·狄利卡塔的浸礼会鼻祖圣若望之夜那场著名血案的突击队成员之一。在突袭之后两天，人们发现萨尔瓦托雷·英加里奥趴在自己的汽车驾驶盘上，变成了一堆被打烂的肉糜。一个黑手党徒随即揭发朱塞佩·法尔松内是执行这次任务的主谋。大家早就明白他会这样做。

这个年轻的教父在完成丧礼活动之后，着手致力于对于自己的臣民的治理。而坎波贝洛·狄利卡塔的居民已经开始怀念老教父。对于老教父的儿子法尔松内，大家送了他一个"花花公子"的外号，说他是一个爱财的钱柜迷。他像一个狂热的疯子，扬言要按规矩"搞定"一切，所谓"搞定"是来自"我们的事业"帮的大辞典中的一个可爱的切口,其含义就是敲诈勒索商人和企业家。黑手党在最广泛多样的活动领域里生财有道,但敲诈勒索始终是它的点金石。即使在最小的村子里,它的光辉业绩也是让人们忍气吞声乖乖地缴纳"保护费"——黑手党的苛捐杂税。即便是坎波贝洛,在小法尔松内铁腕统治之下,也没有很多欠款。很快,教父中的教父贝尔纳尔多·普罗文扎诺认可他前途无量。从1993年起,"我们的事业"帮的最高头目将他列入自己的"手令"——与圈子很小的重要头目们沟通的密码小纸片的收件人之一。在他的良师的鼓励下,法尔松内毫无困难地熟悉了投标舞弊的窍门和洗钱的艺术。为了贩毒资金的周转,他投资建立大分销机构。他已经名闻天下,在阿格里津特省的各个港口可以说无人不知。

于是,这个"花花公子"想成为全省的头目,但他不是唯一人选。比他大五岁的莫里奇奥·狄加蒂也觊觎着这个位子。法尔松内决定缩短选举运动。2003年8月13日,狄加蒂的财政顾问和十分亲近的朋友法瓦拉去自己的剃须师那里修面。在古龙水的微醺下,法瓦拉半睡半醒地躺在太空椅上。他突然被惊醒:一支散弹枪直接顶着他后脑勺开了火。脑浆混合着刮胡子用的肥皂泡飞溅而出,悬挂在桌上的大镜子上,让人想起1957年在纽约发生的谋杀意大利-美国老大艾伯特·阿纳斯塔西亚的情景。这是一出经典杰作,剃须师政变。狄加蒂立即放弃了自己的野心。事后,他心有余悸地评论说：

"这是法尔松内给我的一个严重警告。"

作为阿格里津特省黑手党头目，法尔松内印象最深的是重新骑上了他的白马。他在所有地方都收取保护费，不但根本不把1999年就拿到了逮捕证紧盯着他的警察放在眼里，而且对马特奥·墨西拿·德纳罗说他侵吞了德斯帕尔超市的大部分财产的指控，也毫不在意。他有权从中获利。一切马上就会结束。普罗文扎诺必定会施展他的全部协调艺术，来平息德纳罗的愤怒。但是，普罗文扎诺这个"老大中的老大"在2006年被捕了，这不啻乾坤颠倒，轮到法尔松内坐到剃须师的那张椅子上了。他不得不进行选择，却宁可让西西里的所有警察都把他当成追踪目标，也不能让那个丧心病狂的德纳罗骑在他背上。他感到无比孤独，他的一大部分队伍在警察大搜捕下伤亡惨重。他的心已死，从此他不得不随处睡在摇摇欲坠的牧羊小屋的行军床上，如惶惶不可终日的丧家之犬，沿着老教父们的逃亡路线漂泊。

但是，"花花公子"不是老一辈的教父。他不仅能熟练把玩一支38毫米口径的手枪，而且懂得使用互联网。他能说一口纯正的法语，熟悉久负盛名的马赛。如果换一张面孔又将如何？普罗文扎诺在马赛城做了前列腺手术，他也比一个游客更加容光焕发地故地重游。如果要度假，没有比法国更好的地方了。许多老大甚至在著名的蓝色海岸地区有很兴旺的生意。从 1970 年代开始,"我们的事业"帮,随后是"恩德朗盖塔"帮,通过精明的保罗·德斯特法诺和多米尼科·利布里投资沿海的房地产。1981 年,黑手党的一次峰会就是在内格雷斯科大饭店召开的,以分配在法国洗钱的红利。20 年后,在全球化和新技术方兴未艾之际,欧洲各国的边界已经不复存在。

法尔松内信心十足。借助 Skype 语音视频网络,他可以同留在坎波贝洛的亲人们通话,而不必顾忌电话窃听。生意将转向,就像多次出现的情况那样。如果有思乡之愁,尽可通过"广角在线"(www.grandangolo-online.it)的网址来链接。他已经在上面点击过多次。他从来没有见到过如此全面地报道阿格里津特省黑手党和打击黑手党活动的网址。这个在线网的创始人弗兰科·卡斯塔尔多是一个严肃的家伙。此人与通过皮包公司闯入互联网招摇撞骗的整形外科骗子们截然不同。他已经打印了一份这类医生的目录,却始终不知道自己该到什么地方去做鼻子的整形手术。

2009 年 5 月 25 日,抵达勒布热·杜·拉克之后两次链接这个网址。访问时长:7 分 30 秒。第三次,5 月 28 日从巴黎链接。随后几周,分别从科尔马、杜埃、阿拉斯、布让-布雷斯、圣埃蒂耶纳链接,最后从 2009 年夏天初开始,从马赛链接。这个阿格里津特省黑手党的专用网址自存在六年以来,从来没有过一个法国的访问者。突然之间，法尔松内从法国用爆了电脑。但是，并非只有他对在线报道所讲述的事情感兴趣。警察们也很注意，他们监视着最微小的非正常链接。而现在不仅是不正常，而且是出人意料。

在马赛，法尔松内在多家自助餐厅吃饭，开了里昂信贷银行的一个账户，经常光顾亚塔塞伯咖啡馆，提交了一家墙面保洁公司的章程。他继续在"广角在线"网站上跟踪阿格里津特省黑手党及其头目们的所有活动和姿态，以及看来似乎毫无用处的菜单。在此期间，意大利情报部门收到了关于一个名叫朱塞佩·圣菲利普·弗里托拉的人的一份情报。这个老大企图在地中海组织一次贩毒，还是想通过带若塞塔到地中海的小渔港游玩来打动这个女人的心？无论如何在2010年春天，他提交了一份申请，要求给一条名叫弗里托拉的船发照。意大利警察接到法国同行们的报告后，将申请表上的签名同法尔松内的签名进行了比对，不禁高呼："好，好极了……"

2010年6月25日，朱塞佩·法尔松内慢跑完回家时，警察从背后把他摁倒在地。他已经不像以前照片上的同一个人，但他还不是完全不同的另一个人。在他没有经过清理的门房里，有着监视家乡乃至国外的各种事件的器材：两部笔记本电脑、七部手机。巴勒莫的代理检察长费尔南多·阿萨罗断言道：

"直至他被捕前夕,法尔松内从未停止过作为一个老大的全部活动。"

每当他在"隔空冲浪"语音视频网上时,他用西西里口音说出教父的口令,像一声祈祷那样敲击着键盘:"SSABENEDICA——祝福我!"

黑手党语录

这是他们的原话,是"我们的事业"帮的教父、忏悔者、基层战士、教士的语录。他们谈论一切,包括罪恶、背叛、女人、金钱和道德等。他们的思想是介乎疯狂与彻头彻尾的犬儒主义、偏执狂与一种不宽容的理性之间的某种组合。为了真实地勾勒黑手党的形象,意大利《共和国报》记者阿蒂里奥·波尔佐尼选择转述他们自己的言论,以原生态的方式集结成书,于 2008 年以《诺言》(*Parole d'onore*)为标题由里佐利(Rizzoli)书店出版。摘录自庭审陈述或者 30 年来进行的一系列访谈的这些不加修饰的语录,引导我们深入黑手党思维的核心。波尔佐尼写道,这种思维"不仅是一种语言或者密码,而且是一种智慧的运用,一种权力的不断炫耀"。

庭长阁下,意大利往何处去?

托托·李纳

("我们的事业"帮首领)

"在我的证件上,我身高 1.61 米,而另一天在监狱里测量,我身高 1.59 米。如果有人说认识我,然后说他搞错了 10、15 或者 16 厘米,那么这是可耻的、狡诈的侮辱,是不正常的侮辱。对于一个男人来说,15 厘米相当于 1 米。请原谅我,庭长,如果我站起来,那么在这儿的就是一个伟人萨尔瓦托雷·李纳。"

"司法部长阁下,我们不谈潜逃,我,事实上……我,任何人永远也找不到我……任何人永远也抓不住我,任何人永远也没有给我讲过任何事情。"

"我的家庭是一个简朴的家庭。我的妻子和孩子们没有去饭店和过豪华生活的习惯。"

"我在巴里的一个帮会案子中被无罪释放。我在热内斯的杀害斯卡利翁内检察官的案子中被无罪释放,我在卡拉布里亚雷吉奥的杀害特拉诺瓦法官的案子中被无罪释放。我所经历过的被无罪释放的案子很多。是的,不管经历过两个、三个、四个、五个、六个或者十个案子,我现在只面对一个案子,我终将成为一个自由的公民。"

"对于忏悔者们来说,指控萨尔瓦托雷·李纳很容易,因为他们这样做会有更多的房子、更多的金钱、更多的别墅、更多的舒适生活。而李纳,他是一个资助人,李纳,他做了这件事。我告诉您,庭长阁下:忏悔者们手臂挽着手臂前进,他们沆瀣一气,编造谎言。他们一个人说了什么,其他的所有人就依样画葫芦,犹如照片拷贝。"

"忏悔者是一件十分危险的武器,他们为所欲为。而我,则是他们这些人的避雷针。"

"另一天,我读了红衣主教马丁诺的一本书,我觉得,我相信他是这样说的:'我的主啊,我们往何处去?'……然而,庭长阁下,跟着这些忏悔者,意大利往何处去?"

"我不认识米凯莱·格雷科,不认识贝尔纳尔多·普罗文扎诺,不认识弗朗切斯科·马多尼亚,不认识安东尼奥·杰拉西,不认识任何一个姜齐米诺,从来不认识斯特法诺·本塔特、萨尔瓦托雷·英泽利洛、安东尼奥·卡尔德罗内,不认识朱塞佩·马尔切塞。至于列奥卢卡·巴加雷拉,我认识他,因为他是我的内弟。"

倒不如相信一头驴子会飞
萨尔瓦托雷 · 坎切米
（巴勒莫的义士、忏悔者）

"托托·李纳会忏悔？与其相信托托大叔会开口,倒不如相信一头驴子会飞。无论如何,如果能达到这个目标,那无异于起爆一颗原子弹。随着他所知道的所有秘密的暴露,半个意大利将沉没……"

这些都是骗人的外貌
加斯帕累 · 穆托洛
（巴勒莫的义士、忏悔者）

"托托·李纳是有着那种善良表情的顶尖高手……当他带着这张善良的面孔讲话时,大家都说他是一个传教士……不幸的是,这些都是骗人的外貌……"

"如果有人同李纳交谈,他可能自问:这可能是萨尔瓦托雷·李纳吗?他是如此和善!他是在清除某个人之前,有意邀请此人一起吃饭的首创者。他让此人平静地进餐,同他逗乐,然后掐死此人,而且从此不再提到此人。这便是他的新发明。"

"我曾经是潜逃多年的逃犯,而且始终同我的妻子和孩子们生活在一起。巴勒莫不是很大。托托·坎切米和其他人,人们以为他们在美国或者更远的地方……不,不,他们就在此地!坎切米为自己建造了一幢价值70亿里拉的别墅,乔瓦尼·布鲁斯卡(谋杀法尔科内法官的凶手)每星期六在圣朱塞佩·加托,安稳,平静……"

"我们,这些潜逃者,生活在帕尔坦纳·蒙泰罗、瓦尔德齐、帕拉维钦诺。有时候,我们8天或者15天挪一挪地方,因为有一场杀戮,或者是因为知道有警察正在进行搜捕行动。我当时不在阿米拉里奥·卡涅路的家里,而是在离那里100米的帕蒂路的住处。潜逃者们也许不住在25号,而住在30号。而警察搜查了25号,就算是履行了自己的职责。"

"我们照常不外出,我们知道巡逻队收工的时间表。当我们要运一个死人或者装载毒品时,知道譬如说从13时30分到15时30分或者16时,可以任意散步,晚上从18时30分到20时30分或者21时,是安全的……有时,我们知道搜捕队办公室有一张逮捕证。在这个办公室有逮捕证,而这个机构每月收取酬金,而且如果加快提供我们情报的速度,还会额外收到小礼物。另一个机构也曾经为了得到报酬而这样做过,但现在通常不做了……俗话说:'多给多拿',为了得到礼物,人们总是能找到不同的方式。"

"有些女人,义士的妻子和母亲们,由于她们为孩子和丈夫所做出的牺牲而值得尊敬。如果你是一个杀手,但忠实和爱自己的妻子,那么你的妻子就会准备为自己的丈夫做出无论多大的牺牲。"

"在巴勒莫,敲诈勒索大行其道,因为人们被一再教育说破财消灾。他们有这种求得平安的心态。"

"当我听说某个企业家或者某个商人不愿掏钱时,我很吃惊……因为,有时他们也从中得到某些好处。首先,这构建了索取钱财的人与他们之间的友好关系,再者,他们受到了保护。如果发生失窃,黑手党的这些人士会负责追索,使失窃的东西物归原主。因此很合理,他们没有吃亏。他们没有损失,这是一个给予和回报的故事。"

我们不谈黑道,只谈友情

朱塞佩·詹科·鲁索

(西西里农村黑手党原首领,1950~1960)

"我们不谈黑道,只谈友情。有人来看我,而我给他提供某种服务，事情就是这样发生的，这成为一种惯例。我的名誉的光环就是这样发扬光大的。"

所有人当中最坏的

安东尼奥·卡尔德罗内

（卡塔尼亚的义士、忏悔者）

"我们是义士，其他人是普通人。我们是犯罪的精英。我们比那些小偷小摸的案犯高超得多。我们是所有人当中最坏的。"

"如果是一场有陪审员的官司，那么我们就想方设法搞到陪审员的名单。如果他们来自一个小村子，而且譬如说有一个小学女教师，那么很容易搞定。只需有人去恐吓她一下就够了。我记得有一次一个家伙在埃纳省被杀了。我们同陪审员交谈，这就行了。"

"我记得我的一个朋友让我接近的上诉法院的一个法官。我请求他照顾一下帮会的一个成员，他答应了。作为交换，他想要清洗家里的大理石墙面，他不太讲卫生。这是他要求的全部东西。他对我说，他的妻子有这个要求，我对他说我的一个朋友干这个活儿。谁也没有说：我要桌面上所谈之外的东西，事情的经过就是这样……"

每当有一个新官员来到时

列奥纳多·墨西拿

（卡尔塔尼塞塔的义士、忏悔者）

"每当有一个新官员来到一个城市时，就有一个企业家出面负责为他寻找住宅、花园，提供为他服务和他想要的一切。有许多类型的官员。有留下来的，也有留不下来的，还有死掉的。有选择中间道路活下来的。"

你会把我搞得身败名裂

皮普·卡洛

（与托马索·布斯切塔对质的巴勒莫义士、
"大审判"期间"我们的事业"帮的前忏悔者）

"卡洛：你会把我搞得身败名裂，我将再也出不了牢房。因为你，我背负120项指控和69条人命。

布斯切塔：如果你真的要坚持这么说，那么我想再加上乔瓦尼·拉里卡塔的被杀，这样，你的命案就达到了70条。"

有所爱好

托尼·卡尔瓦鲁索

（黑手党老大列奥卢卡·巴加雷拉的司机、忏悔者）

"说到杀人，即使巴加雷拉不是特别感兴趣，也始终对此有所爱好。"

有时候记得，有时候不记得

斯特法诺·卡尔泽塔

（忏悔者）

（摘自1986年巴勒莫"大审判"的审讯记录。在这场审判中，有475个黑手党徒受到指控，360人被判刑，所判徒刑总计为2665年）

司法部长：您确认对预审法官所说的证言，即萨尔瓦托雷·罗托洛甚至在犯罪杀人时还总是微笑吗？

卡尔泽塔：我不记得。

公诉律师：您，卡尔泽塔，您认识皮埃特罗·常卡吗？

卡尔泽塔：今天我头疼，我不记得。

庭长：您记得自己是否认识随便什么人？

卡尔泽塔：有时候记得，有时候不记得……我摔倒了，我头疼。

庭长：您记得什么时候头疼吗？

卡尔泽塔：唉！谁能记得……

庭长：昨天您已经头疼了吗？

卡尔泽塔：我现在记得，我现在头疼。

庭长：那么，您现在感到疼吗？

卡尔泽塔：我现在记得。

庭长：您记得您叫什么吗？

卡尔泽塔：我是一个可怜虫！我是谁？我不记得。

我欣赏苏格拉底

卢西亚诺·利吉奥

（1970~1975年之前的科尔莱翁内黑手党嗜血成性的头目）

"对于一些报纸，我只看第三版，上面登载着故事和批评，其他都是谎话。而我有自己的生活，我还没有找到一个能够完全和正直地尽责而值得信赖的记者。我的神话,那是警察创造的,而警察则受到记者们的追捧。"

"我想上帝如果存在,我们应该到我们的内心去寻找并过简单的生活,应该寻找我们每个人内心都有的物质与精神之间的平衡。我读过苏格拉底的书,他是我欣赏的一个人,因为他像我一样,无所不写。我读过所有经典著作,历史、哲学、教育学。我读过狄更斯、陀思妥耶夫斯基、克罗齐的书。我钻研过两年社会学,但这使我很失望。它对社会弊病进行诊断,却不进行治疗。"

恰利酒吧不交钱

达维德·德马尔基

(保护费征收员)

"威尼斯大街,卖报的、饭馆、卖冻鱼的、水压机商店、鲁凯瑟酒吧边上的超市、铁匠铺、车库……都交钱。"

"罗马大街,从火车站到第一个红灯路口,全都交钱。只有恰利酒吧不交钱,那是警察和为他们工作的人的酒吧,我从来同他们没有友情关系。"

肉到了

多米尼科·甘齐

（巴勒莫的义士、屠夫）

1992年这个春天，托托·李纳对甘齐家族说："跟踪法尔科内法官的一切活动。"

5月23日午后，甘齐的儿子、负责跟踪法官的防弹车的多米尼科·甘齐呼叫他的同伙说："肉到了。"这是指法尔科内在机场着陆了。17时56分，埃利切监控中心的地震仪记录下巴勒莫以西8公里处发生一次地震。法尔科内法官及其夫人和三个保镖被炸死。

《教父》毁灭了人性

米凯莱·格雷科，外号教皇

（1980年代巴勒莫黑手党首领）

"大家叫我教皇，但我无论在智慧还是文化和学说方面都不能与教皇们相提并论。反过来说，就我的清醒的意识和深刻的信仰而言，我可以感觉到自己即使不是比他们更胜一筹，也是并驾齐驱。"

"即使他们把我戴上脚镣关在地下，我依然呼气自如，平静如若。"

"我，庭长阁下，可以告诉您一件事情：人性的毁灭，这是一些电影——暴力电影、色情电影的恶果。因为，譬如说，如果托图齐奥·孔托尔诺看了《摩西》，而不是《教父》，他就不会恶意中伤任何人……但与此相反，托图齐奥·孔托尔诺看了《教父》，而我，声明自己是无辜的……这是世纪的悲剧。"

"人们把我说成是一个尼禄、一个提贝里乌斯……但我一生从来没有做过违法的事情，即使是最轻微的违法之举也没有过，因为我始终接受了把自己的车子停放好的教育。"

致 谢

我们在此要对或近或远地帮助我们进行这场冒险的所有人表达深刻的谢意,既感谢他们在深入黑手党的黑幕和收集各种司法文件方面对我们的指导,也感谢他们在所有时刻对于我们的支持。

阿蒂里奥·波尔佐尼和弗朗切斯科·福尔吉翁内的不断鼓励、他们的友情和帮助,对我们弥足珍贵。波尔佐尼30年来一直在意大利《共和国报》上揭露黑手党,而福尔吉翁内曾在2006年至2008年主持意大利议会打击黑手党委员会的工作。我们在此对他们致以诚挚的感谢。

我们要对罗马的国家打击黑手党总局的莫里奇奥·德鲁西亚法官致以最深切的谢意,感谢他友好的忠告。

每当我们方向不明或者缺乏信息之时,卡拉布里亚雷吉奥的助理检察官尼古拉·格拉泰里、罗马的国家打击黑手党总局的法官阿尔贝托·切斯泰尔纳、卡拉布里亚雷吉奥的代理检察长狄帕尔马总是竭诚相助,殷切关爱,引导我们揭示"恩德朗盖塔"帮的种种曲折路数。为此，我们对他们表示感谢。

卡拉布里亚雷吉奥刑警队长雷纳托·科尔泰塞每次总是十分耐心和细致地回答我们的问题并展现出作为一名伟大警官的睿智。我们对他表示诚挚感谢。

卡拉布里亚武警"猎人"分队队长弗朗切斯科·辛尼雷拉同他的整个分队一连多天热情接待了我们，给予了我们信任，谨向他们表示热切的感谢。

同我们一起讨论黑手党的教训的《新闻报》记者弗朗切斯科·拉里卡塔，以及《共和国报》记者萨尔沃·帕拉佐罗和朱塞佩·巴尔德萨罗、研究"恩德朗盖塔"帮的历史学家恩佐·切孔特，当我们需要帮助或者指点之时，他们总是及时出现，热情解难，对他们千百遍表示感谢。

罗马的刑事法官阿尔封索·萨贝拉为我们真诚地重温了巴勒莫的腥风血雨年代，使我们感激不尽。

忏悔者弗朗切斯科·保罗·安泽尔莫不畏重忆犯罪生活，向我们极其精练地和盘托出。我们希望他所说的"能够有用"的愿望能够得到实现。我们还要感谢负责愿意与内务部司法机关合作者安全的中央安保处的人员。

卡坦扎罗刑警队长弗朗切斯科·拉塔及萨布琳娜·库尔齐奥为我们提供了宝贵的援助，使我们能够与在我们心中占有特殊地位的安吉拉·多纳托会面。她那像背负十字架的耶稣一样的受难之路是本书的源泉。我们想念她。

我们同样还要感谢特拉巴尼刑警队长朱塞佩·李纳雷斯、特拉巴尼警察局长朱塞佩·古瓦尔蒂耶里、巴勒莫打击黑手党检察院代理检察长费尔南多·阿萨罗、玛丽亚·卡尔梅拉·古瓦林诺律师、那不勒斯《晨报》记者罗萨莉雅·卡帕乔内、被杀害的法官的女儿罗萨娜·斯科佩里蒂、阿尔多·佩科拉、安吉拉·科里卡，感谢他们拨出时间接待我们。

在深入了解我们执意花很多笔墨描述的皮诺·普利西神甫的苦难经历方面，我们要诚挚地感谢《西西里日报》副主编弗朗切斯科·德利切奥西、宗教教师格里高里奥·波尔卡洛以及法尼·布凯雷尔和玛尔塔·罗马诺。我们还要因为阿格里津特打击黑手党《广角周刊》和网站主编弗兰科·卡斯塔尔多的悉心照顾和慷慨相助表示真心的谢意。

我们向从一开始就以极大的耐心帮助我们在意大利进行调查的万加，向无论是在墨西哥还是在波士顿始终拨冗接待我们的列昂内尔，以及如此可靠和正直的伊芙、德尔菲娜、菲利普、让－路易斯致以特别的谢忱，感谢他们既亲切又锐利的审阅并在怀疑时刻给予的支持。

我们极其热切地思念保拉，感谢她在准备措施方面给予的最宝贵的支持。

对于奥蕾西娅在我们所忽略的细节方面给予的不断支持和帮助，我们表示殷切谢意。

同样要感谢雅克·德·圣维克多的鼓励及就黑手党同我们进行的讨论，感谢对本书认同的我们的所有亲朋，特别是克里斯蒂娜、纪劳梅、朱珠、纳迪娜、泰德、尼科、雅吉、索菲娅、伊奈斯、J. 茱莉亚和埃斯泰勒。

没有菲利普·布鲁萨尔德的最初的建议，没有 2009 年 12 月同让-马克·罗伯斯的具有决定性意义的和真挚的会见，没有玛丽亚·欧仁娜和卡琳娜·文森特的专业的和友好的持续关注，我们就不能完成这本书的写作。

对于不可或缺的麦苔的参与，我们的感激之情一言难尽。没有她，这本书就不可能存在。

参考书目

ALVARO, Corrado, *Gente in Aspromonte*, Garzanti, 1955.

BADOLATI, Arcangelo, LUPIS, Antonello et SABATO, Attilio, *Faide*, Klipper, 2008.

BELLAVIA, Enrico et MAZZOCCHI, Silvana, *Iddu, la cattura di Bernardo Provenzano*, Baldini, 2006.

BELLAVIA, Enrico et DE LUCIA, Maurizio, *Il Cappio, pizzo e tangenti*, Rizzoli, 2009.

BOLZONI, Attilio, *Parole d'onore*, Rizzoli, 2008.

BOLZONI, Attilio, *Faq Mafia*, Bompiani, 2010.

BOLZONI, Attilio et D'AVANZO, Giuseppe, *Le Serpent, Toto Riina, le maître de Cosa Nostra*, Toucan, 2009.

BOLZONI, Attilio et LODATO, Saverio, *C'era una volta la lotta alla mafia*, Garzanti, 1998.

CAPACCHIONE, Rosaria, *L'oro della Camorra*, Rizzoli, 2008.

CASTALDO, Franco, *De Falsone a Messina, strade senza ritorno*, Grandangolo, 2010.

CERUSO, Vincenzo, *La Chiesa e la Mafia*, Newton Compton, 2010.

CICONTE, Enzo, *Processo alla 'Ndrangheta*, Laterza, 1996.

CICONTE, Enzo, *'Ndrangheta*, Rubbettino, 2008.

CICONTE, Enzo, *Storia criminale*, Rubbettino, 2008.

DE STEFANO, Bruno, *I boss della Camorra*, Newton Compton, 2007.

DELIZIOSI, Francesco, *Don Puglisi*, Mondadori, 2001.

DICKIE, John, *Cosa Nostra*, Buchet−Chastel, 2007.

DINO, Alessandra, *La mafia devota*, Laterza, 2008.

FALCONE, Giovanni et PADOVANI, Marcelle, *Cosa Nostra*, Austral, 1991.

FIERRO, Enrico et OLIVA, Ruben, *La Santa, viaggio nella 'Ndrangheta sconosciuta*, Rizzoli, 2007.

FIERRO, Enrico et APRATI, Laura, *Malitalia*, Rubbettino, 2009.

FOLLAIN, John, *Les Parrains de Corleone*, Denoël, 2010.

FORGIONE, Francesco, *Mafia Export, comment les mafias italiennes ont colonisé le monde*, Actes Sud, 2010.

FORGIONE, Francesco, *'Ndrangheta, boss, luoghi e affari della mafia più potente al mondo, la relazione della Comissione Parlamentare Antimafia*, Baldini, 2008.

FUSARO, Philippe, *Palermo solo*, La fosse aux ours, 2007.

GRATTERI, Nicola, *Il grande inganno*, Luigi Pellegrini, 2008.

GRATTERI, Nicola et NICASO, Antonio, *La malapianta,* Mondadori, 2010.

GRATTERI, Nicola et NICASO, Antonio, *Fratelli di sangue*, Luigi Pellegrini, 2006.

INGRASCI, Ombretta, *Donne d'onore*, Mondadori, 2007.

LA LICATA, Francesco et GRASSO, Pietro, *Pizzini, veleni e cicoria, la mafia prima et dopo Provenzano*, Feltrinelli, 2007.

LA LICATA, Francesco et CIANCIMINO, Massimo, *Don Vito*, Feltrinelli, 2010.

LA LICATA, Francesco, *Storia di Giovanni Falcone*, Feltrinelli, 2002.

LONGRIGG, Clare, *Bernardo Provenzano, le parrain des parrains*, Buchet Chastel, 2010.

PALAZZOLO, Salvo et OLIVA, Ernesto, *Bernardo Provenzano ou la véritable histoire du dernier chef*, Presses du Belvédère, 2009.

PALAZZOLO, Salvo et PRESTIPINO, Michele, *Il Codice Provenzano*, Laterza, 2008.

PALAZZOLO, Salvo, *I pezzi mancanti, viaggio nei misteri della Mafia,* Laterza, 2010.

SABELLA, Alfonso, *Cacciatore di Mafiosi,* Mondadori, 2008.

SAVIANO, Roberto, *Gomorra*, Gallimard, 2007.

TORCIVIA, Mario, *Il martirio di Don Giuseppe Puglisi*, Monti, 2009.

托托·李纳会忏悔？与其相信托托大叔会开口，倒不如相信一头驴子会飞。无论如何，如果能达到这个目标，那无异于起爆一颗原子弹。随着他知道的所有秘密的暴露，半个意大利将沉没……

巴勒莫的义士、忏悔者
萨尔瓦托雷·坎切米

图书在版编目（CIP）数据

在人性的天平上：黑手党的生活/（法）索巴贝（Saubaber，D.），（法）阿热（Haget，H.）著；陆象淦译．—北京：社会科学文献出版社，2012.9
ISBN 978-7-5097-3652-4

Ⅰ.①在… Ⅱ.①索… ②阿… ③陆… Ⅲ.①报告文学-作品集-法国-现代 Ⅳ.①I565.55

中国版本图书馆 CIP 数据核字（2012）第 176686 号

在人性的天平上
——黑手党的生活

著　者 /〔法〕德尔菲娜·索巴贝　亨利·阿热
译　者 / 陆象淦

出 版 人 / 谢寿光
出 版 者 / 社会科学文献出版社
地　　址 / 北京市西城区北三环中路甲 29 号院 3 号楼华龙大厦
邮政编码 / 100029

责任部门 / 北京社科智库电子音像出版社 （010）59367105	责任编辑 / 陶盈竹
电子信箱 / dzyx@ssap.cn	责任校对 / 张延书
项目统筹 / 孙元明	责任印制 / 岳　阳

经　　销 / 社会科学文献出版社市场营销中心（010）59367081　59367089
读者服务 / 读者服务中心（010）59367028

印　装 / 北京季蜂印刷有限公司
开　本 / 787mm×1092mm　1/32　　　印　张 / 9.875
版　次 / 2012 年 9 月第 1 版　　　　　字　数 / 190 千字
印　次 / 2012 年 9 月第 1 次印刷
书　号 / ISBN 978-7-5097-3652-4
著作权合同
登 记 号 / 图字 01-2011-8079 号
定　价 / 29.80 元

本书如有破损、缺页、装订错误，请与本社读者服务中心联系更换
▲ 版权所有　翻印必究